Goldmann GELBE
Band 1465

Mary Scott / Joyce West · Lauter reizende Menschen

Zu diesem Buch

Mary Scott, diesmal gemeinsam mit Joyce West, entführt uns erneut nach Neuseeland und erzählt uns eine aufregende Geschichte.

Lucia wird gerade von Liebeskummer geplagt, als sie einen Brief ihres Onkels erhält, in dem er sie bittet, vertretungsweise seine Tankstelle ›Zum Kreuzweg‹ am Halbmond-See zu übernehmen. Lucia ist Feuer und Flamme. Aber die Hoffnung, in der einsamen Gegend ein besinnliches und erholsames Leben zu führen und ihren Kummer zu kurieren, wird bereits bei ihrer Ankunft schmählich enttäuscht. Erdbeben und ein Brand bereiten ihr einen turbulenten Empfang. Am nächsten Tag erfährt sie, daß Bert Davies, der Postbote der Gemeinde, im Feuer umgekommen und wahrscheinlich das Opfer eines Mordanschlages geworden ist. Die Einwohner der sonst ruhigen Gegend geraten in helle Aufregung. Sollte sich unter diesen reizenden Menschen der Mörder des alten Briefträgers befinden? Nur wenige können sich diesem schlimmen Verdacht entziehen. Dem Kriminalbeamten, der mit der Klärung des Falles beauftragt worden war, gelingt es schließlich, den Mörder zu stellen und bei dieser Gelegenheit die Frau seines Lebens zu finden.

MARY SCOTT / JOYCE WEST

Lauter reizende Menschen

Ein heiter-kriminalistischer
Roman aus Neuseeland

WILHELM GOLDMANN VERLAG
MÜNCHEN

7041 · Made in Germany · VI · 1011120
Titel des englischen Originals: Such nice People. Ins Deutsche übertragen von Heinrich Gottwald. Umschlagentwurf: Eduard Böhm. Gesetzt aus der Linotype-Garamond-Antiqua. Druck: Presse-Druck Augsburg. Verlagsnummer 1465 · AN/Str
ISBN 3-442-01465-4

In der Ferne grollte es dumpf. Aber Lucia hörte nichts; sie schlief ganz fest, und ihr dunkles Haar ergoß sich wie ein schwerer Vorhang über das Kopfkissen. Wieder erklang das Grollen, diesmal näher und lauter. Gleichzeitig ertönte draußen auf dem Flur ein jämmerliches Heulen. Lucia erwachte; sie setzte sich auf und starrte in die Finsternis. Wo war sie denn überhaupt? Und warum schwankte ihr Bett wie ein Kahn auf stürmischer See?

Laut klirrten die Fenster, und von neuem heulte es draußen, unmittelbar vor der Tür. Ach ja, der Hund! Undeutlich erinnerte sie sich an ihn. Aber was hatte er denn? Und was bedeutete das plötzliche Krachen in der Küche? Nur mühsam tauchte Lucia aus dem Schlaf, der sie nicht loslassen wollte. Aber endlich gelang es ihr doch, den Arm auszustrecken und die Nachttischlampe anzuknipsen.

Das Zimmer kam ihr nicht nur völlig fremd vor, sondern es benahm sich obendrein höchst seltsam. Die Lampe, die von der Decke herabhing, pendelte heftig hin und her, die Tür quietschte grell und fiel dann krachend ins Schloß. Sogar Onkel Peters Schreibtisch geriet in Bewegung: Er neigte sich so weit, daß Lucias Reisewecker ins Rutschen kam und polternd auf dem Fußboden landete.

Nun war's aber genug! Den Wecker, ein Geschenk zu ihrem einundzwanzigsten Geburtstage, hatte Lucia ganz besonders ins Herz geschlossen. Empört sprang das Mädchen auf, gerade als das Zimmer einen neuen heftigen Ruck tat. Gleichzeitig kam ein großer Hund unter dem Bett hervorgesprungen ... Zu Tode erschrocken konnte Lucia nur noch alle viere von sich strecken, dann fiel sie zu Boden.

Noch im Stürzen aber sanken die letzten Wolken des Schlafs von ihr ab. Diese erste Nacht in Onkel Peters Haus neben der Tankstelle, die Lucia nun versorgen wollte, war wirklich einmalig schön! Sogar ein ausgewachsenes Erdbeben begrüßte sie – und ein riesenhafter Hund, der ihr nun mit stürmischen Zärtlichkeiten seine Zerknirschung zu beweisen suchte.

Noch ehe Lucia die ungewöhnliche Lage recht begriff, war das Erdbeben auch schon vorbei; der heftige Ruck soeben war das letzte Aufbäumen gewesen. Noch schaudernd streichelte Lucia den Hundekopf und versicherte ihm ein übers andere Mal: »Schon gut! Du hast mir ja nichts angetan! Nimm dich doch zusammen, um Gottes willen! Du wirst doch keine Angst vor dem Erdbeben haben?«

Das war pure Angabe, denn Lucia selbst verspürte eine ganz handfeste Angst. Dem Hund blieb das keineswegs verborgen, und tröstend leckte er ihr die Hand. Sofort erhob sich Lucia und befahl tapfer: »Leg dich wieder hin!« Sie selbst wollte in der Küche nachsehen, was für Schaden angerichtet war, sich eine Tasse Tee kochen und dem Hund einen Kuchen holen.

Die Uhr hatte den Sturz überstanden und zeigte Mitternacht. Ein paar Stunden hatte Lucia also bereits geschlafen, denn übermüdet von der langen Reise war sie heute beizeiten eingeschlummert. Und da die Tankstelle erst um acht Uhr morgens aufmachte, würde sie noch ausreichend Zeit zum Schlafen finden. Vorerst allerdings war ihr nicht danach zumute.

In der Küche erwartete sie ein jammervoller Anblick. Onkel Peters alter Radioapparat lag auf dem Fußboden und sah aus, als würde er nie mehr einen Laut von sich geben: Das Gehäuse war geborsten, und zahlreiche winzige Metallteile lagen verstreut herum. Betrübt betrachtete Lucia das Wrack. Sicherlich würde Onkel Peter traurig sein. Und auch ihr würde das Gerät fehlen: Lucia hatte das Gefühl, damit nun ganz und gar von der Außenwelt abgeschnitten zu sein.

Nachdem sie den Tee aufgebrüht hatte, kehrte sie ins Schlafzimmer zurück. Mit vornehm zurückhaltender Freude nahm der Hund den Kuchen an und ließ sich dann auf der Matte neben dem Bett nieder. Lucia trank ihren Tee, zündete sich eine Zigarette an, sank in die Kissen zurück und überdachte die letzten Monate ihres Lebens, nach deren Ablauf sie nun hier an der Tankstelle ›Zum Kreuzweg‹ gelandet war, fünfhundert Kilometer von ihrem Zuhause und noch ziemlich weit von der nächsten Kleinstadt entfernt . . .

Onkel Peters Brief war gerade in dem Augenblick angekommen, da der Beruf ihr zum Halse heraushing und sie an einem albernen Liebeskummer litt. – »Der Arzt meint«, hatte der Onkel klipp und klar mitgeteilt, »ich müsse mich operieren lassen und dürfe nie mehr schwer arbeiten. Ich bin also ein alter Mann und sollte wohl meinen Beruf, sowenig er mich anstrengt, endgültig aufgeben. Möchtest Du nicht meine Nachfolgerin werden?«

Lucia war gar nicht abgeneigt gewesen, und je mehr sie darüber nachdachte, desto stärker wuchs ihr Interesse. Sie kannte den Onkel zwar nicht sehr gut, aber seine zwanglose Natürlichkeit hatte ihr gefallen. Die Mutter hingegen hatte sich ihres Bruders stets ein wenig geschämt.

»Dein Onkel hat niemals unter andern Leuten leben mögen. Der Krieg – 1914/18 natürlich – warf ihn aus der Bahn, und eine unglückliche Liebe tat das übrige. Er kam lange nicht zur Ruhe und kaufte sich endlich eine Tankstelle, irgendwo hoch im Norden; das war immerhin ungewöhnlich für einen Mann seiner Bildung! Nun, anscheinend verdiente er gar nicht schlecht, und vor einigen Jahren erwarb er den jetzigen Betrieb am Halbmond-See ... Reichlich unpassend für einen Menschen seiner Herkunft!«

Jawohl, Mrs. Field schämte sich ihres Bruders!

In seinem Brief stand weiter:

»Die Arbeit ist alles andere als schwer. Sie ist einem Mädchen durchaus nicht unangemessen, obwohl Deine Mutter dies vermutlich nicht zugeben wird. Ich habe einen ausgezeichneten jungen Tankwart, den ich aus dem Norden mitgebracht habe. Du brauchst also nur die Aufsicht zu führen, Rechnungen zu schreiben und die Kasse zu verwalten; draußen Hand anlegen mußt Du nur, wenn er mal nicht da ist. Übrigens liegt es in Deinem eigenen Interesse, überall ein wenig nach dem Rechten zu sehen, denn später soll alles einmal Dir gehören. Wenn Du Spaß daran findest, kannst Du meinetwegen nach einer Probezeit den Betrieb auch jetzt schon übernehmen; dann bekommt der Staat wenigstens keine Erbschaftssteuer! Einsam wirst Du ganz gewiß nicht sein: Eine Menge Leute kommen täglich vorbei, und dann ist ja auch der Junge da, Len Wilson, und Rosie. Beruhige Deine Mutter unbedingt: Len wird Dich beschützen – obwohl Du an diesem friedlichen, stillen Ort gar keines besonderen Schutzes bedarfst. Len ist ein braver Kerl. Er schwärmt von Pferderennen und vom Wetten, vergißt darüber aber die Tankstelle keineswegs. Übrigens ist er Maori-Mischling, ein ausnehmend höflicher, umgänglicher junger Mann.

Ich gebe zu, daß die Aufgabe nicht dem Geschmack eines jeden Mädels entsprechen würde. Nach dem wenigen jedoch, was ich von Dir weiß, könnte ich mir vorstellen, daß sie Dich lockt. Aus Deinem letzten Brief glaubte ich, einigen Überdruß an der Stadt herauszulesen; es klang, als seiest Du vielleicht einer Abwechslung nicht abgeneigt ... Nun, aufregende Abenteuer kann ich Dir allerdings nicht versprechen, denn alle Leute hier sind geradezu beängstigend gesetzestreu. Aber Du findest die Freiheit, Dein eigenes Leben zu führen, Du findest Bücher, genügend Menschen, den See und den Busch. Ich habe mich hier immer von Herzen wohl gefühlt, und deshalb gefällt es vielleicht auch Dir, wenigstens für einige Zeit.«

Der Brief enthielt noch ein merkwürdiges PS, das Lucia nicht verstand: »Sei lieb zu Rosie, dann wird auch sie lieb zu Dir sein. Aber hüte Dich, um Gottes willen, vor Carmen!«

Rosie und Carmen? Zwei Frauen in Onkel Peters Leben? Die Mutter war empört. »Das kommt von dem ungebundenen Dasein! Die Männer sind doch alle gleich! Einfach lächerlich, sich vorzustellen, du könntest an einem so seltsamen Ort hausen ... Freiheit und Busch, jawohl – du mit deinen dreiundzwanzig Jahren ... Und zwei Frauen obendrein!«

Aber Onkel Peters Vorschlag hatte Lucia nicht losgelassen – obwohl sie sich selbst eingestand, daß dies wohl vor allem an Wayne Norton lag und daran, daß sie sich irgendwie selbst im Wege stand und froh war, der Stadt eine Zeitlang entfliehen zu können.

Natürlich hatten die Eltern sich lebhaft widersetzt.

»Der helle Wahnsinn ist es, so etwas auch nur zu erwägen!« erklärte Mary Field. »Dieses einsam gelegene Kaff! Meinst du etwa, dort könntest du Menschen deines Schlages kennenlernen?«

Lucia wußte, was die Mutter meinte: ›Wo willst du dort einen heiratsfähigen jungen Mann finden?‹ Aber sie antwortete nur: »Ich stelle es mir ganz lustig vor. Und außerdem wird es sicherlich der reine Erholungsurlaub, weil es bestimmt nicht viel zu tun gibt.«

»Äußerst unpassend für ein junges Mädchen!«

»Immerhin bin ich dreiundzwanzig Jahre alt, Mutter!« Warum mußten Eltern sich immer gleich aufregen und so gluckig tun? Warum wollten sie nicht einsehen, daß ihr Kind erwachsen war?

Auch der Vater hatte Bedenken.

»Mir scheint es zu einsam dort! Der gegebene Schlupfwinkel für Einbrecher und Räuber! Bestimmt bekommst du irgendwann eins über den Schädel!«

»Aber liebster Vater: Draußen neben der Garage schläft ein absolut verläßlicher junger Mann, und dann sind anscheinend noch zwei Frauen da ... Eine ansehnliche Belegschaft also – und alle sind, wie Onkel Peter schreibt, sehr nette, brave Leute.«

»Eine gottverlassene Einöde!« knurrte der Vater. »Kilometerweit vom nächsten Dorf entfernt.«

»Von Einöde keine Spur! Die Tankstelle liegt doch an einer erstklassigen Autostraße; Onkel Peter hat mir bei seinem letzten Besuch davon erzählt. Der Verkehr ist recht lebhaft, und auf der Hochebene, gar nicht weit entfernt, befindet sich ein Lager von Brückenbauern. Außerdem liegt ganz in der Nähe ein Ferienlager mit Bungalows und Zeltplätzen, und oben in den Bergen soll es eine Art Gestüt oder Trainingsstall geben – Onkel Peter sprach von Experimenten mit schwierigen Pferden.«

»Pferdeknechte – und garstige Monteure, die mitten in der Nacht betrunken über dich herfallen!« stöhnte die Mutter auf.

»Unsinn! Bestimmt sind sie durch und durch anständig ... Und dann überlege doch nur, wieviel ich verdienen kann: mehr als die acht Pfund, die ich aus der Bücherei heimbringe!«

»Es gibt Wesentlicheres als Geld!« Lucia wußte genau, was die Mutter damit meinte: Gesellschaft, Verlobung, Hochzeit und ähnliches – all das, wonach sich ein junges Mädchen zu sehnen hatte! Aber sie ließ sich nicht umstimmen. »Auf alle Fälle versuche ich es mal ein halbes Jahr lang. Vielleicht ist dann Onkel Peter ohnehin der Arbeitslosigkeit überdrüssig und übernimmt die Tankstelle wieder selbst!«

Die Eltern tauschten einen gottergebenen Blick. Schon immer hatte Lucia ihren eigenen Willen durchgesetzt; dennoch war es ganz und gar nicht einzusehen, was sie diesmal veranlaßte, einen so verwegenen Plan derart halsstarrig zu verfolgen. Wo war der nette junge Mann nur geblieben, den sie beide so passend gefunden hatten – obwohl er Gedichte schrieb?

An eben diesen jungen Mann dachte Lucia, als sie im Bett lag und mit Bangen auf den nächsten Erdstoß wartete. Wie albern und rührselig war doch diese Liebelei gewesen! Nur sie selbst hatte an Liebe geglaubt, nicht aber Wayne Norton.

Ein halbes Jahr vorher war er zum erstenmal in die Bücherei gekommen, und sogleich hatte sich eine angeregte Unterhaltung über Dichtkunst ergeben. Damit hatte alles angefangen, dachte Lucia erbost, während sie sich die nächste Zigarette anzündete. Bald war er ein regelmäßiger Besucher der Bücherei, und wenig später hatte er sie nach Dienstschluß häufig zu einer Tasse Kaffee eingeladen. Bei der Gelegenheit beichtete er ihr alle seine Enttäuschungen und Seelenqualen, enthüllte ihr, wie es ihn dränge, Gedichte zu schreiben, und wie das Büro ihn anöde, in dem er acht Stunden täglich frone! Sie hörte ihm zu, besprach seine Gedichte mit ihm ebenso wie seine Zukunft – und sah in ihm den Mann aller Männer.

Ganz plötzlich aber hatte er sich ›abgekühlt‹ (um ihren eigenen rücksichtslosen Ausdruck zu gebrauchen). Nur noch einmal wöchentlich – statt bisher dreimal – war er zur Bücherei gekommen; schließlich tauschte er seine Bücher höchstens alle vierzehn Tage um, wobei er sich stets möglichst unauffällig wieder verdrückte. Lucia, die sich keinen Grund dafür denken konnte, war tief verletzt gewesen.

Eines Tages aber, als sie zufällig ein neu eröffnetes Café betrat, hatte sie ihn sitzen sehen: mit einem sehr hübschen Mädchen, so blond, strahlend und auffallend, daß in Lucia auf der Stelle der Verdacht aufkam, sie sei ungebildet. Knallrot war Norton bei Lucias Auftauchen geworden, und hastig hatte er sich abgewendet. Sie aber hatte ihren verletzten Stolz hinter einem liebenswürdigen Lächeln verborgen, war an den Tisch gegangen und hatte sich seiner Braut vorstellen lassen.

»Vor lauter Trennungsschmerz, weil ich eine Stelle in der Provinz angenommen hatte«, berichtete das Mädchen, »fing Wayne doch tatsächlich an, Gedichte zu verbrechen! Was sagen Sie dazu?«

Lucia sagte nichts, aber die Demütigung empfand sie so lebhaft, daß sie sich bemühte, sie schleunigst zu vergessen.

Dabei war sie, schalt sie sich selbst, keineswegs ohne Erfahrung. Sie hatte das normale Leben der Tochter wohlhabender, weltoffener Eltern geführt: gute Schulbildung, Ausbildung zur Bibliothekarin, Partys, Freundinnen, Bekanntschaften – sogar zwei Heiratsanträge – ›von widerlichen Kerls‹, wie sie sich in dieser späten einsamen Stunde ungewohnt aufrichtig eingestand! Ein wenig Vernunft hätte man ihr also wohl zutrauen dürfen! Aber ... nun, so etwas sollte ihr nie wieder passieren!

Bei diesem Gedanken mußte sie lachen. Die Tankstelle ›Zum Kreuzweg‹ schien kaum der rechte Ort für Liebschaften und Abenteuer – das hatte ihr der erste kurze Rundblick gestern abend deutlich verraten ...

Ziemlich abgespannt war sie nach langer Bahnfahrt an der Endstation ausgestiegen, und dann hatte sie der Bus über weites Land und durch schmucke Kleinstädte gefahren. Bald jedoch war das Gelände karg und kahl geworden, und schließlich hatte sich die Straße wie ein Fremdkörper durch unwegsames, uraltes Buschland gewunden. Gegen Abend erst hatte der Fahrer ausgerufen: »Lakeville!« Die kümmerliche Ansiedlung schien nur aus ein paar Häusern, einem Kramladen, einer Garage mit Werkstatt, einer Eingeborenenschule und einer verfallenen Mühle zu bestehen, und hier war der letzte Mitreisende ausgestiegen. Der Fahrer hatte sich zu Lucia umgedreht.

»Jetzt sind es nur noch fünf Kilometer. Ihr Onkel kann einem leid tun. Allerdings hat er sich einen ganz schönen Laden aufgebaut, und er lebt nicht schlecht vom Brückenbauer-Camp, den Feriengästen am See und dem Reitstall oben ... Komische Idee übrigens: Da oben im Nebel Pferde zu halten!«

»Ach, der Stall liegt hoch?«

Der Fahrer hatte auf die vor ihnen aufsteigenden Bergzüge hingedeutet. »Das kann man wohl sagen! Verrückter Gedanke, die Tiere durch die Höhenluft abhärten zu wollen! Na, der Kerl hat eben Geld wie Heu und kann sich das Experiment leisten. Vier oder fünf Gäule, die nicht wunschgemäß spuren, hat er da oben, und dazu noch ein paar Zuchtstuten.«

»Und er selbst? Wohnt er auch oben?«

»Nein, wenigstens nicht ständig. Jetzt hat er für ein halbes Jahr jemanden angestellt. Über den Winter will er die Pferde wohl nicht oben lassen. Na, die würden da auch ganz schön einschneien! Ha, wie finden Sie die Aussicht hier?«

Lucia verschlug es den Atem. Die Straße schlängelte sich aus dem Busch heraus, und nun schaute man auf den See – eine gewaltige Wasserfläche, so weit das Auge reichte. Die Straße zog sich lange unmittelbar zwischen Wald und Wasser dahin. Die Wolken wurden von der untergehenden Sonne rosig gefärbt, sie spiegelten sich nun in der stillen Wasserfläche. Lucia wunderte sich gar nicht mehr, daß Onkel Peter an einem solchen Ort Glück und Frieden gefunden hatte.

»Gleich sind wir da!« erklärte der Fahrer. »Dort wohnt schon Ihre nächste Nachbarin – aber sie scheint nicht daheim zu sein.«

Lucia riß den Blick vom See los und betrachtete das Häuschen, das von einem üppig blühenden Garten umgeben war. Es war, als flösse er über von Blumen und Blüten, aber zwischen all der Schönheit erkannte Lucia plötzlich verblüfft zahlreiche aus Stein gehauene widerwärtige Wesen, die wie Gnomen, Unholde und verwunschene Tiere aussahen.

»Ein seltsames Anwesen! Was für Leute wohnen denn da?«

»Eine alleinstehende Frau mit Namen Mills. Und sie selbst ist so seltsam wie der Garten. Der Garten ist nämlich ein ausgemachter Tick von ihr, und außerdem möchte sie andauernd der Welt beweisen, daß sie eine große Künstlerin ist ... Sie verkauft auch selbstgemalte Bilder und so. Persönlich kenne ich sie gar nicht, aber mein Kollege, der abwechselnd mit mir diese Strecke fährt, hat schon manchen Plausch mit ihr gehabt; er ist auch so ein Gartenfex. Nee, für mich ist das nichts ... Wir geben hier immer die Post ab; sie ist nämlich die Posthalterin.«

Noch manche Frage brannte Lucia auf der Zunge, aber sie kam nicht mehr dazu, sie zu stellen, denn schon rollte der Bus in die Tankstelle ein, wo sie einen jungen Mann warten sah, der sicherlich Len Wilson war. Nun, sie würde bald wissen, ob sie gut mit ihm auskam; und auch das Geheimnis um Rosie und Carmen wollte sie bald enthüllen.

Eben wollte Lucia aussteigen, da sank sie, zu Tode erschrocken, in ihren Sitz zurück: Der riesenhafteste und wildeste Hund, den sie je gesehen hatte, kam herangesprungen, ein gefleckter Boxer mit bißfrohem Maul und traurigen Augen. Drohend und furchteinflößend – fand Lucia – schaute er herein. Aber der Fahrer meinte unerschüttert: »Das arme Tier! Sie vermißt Peter!« Beim Klange des Namens seines Herrn kuschelte sich der Hund winselnd zu Boden und wedelte mit dem Schwanzstummel. Lucia stieg aus.

Neben dem erschreckenden Tier wirkte Len beruhigend freundlich und harmlos, ein mittelgroßer, schmächtiger Junge, dem man seine zwanzig Jahre nicht ansah, mit brauner Haut und dunklen Augen. Er lächelte und musterte Lucia voller Neugier. Das war also die neue Chefin.

Der Hund erhob sich und beschnupperte sie. Lucia zuckte zurück; mit Tieren hatte sie noch nie im Leben zu tun gehabt. »Tut er nichts?« fragte sie beklommen.

Len lächelte. »Rosie? Die tut niemandem etwas. Gewiß sieht sie ein bißchen wüst aus, aber sie möchte nur gestreichelt sein – und gefüttert. Jaja, Rosie ist schrecklich gefräßig.«

Rosie? Lucia lachte hell auf. Das also war eine von Onkel Peters geheimnisvollen Frauen! Wo aber war Carmen? Von ihr war nichts zu entdecken. Hoffentlich erwies sie sich als ebenso harmlos! Im Augenblick mochte Lucia nicht nach ihr fragen.

»Rosie?« rief sie. »Das ist aber ein komischer Name für einen Hund – zudem für einen so großen!«

»Ihr voller Name«, verkündete Len in leicht stelzigem Englisch – eines der wenigen Zeichen seiner Maori-Abstammung –, »lautet ›Golden Rose of Bonnie Kildare‹. Sie hat nämlich einen ganz erstklassigen Stammbaum.« – Lucia ließ sich die Belehrung demütig gefallen und nahm es mit um so tieferer Dankbarkeit hin, daß Len sich erbot, ihr die Koffer ins Haus hinaufzutragen.

»Sofort, Miss Field!« sagte er. »Ich bediene nur schnell die beiden Lastwagen, und dann begleite ich Sie.«

Lucia schaute zu, wie Len den beiden eben angefahrenen Wagen den Tank füllte. Leiser Neid stieg in ihr auf, und sie wünschte sich, es später einmal halb so geschickt machen zu können. Die ruhige, freundliche Sicherheit des jungen Tankwarts war wirklich bewundernswert.

Bedächtig blickte Lucia sich weiter um. Neben den Pumpen befand sich ein kleines Büro, daneben die Werkstatt, in der Len gelegentlich Reifen flickte. Dahinter lag seine eigene Unterkunft.

»Ich habe es sehr gemütlich, Miss Field: ein Zimmer, Küche und Bad. Übrigens haben wir eine eigene Lichtanlage, einen starken Generator. Ganz prima eingerichtet ist alles. Möchten Sie meine Wohnung mal sehen?«

Um ihm eine Freude zu machen, folgte sie ihm, und sie fand ein winziges Heim, dessen Ordnung und Sauberkeit geradezu verblüffte. Len hielt offenbar sehr darauf. Und Onkel Peter schien nicht weniger proper: Sein Häuschen, ein wenig von der Tankstelle abgelegen, erwies sich als wahres Schmuckkästlein. Mit zwei Schlafzimmern, einem Wohnzimmer, einer kleinen Küche und dem Badezimmer kam es Lucia wie ein wahrer Palast vor. Nachdem Len die Koffer abgesetzt hatte, erklärte er, daß Rosie zwar bei ihm zu fressen bekäme, jedoch hier im Flur schliefe.

»Wenn Sie sie nicht einlassen, heult sie die ganze Nacht!« versicherte er Lucia und zog sich zurück.

»Lucia trat ans Fenster und schaute auf den weiten See hinaus. Der Halbmond-See entsprach seinem Namen: in weitem Bogen schwang das Ufer dahin. Jenseits einer Bucht schimmerten ein paar Lichter. Sie kamen wohl vom Campingplatz.

»Einsam ist es wirklich, aber doch keine Einöde«, meinte sie zu Rosie. »Ich glaube, es wird mir hier gefallen ...« Aber hastig schränkte sie ein: »Wenigstens ein halbes Jahr!«

Und nun also war sie gleich in der ersten Nacht von einem ausgewachsenen Erdbeben begrüßt worden! Der Schlaf schien Lucia endgültig geraubt, so stand sie wieder auf und schaute aus dem Fenster. Es war Neumond, nur die Sterne spiegelten sich im kaum bewegten schwarzen Wasser des Sees. Von ihrem harten Lager neben dem Bett winselte Rosie herzerweichend.

›Armes Tier!‹ dachte Lucia. ›Erdbeben sind wohl nicht Rosies Fall, und außerdem sehnt sie sich gewiß nach Onkel Peter. Eigentlich sollte ich sie ja nicht hier drinnen schlafen lassen!‹ Sogleich aber wurde sie schwach – und holte Rosies Matratze vom Flur herein. In rührender Dankbarkeit blickte Rosie die neue Herrin an, und deutlicher denn je erkannte Lucia, wie wenig das furchteinflößende Aussehen dem wahren Wesen der Hündin entsprach. Rosie war zweifellos ein zurückhaltender, melancholischer Charakter, dessen Sehnsucht nach Freundschaft und Zutraulichkeit immer wieder wegen der Körpergröße und der erschreckenden Gestalt unerfüllt blieb.

Noch einmal trat Lucia ans Fenster, um mit einem letzten Blick Abschied zu nehmen. Plötzlich fiel ihr ein flackernder Lichtschein oben in den Bergen auf. Rührte er etwa von einer Stallaterne her? Einen Augenblick später hatte sich das Flackern in einen hellen Brand verwandelt, und eine flammende Rauchsäule stieg empor.

Lucias spitzer Aufschrei riß Rosie von ihrem Lager; die Hündin tapste heran, legte die Vorderpfoten aufs Fensterbrett und schaute ernsthaft hinaus. Lucia starrte das Feuer auf der Höhe an. Brannte dort oben in der Einsamkeit vielleicht ein Gehöft nieder? Sollten etwa die Stallungen in Flammen stehen? Aber eilig wies sie den Gedanken von sich: Dazu war das Feuer wohl doch zu klein, der eben noch grelle Schein verlor bereits zusehends an Kraft.

»Ach was! Ich kann doch nichts dagegen tun!« versuchte Lucia sich selbst zu beruhigen. »Es muß halt ausbrennen. Wir beide aber gehen am besten wieder zu Bett. Für heute nacht haben wir genügend Aufregungen gehabt!«

Der große Hund schien ganz derselben Meinung. Seufzend bettete er sich wieder auf seinen Teppich, während Lucia unter die Decke kroch und das Licht löschte. Morgen früh um acht Uhr wollte sie auf dem Posten sein: Von vornherein sollten Len und die Kundden sehen, daß sie ihre neue Aufgabe sehr ernst nahm.

Rosie schlief schon; sie atmete schwer und ließ hin und wieder ein kehliges Schnarchen hören. »Wie kann ich einschlafen, wenn ein Hund im Zimmer ist?« jammerte Lucia in sich hinein – und sank zehn Minuten später in friedliche Träume.

ZWEITES KAPITEL

Es war sieben Uhr, und die Sonne schien Lucia mitten ins Gesicht. Unbehaglich bewegte Lucia den Kopf, denn sie träumte, unmittelbar vor ihr starre sie ein großes Gesicht an . . . Endlich schlug Lucia die Augen auf, und da schaute sie wirklich in die große, wilde Physiognomie des Boxers: Rosie hatte die Vorderpfoten aufs Bett gelegt und ließ kein Auge von der Schläferin.

Für einen kurzen Augenblick erstarrte Lucia zu Stein, dann aber lachte sie auf. »Rosie, hast du mich aber erschreckt! Was ist denn los? Zeit zum Aufstehen? Da hast du allerdings recht.«

Sie sprang aus dem Bett und lief ans Fenster. Gestern abend und bei Nacht hatten die Eindrücke sie ein wenig verwirrt. Zunächst hatte sie, übermüdet nach langer Reise, alles wie durch einen Schleier gesehen, und dann war bei dem mitternächtlichen Erdbeben und dem geheimnisvollen Feuer keine ruhige Betrachtung aufgekommen. Jetzt aber, im hellen Schein der Septembersonne, sah alles erfreulich normal und einzigartig schön aus.

Zwischen Haus und Tankstelle, von einem sauber gestrichenen Zaun mit kleiner Pforte umgeben, lag ein sorgsam gemähter Rasen. Onkel Peter war offenbar kein Gärtner, und darüber war Lucia herzlich froh: Zwar liebte sie schöne Gärten, jedoch verfügte sie über keinerlei Erfahrungen und versorgte nicht gern Blumen, von deren Pflege sie nichts verstand. Gleich hinter der Tankstelle, die unmittelbar an der großen Kreuzung lag, dehnte sich schimmernd der Halbmond-See. Am gegenüberliegenden Ufer einer Bucht erkannte Lucia eine kleine Ansammlung von winzigen Gebäuden. Das war wohl der Lagerplatz.

An der Kreuzung, von der die Tankstelle den Namen hatte, stand ein Wegweiser, und Lucia las: »Ferienlager Halbmond-See« und »Gebirgsstraße – Lakeville!« Darunter noch eine Warnung: »Achtung! Bei Regenfällen und Schneefällen: Wildwasser!«

Eine seltsame Gegend! Der große See, der urwüchsige Busch, der Lagerplatz – und am allerseltsamsten das Trainingsgestüt irgendwo da oben. Wie merkwürdig sich Wildnis und Zivilisation hier mischten. Kein Wunder, daß die Erde bebte und mitten in der Nacht Feuer aufloderten! Oder hatte Lucia die Abenteuer der Nacht etwa nur geträumt?

Aber in der Küche lagen ja noch die Trümmer von Onkel Peters Radio. Wie mochte es dem Onkel wohl gehen? Wann würde man ihn operieren? Bestimmt würde Mutter ihr sofort schreiben; gleich nachher wollte Lucia Len fragen, wie man hier an seine Post kam. Der Busfahrer hatte doch gesagt, das merkwürdige Anwesen mit dem Gespenstergarten sei die Posthalterei. Man hatte wohl jedesmal, wenn man einen Brief bekam, die Schauerbilder im Garten und die kunstbeflissene Besitzerin zu ertragen? Das war ja nicht auszudenken! Wieder dachte Lucia an Onkel Peter, und da fiel ihr auch wieder Carmen ein. Nachdem Rosie sich als harmloser Hund erwiesen hatte, hoffte Lucia, daß Carmen vielleicht eine muntere Henne oder ein schnatternder Wellensittich war. Allerdings: Wer würde vor einer Henne oder einem Sittich warnen?

Lucia kochte Kaffee und röstete sich ein paar Scheiben Brot, froh darüber, daß die Tankstelle eine eigene, von Len versorgte Stromquelle hatte. Kohlenofen und Petroleumlampe wären doch gar zu umständlich gewesen!

Nachdem Lucia die gemütliche kleine Behausung aufgeräumt hatte, ging sie hinaus, um die nahe Umgebung in Augenschein zu nehmen. Was sie sah, war ja ihr eigenes Anwesen! machte sie sich in freudig überraschtem Erschauern klar. Sie brauchte es nur anzunehmen! Im Alter von erst dreiundzwanzig Jahren war sie unversehens Inhaberin eines gutgehenden Betriebes geworden! Der Gedanke gefiel ihr, und er verhalf ihr zu neuem Selbstbewußtsein, das seit der Affäre mit Wayne Norton doch ziemlich angekratzt war.

Lucia spürte, wie die Frische des sonnig kühlen Morgens ihr den letzten Rest von Müdigkeit verscheuchte, und fröhlich lachend winkte sie der Vergangenheit einen letzten Abschiedsgruß zu. ›Auf Nimmerwiedersehen!‹ gelobte sie, während sie zur Pforte schritt. ›Ab heute bin ich Geschäftsfrau – ohne Liebeskummer!‹

Tatsächlich sah sie recht geschäftstüchtig aus, wie sie so in tadellos geschnittenen Slacks und makellos weißem Kittel ihrem neuen Posten zustrebte – ein hochgewachsenes, schlankes Mädchen mit dunklem Haar, grauen Augen unter schwarzen Wimpern, wohlgestaltet und olivhäutig. Len, der soeben neben der Pumpe einen Blick in die Turfzeitschrift warf, hob die Augen und lächelte der Näherkommenden einen freundlichen Willkommensgruß zu. Dann stand er auf, und einen Augenblick lang betrachteten sich die beiden wohlgefällig, freundlich und doch ganz ernsthaft. ›Alles hängt davon ab, wie ich mit ihm auskomme!‹ dachte Lucia. Onkel Peter hat geschrieben, er sei die Seele des Geschäftes, und er sei absolut zuverlässig und ehrlich. Wie aber wird er sich verhalten, wenn nun eine Frau als Inhaberin auftritt?

Beim Blick aber in diese rückhaltlos offenen Augen, aus denen entwaffnende Freundlichkeit strahlte, erkannte Lucia voller Zuversicht: Onkel Peter hatte recht, als er schrieb, Len sei ein wahres Gottesgeschenk in einer Zeit, in der niemand mehr seine Arbeit ernst nähme. Ganz bestimmt konnte man diesem netten Jungen bedenkenlos vertrauen. Hoffentlich war er auch mit ihr, Lucia, einverstanden ...

Len hing seinen eigenen Gedanken nach: ›Sie macht einen ganz ordentlichen Eindruck. Nicht wie eine, die sich gleich aufspielt und meckert, wenn man mal einen Blick in den ‚Toto-Tip' wirft, während der Dienstzeit eine Rennwette erörtert und in aller Morgenfrühe zur Stallung hinauffährt, um Jim beim Versorgen der Pferde zu helfen. Kameradschaftlich, möchte ich sagen; sie dürfte Verständnis dafür haben, daß man hier in der Einsamkeit etwas Zeitvertreib braucht. Außerdem sieht sie verdammt gut aus, wenn auch auf gedämpfte Weise. Nicht auffallend, nicht so schön wie Frau Middleton, aber doch so, daß jeder sie gern ein bißchen ansieht.‹

Rosie, die würdevoll neben Lucia hergetrottet war, drängte sich schmeichelnd an Len. »Sie ist anscheinend ganz einverstanden mit der neuen Chefin«, meinte der Tankwart. »Zum erstenmal hat sie heute nacht nicht nach Peter gejault.«

»Richtig. Gleich nach dem Erdbeben hat sie sich hingelegt und fest geschlafen. Allerdings fürchte ich, daß sie in mir so eine Art Bratkartoffelverhältnis sieht. Finden Sie nicht auch, daß sie ganz schrecklich gefräßig ist? Während ich frühstückte, hat sie mir keine Ruhe gelassen, bis ich ihr sämtliche Reste gegeben habe. Ihrem traurigen Gesicht konnte ich einfach nicht widerstehen.«

Len lachte. »Rosie verträgt wirklich mehr als jeder andere Hund! Aber auch ganz abgesehen davon hat sie Sie gern!«

Lucia gab sich Mühe, sich nichts darauf einzubilden; dennoch verriet sie ihre Dankbarkeit, indem sie Rosie wie beiläufig liebevoll über den Kopf strich. Sie selbst hatte noch nie einen Hund besessen, deshalb ging ihr Rosies spontane Zuneigung um so mehr zu Herzen. Lächelnd schaute sie auf das Heft, in dem Len gelesen hatte.

»Ist das Ihre Bibel, Len? Onkel Peter hat mir berichtet, wie sehr Sie für Pferde schwärmen. Das macht auch bestimmt Spaß!«

Nun war der letzte Zweifel beseitigt: Die neue Chefin war große Klasse! »Das kann man wohl sagen, Miss Field. Ich habe Pferde gern, und ganz hier in der Nähe gibt es ja neuerdings sogar eine Stallung. Der Verwalter ist ein feiner Kerl. Manchmal fahre ich schon in aller Frühe hinauf und helfe ihm ein bißchen beim Versorgen und Reiten. Dagegen haben Sie doch nichts ...?«

»Auf keinen Fall! Ich kann mir vorstellen, wieviel Spaß es Ihnen macht. Sie fühlen sich auch sonst nicht allein hier, wie, Len?«

»Nein. Ich finde es großartig. Es kommen ja dauernd Leute zum Tanken, vom Lagerplatz und vom Montagecamp. Nein, einsam bin ich ganz und gar nicht, obwohl ich so weit weg von meinen Angehörigen bin ... Sagen Sie, Miss Field: Hätten Sie nicht auch Lust, beim Pferdetoto mitzumachen?« Voll rührenden Vertrauens hielt er ihr das Heft hin. – »Ach, Len, davon verstehe ich leider ganz und gar nichts«, wehrte sie ab. »Höchstens dreimal im ganzen Leben war ich auf dem Rennplatz!«

»Hm, schade! Aber es macht nichts. Übrigens suche ich mir die Pferde ohnehin nicht immer nach ihrer Form aus. Ich verlasse mich auf allerlei andere Hinweise. Zum Beispiel auf das Erdbeben heute nacht ...«

»Ach ja, Len«, fiel ihm Lucia ins Wort. »Fast hätte ich vergessen, es Ihnen zu sagen: Das Erdbeben hat Onkel Peters Radio vom Schrank geworfen, und es ist in tausend Stücke zersprungen ...«

»Vielleicht kann ich es reparieren. Aber sehen Sie mal das Pferd hier: ›Erdgeist‹! Was meinen Sie? Erdbeben – Erdgeist! Sollte das kein Wink sein?«

Lucia mußte lachen. War das noch ernsthaftes Erwägen einer Wette – oder einfach abergläubisches Erbe der Maori-Vorfahren?

»Ich gebe zu, daß man heute nacht wohl an das Wirken eines gewaltigen Erdgeistes denken konnte! Sagen Sie, haben Sie noch mehr solche Wetten zum kommenden Wochenende vor?«

»Noch eine. Und die sollen Sie mir aussuchen! Lesen Sie hier die Liste der Teilnehmer – und dann sagen Sie Ihre Meinung!«

Lucia überflog die Aufstellung in der Zeitschrift. Dann lachte sie übermütig.

»Was halten Sie von ›Feuersäule‹?« frägte sie.

Len schaute sie verständnislos an. »›Feuersäule‹? Wie kommen Sie denn darauf?«

»Nun, haben Sie heute nacht die flammende Säule nicht gesehen, kurz nach dem Erdbeben? Dort, ungefähr in dieser Richtung muß es gewesen sein.«

Täuschte sie sich, oder machte Len wirklich ein verlegenes Gesicht?

»Ich habe nichts gesehen, habe gar nicht hinausgeschaut. Ich habe einfach weitergeschlafen.«

»Machen Ihnen denn Erdbeben nichts aus? Ich jedenfalls bin davon hellwach geworden.«

»Nein, mich stören Erdbeben nicht. Sie treten oft hier auf, ohne Schaden anzurichten. Meinen Sie, es hätte gebrannt?«

»Allerdings. Aber nicht genug, daß es ein Haus gewesen sein kann. Zwar flammte es ganz hell auf, aber nach ein paar Augenblicken erlosch es schon wieder. Gibt es da oben denn überhaupt Häuser?«

»Nur hier und da steht eines an der Straße – und dann natürlich die Stallungen. Aber falls es dort gebrannt hätte, wüßten wir es inzwischen längst. Das Montagelager liegt weiter links ... Na, jedenfalls wette ich auf ›Feuersäule‹. Ich habe so ein Gefühl, als hätte ich einen Glückstag und als würden sich meine beiden Pferde durchsetzen. Mensch, das könnte eine ganze Stange Geld einbringen!«

Lucia sah ihm an, welch enormen Gewinn er sich bereits ausrechnete.

»Wie schließen Sie eigentlich Ihre Wetten ab? Einen Buchmacher gibt es doch hier wohl nicht?«

»Ich beauftrage einen Freund in der Stadt. Jeden Freitag rufe ich ihn an, und einmal im Monat überweise ich ihm das Geld.«

Das einfache Verfahren schien sich gut eingespielt zu haben, und Lucia überlegte, wieviel von Lens Lohn dabei wohl versickerte. Onkel Peter bezahlte – mit gutem Grund – den jungen Mann recht großzügig: Ein wahrer Jammer, daß er mit dem vielen Geld nichts Besseres anzufangen wußte! Len schien ihre Gedanken zu erraten – mit der Zeit sollte sie erfahren, daß er ein Meister darin war!

»Natürlich geht viel von meinem Geld dabei drauf: ein Pfund pro Woche ungefähr. Aber auf lange Sicht gleicht es sich aus, ein großer Gewinn wird alles wieder gutmachen, und außerdem ist der Spaß doch auch etwas wert. Finden Sie nicht?«

Gewiß, das sah Lucia ein. Und nun wußte sie endgültig, daß sie Len sehr liebgewonnen hatte. Seine etwas pedantische Sprechweise, sein häufiges Zögern, wenn er einen Ausdruck suchte – seltene, aber deutliche Beweise seiner Maori-Abstammung –, das alles gefiel ihr. Sie schätzte seinen gesunden Mutterwitz, der sich mit kindlicher Begeisterungsfähigkeit paarte, und wieder fiel ihr Onkel Peters Urteil ein: »In vierzig Jahren habe ich so manchen Angestellten gehabt, aber keiner konnte Len das Wasser reichen.«

Ein Wagen fuhr ein, und Lucia schaute zu, wie Len ihn mit Benzin und Öl versorgte. Nachdem das Auto fort war, fragte sie: »Kommen vormittags in der Regel viele Kunden?«

»Es geht. Die besten Tage sind Samstag und Sonntag. Die Brükkenbauer haben unsern Umsatz merklich erhöht. Übrigens zahlen sie nicht bar, sondern geben eine Quittung. Und einmal im Monat verschicken wir Rechnungen.«

»Das hat mir Onkel Peter auch mitgeteilt. Und wie steht es mit Reparaturen?«

»Ich erledige nur Reifenpannen und andere kleine Schäden. Einen verstopften Vergaser kann ich leicht zwischendurch reinigen – solange nicht gleich zwei auf einmal kommen. Wenn dieser Fall einmal eintrat, habe ich geklingelt, und Peter kam mir helfen. Wir haben nämlich eine Klingel ins Haus gelegt.«

Nicht zum erstenmal fiel Lucia auf, daß er einfach ›Peter‹ sagte. Das war gewiß nicht plump vertraulich gemeint, vielmehr wußte sie, daß die Maori durch die Nennung des Vornamens Zuneigung und Freundschaft ausdrücken, und schon heute war sie neugierig, wie lange Len sie noch ›Miss Field‹ nennen würde. Es sollte sich erweisen, daß diese Förmlichkeit genau drei Tage dauerte, und Lucia fühlte sich erleichtert, als Len zum erstenmal ›Luce‹ zu ihr sagte. Da wußte sie, daß sie gewonnen hatte. Allerdings wagte sie nicht, sich auszumalen, was ihre Mutter zu dieser Verstümmelung ihres Vornamens gesagt hätte.

Fast den ganzen Vormittag über blieb sie an der Tankstelle und ließ sich von Len die Bedienung der Pumpen zeigen. Mit übergroßer Zuversicht ging sie nicht heran, und sie konnte sich kaum vorstellen, daß sie eines Tages ohne Stocken würde sagen können: »Das macht sechs Shilling und acht Pence, bitte!« Kopfrechnen war nie ihre Stärke, und sie war froh, als sie eine Tabelle an der Wand entdeckte. Sie lernte, wo die Quittungen gesammelt wurden, die man von den Fahrern der Busse und Lastwagen erhielt, wo sich das Wechselgeld befand, wie man flink Münzen zählte, und sie versuchte sogar, sich diejenigen Kunden einzuprägen, denen Len Kredit zu geben pflegte.

»Aber mit dem Öl werde ich nie im Leben fertig, Len!« stöhnte sie.

Ermutigend lächelte er sie an. »Soll ich Ihnen mal aufmalen, wie ein Auto von innen aussieht?« Und schon fing er damit an, seine Zeichnung eingehend zu erläutern.

Lucia hörte andächtig zu, schlug aber schließlich doch vor: »Am besten beschränke ich mich zunächst aufs Benzin und überlasse Ihnen das Öl.«

»Na schön. Ich kann ja immer mal auf einen Sprung herankommen, auch wenn ich gerade mit einem andern Wagen zu tun habe. Dann müssen Sie dafür aber meinem Wagen das Benzin einfüllen. Einverstanden?«

Lucia war erleichtert, und da gerade kein Kunde kam, lief sie ins Haus zurück und packte aus, was sie am vergangenen Abend noch in den Koffern gelassen hatte. Bald aber rief die Klingel um Hilfe, und als sie hinunterlief, fand sie Len mit dem Flicken eines alten Reifens beschäftigt, während gerade ein schlichtes, aber moderneres Auto einbog. Hinter dem Steuer saß eine junge Frau, die die Flausen ihres kleinen Jungen und seines noch kleineren Schwesterchens zu erdulden hatte. Geschäftig trat Lucia neben den haltenden Wagen.

»Guten Morgen! Wieviel darf es sein?«

Lucia gefiel sich sehr in dieser Rolle. Die Dame gab nicht sogleich Antwort, aber sie lächelte Lucia lange strahlend an, so bezaubernd, daß Lucia dachte: ›Du bist schön, mit deinen dunklen Augen, dem dunklen Haar, den reizenden Zügen. Und lieb bist du und still, das sieht man gleich ... Wer magst du sein?‹ Aber all diese Fragen behielt sie schön für sich. Sie lächelte nur zurück und wartete geduldig.

»Sie sind doch bestimmt Lucia Field, die Nichte von Mr. Rolfe? Er sagte mir, er hoffe, daß Sie kämen. Nun, es wäre schön, wenn es Ihnen hier gefiele ... Haben Sie schon gehört, wie es ihm geht?«

»Noch nicht. Aber, da fällt mir ein: Wie bekommt man hier eigentlich seine Post? Ich habe ganz vergessen, Len danach zu fragen.«

»Wir haben eine normale Landzustellung. Der Bus bringt den Postsack zu Miss Mills – Ihrer Nachbarin, von deren berühmtem Garten Sie sicherlich schon gehört haben. Und das Austragen erledigt Mr. Davis, der oben an der Bergstraße wohnt.«

Inzwischen war auch Len herangetreten. »Die beiden können einander das Wasser reichen!« warf er vielsagend ein. »Ich wette, sie lesen sämtliche Briefe!«

Lucia und die Dame tauschten ein Lächeln.

»Allerdings sind sie beide anders als Len«, lachte die Fahrerin. »Er ist immer freundlich und munter. Davis hingegen ist alles andere als beliebt. Ganz zurückgezogen wohnt er oben auf der Hochebene, gar nicht weit von den Stallungen entfernt ... Aber ich darf Sie nicht aufhalten, denn bestimmt haben Sie alle Hände voll zu tun. Wie wäre es aber, wenn Sie mich einmal besuchen kämen? Ich würde mich herzlich freuen. Bitte, tanken Sie voll: fünfundzwanzig Liter, denke ich. Sie sind erst gestern abend eingetroffen?«

»Jawohl. Kurz vor dem Erdbeben. Sind Sie auch davon wach geworden?«

»Allerdings. Glücklicherweise hielten die Kinder das ganze für einen Spaß! Ja doch, James, nun steige schon einen Augenblick aus und streichle Rosie! Ist das nicht ein braver Hund? Und wie gern

Rosie Kinder mag! Ja, es war wirklich ein ansehnliches Erdbeben, nicht wahr? Übrigens treten Erdbeben hier häufig auf, und wir auf dem Lagerplatz drüben spüren sie natürlich doppelt, weil unsere Bungalows recht windig gebaut sind.«

»Ach, Sie wohnen im Ferienlager?«

»Jawohl. Mein Mann versorgt die Stallungen oben im Gebirge, aber in der Hütte, die dazu gehört, haben wir keinen Platz. Ohnedies hätten wir dauernd nur Angst und Sorge, wenn James bei den Pferden wäre. Ich bin Annabel Middleton, und das sind unsere Kinder, James und Eve. Komm her, James, gib Miss Field schön die Hand!«

Der Kleine gehorchte, reichte Lucia mit ernstem Gesicht die Hand, lief dann aber eilig zu Rosie zurück, der er ein arg zerknautschtes Stück Schokolade hinhielt. So gierig stürzte sich die Hündin darauf, daß es Lucia peinlich war. »Sie ist so schrecklich gefräßig!« entschuldigte sie das Tier. »Übrigens hat Onkel Peter nie von ihr gesprochen – nur in dem Brief, mit dem er mich herrief, empfahl er mir, gut zu Rosie zu sein, dann würde auch sie gut zu mir sein. Wer Rosie sei, das verriet er mir nicht – und natürlich stellte ich mir sofort eine wundervolle, gefährlich schöne Frau vor!«

Beide lachten.

»Welche Erleichterung, als Sie dann nur die brave, häßliche Rosie vorfanden!«

»Zugegeben. Aber die Lösung eines zweiten Geheimnisses steht noch aus. Wissen Sie etwa zufällig, wer Carmen ist? Onkel Peter hat nämlich geschrieben, vor ihr müsse ich mich in acht nehmen! Len mochte ich nicht fragen, denn es sah doch fast so aus, als habe Onkel Peter sich einen Harem gehalten. Trotzdem interessiere ich mich natürlich lebhaft dafür, wer Carmen ist. Ist sie wirklich so gefährlich?«

»Um Gottes willen!« Annabel warf den Kopf zurück und lachte fröhlich. ›Sie ist reizend!‹ dachte Lucia, die sie schweigend betrachtete. ›Reizend mit dem weißen Hals und den lachenden Augen. Nie im Leben hätte ich vermutet, jemanden wie sie ausgerechnet hier anzutreffen.‹

»Carmen«, erklärte die Dame, während sie warnend zu Len hinüberschaute und die Stimme senkte, »ist die arme alte Miss

Mills, von der wir gerade gesprochen haben ..., die Alte mit dem Garten und dem Postamt!«

»Aber warum mag Onkel Peter mich vor ihr gewarnt haben?« stieß Lucia verblüfft hervor. »Ist etwas mit ihr?«

»Mr. Rolfe hatte eine Heidenangst vor ihr, weil sie von ihrer Gärtnerei wahrhaft besessen ist und sich immerzu bemüht, allen andern Leuten dieselbe Leidenschaft aufzuschwatzen. Ihr eigenes Anwesen ist zwar entzückend – nur sollte sie es nicht mit steinernen Zwergen, Gespenstern und sonstigem Unfug verschandeln! Ihrem Onkel ist sie auf die Nerven gefallen, weil sie ihn mit allen Mitteln der Überredungskunst dazu bringen wollte, auch hier einen Garten anzulegen – und ich fürchte gar, er hatte Angst, sie wolle ihn bei der Gelegenheit auch gleich heiraten! Jedenfalls pflegte er, wenn sie nur nahte, die Flucht zu ergreifen, sich in seinem Haus zu verbarrikadieren und Len das Feld zu überlassen.«

Wieder lachten sie beide.

»Aber man kann es Mr. Rolfe wirklich nicht übelnehmen«, fuhr Annabel fort. »Sie ist eine Nervensäge; und sie malt, wenn auch nicht sehr gut. Sie bietet ihre Bilder zum Verkauf an und prahlt dabei immerzu mit ihrem Großvater, der Kunstmaler war ... sogar ein weitbekannter. Vielleicht haben Sie schon etwas von ihm gesehen: Aloysius Mills? Nun, jedenfalls bildet sich Carmen ein, sein Talent geerbt zu haben. Ja, von diesen beiden Dingen ist sie wahrhaft besessen: Malerei und Gartenkunst.«

»Du meine Güte – Onkel Peter hätte Mutters Gesicht sehen sollen, als sie seine Warnung vor Rosie und Carmen las!« lachte Lucia. »›Die Männer sind doch alle gleich ...‹«

Annabel stimmte in ihr Lachen ein, und Lucia dachte: ›Was bin ich für ein Glückspilz! So etwas hätte ich nie im Leben erwartet – jemanden zu finden, mit dem ich lachen kann – jemanden mit meiner Wellenlänge!‹

»Bis zum Lager ist es gar nicht weit«, erklärte Annabel Middleton. »Kommen Sie doch morgen vormittag mal hinauf. Vermutlich werden Sie auch Jim antreffen.«

»Ach, Ihren Mann? Gehört ihm der Reitstall?«

»Aber nein. Er ist nur für den Sommer angestellt; Eigentümer ist Mr. Purdy. Jim lernte ihn durch einen Bekannten vom Turf her kennen, und Mr. Purdy fragte, ob er nicht für ihn das neuartige Experiment durchführen wolle. Jim kann nämlich großartig mit Pferden umgehen; ich werfe ihm zuweilen vor, Pferde seien ihm wichtiger als ich.«

»Und Sie wohnen im Ferienlager. Gefällt es Ihnen dort?«

»O ja! Die beiden Inhaber sind sehr nett; wir sind jetzt – außerhalb der Saison – die einzigen Gäste. Übrigens war ich nicht ganz schuldlos daran, daß Jim hergekommen ist: Mir ging es gesundheitlich nicht recht gut, und die Luft hier ist so kräftigend, daß ich mich zusehends erhole. Wir werden bis zum Herbst hierbleiben; die Pferde können oben nicht überwintern. Inzwischen versorgt ein bekanntes Ehepaar das Vieh auf unserem kleinen Hof daheim; ein Glück, daß wir uns auf Simon und Sara Hawkins bedenkenlos verlassen können ...«

Simon und Sara Hawkins? Hatte Lucia die Namen nicht schon gehört? »Die Namen kommen mir bekannt vor!« Noch während sie das sagte, fiel es ihr ein: Es stand in irgendeinem Zusammenhang mit einem Mord und einem Rennpferd, und nun begriff sie, warum ihr gleich vorhin auch der Name Jim Middleton vertraut im Ohr geklungen hatte. Jim hatte sich damals als Detektiv betätigt und der Polizei bei der Aufklärung des Falles sehr geholfen. Noch während Lucia dies alles blitzschnell überdachte, fiel ihr auf, wie Annabel sich verfärbte. Aber nun war die Frage heraus, obwohl Lucia sich am liebsten die Zunge abgebissen hätte.

»Ach, ich sehe Ihnen an, daß Sie alles wissen; die ganze gräßliche Angelegenheit, die uns so widerwärtig war. Aber inzwischen ist ein Jahr vergangen, und langsam fange ich an, alles zu vergessen. Sara und Simon sind jedenfalls überglücklich.«

»Das ist die Hauptsache.« Hastig bemühte sich Lucia, das Thema zu wechseln. »Aber würden Sie selbst nicht lieber bei den Stallungen wohnen?«

»In vieler Hinsicht, gewiß. Aber wir haben wirklich keinen Platz oben, nichts als ein winziges Schlafzimmer. Außerdem ist James genauso ein Pferdenarr wie sein Vater; wir könnten ihn den Tieren sicher nicht fernhalten. Dabei ist vor allem eines der Pferde, an dem Jim hängt, besonders gefährlich: ›Raubritter‹ heißt es. Nein, ich hätte keine ruhige Minute, wenn wir oben wohnten: Bestimmt würde er James beißen. Hallo, wo ist der Bursche denn nun mit Rosie hingezogen?«

Sie fanden ihn in der Werkstatt, über und über mit Öl beschmiert. Seine Hemdbrust wölbte sich vor, und in aller Ruhe griff Annabel darunter und zog etwas heraus: Lens kleinen Schraubenzieher. Ohne Rücksicht auf seine empörten Schreie wurde der kleine Mann ins Auto verfrachtet.

Inzwischen füllte Lucia sorgfältig fünfundzwanzig Liter Benzin in den Tank. Während sie den Verschluß wieder zuschraubte, strahlte sie ihre Kundin triumphierend an. »Da, das war das erste Mal; und ich habe keinen einzigen Tropfen verschüttet.«

»Großartig – und hier ist das Geld! Ganz passend, so daß Sie nicht einmal Wechselgeld abzuzählen brauchen!« lachte Annabel fröhlich. »Auf Wiedersehen also – und denken Sie an morgen vormittag!« Sie winkte Len zu und fuhr davon.

Lucia schaute ihr nach. »Die ist aber nett!« sagte sie laut. Len hob den Blick von dem Vergaser, den er gerade säuberte. »Ganz prima ist sie«, bestätigte er. »Und Jim ebenfalls.« – In diesem Augenblick fuhr ein großer, imposanter Wagen an der Pumpe vor.

»Das ist Mr. Purdy!« flüsterte Len, während sein Gesicht sich vor Aufregung rötete. »Ihm gehören die Pferde. Können Sie ihm Benzin geben, Miss Field? Ich muß das Ding hier fertigmachen, und ich möchte nicht, daß er warten muß.«

Man hörte Len deutlich an, was für eine bedeutende Persönlichkeit dieser Purdy war. Ein wenig nervös ging Lucia auf den kleinen, drahtigen Herrn zu, der bereits aus seinem Wagen gesprungen war und den Tank aufschraubte. Sehr eindrucksvoll sah er nicht gerade aus, nicht einmal sympathisch; aber er benahm sich durchaus freundlich.

Er trat ins Büro, um Zigaretten zu kaufen. »Sie also sind Miss Field? Haben Sie schon Nachricht von Ihrem Onkel?«

»Nein. Ich glaube, die Operation ist erst für Ende der Woche angesetzt; aber dann werde ich gewiß bald etwas hören.«

»Fein. Ich würde mich freuen, wenn der Alte sie bald gut hinter sich hätte. Jawohl, das ist meine Marke; und außerdem möchte ich tanken. Dreißig Liter vermutlich. Können Sie das schon?«

»Klar!« versicherte Lucia großspurig, und als sie das verschmitzte Zwinkern in den Augen bemerkte, ergänzte sie: »Mit Benzin komme ich schon zurecht, aber hoffentlich wollen Sie kein Öl; das ist nämlich meine Schwäche!«

Er lächelte. »Heute früh brauche ich keines. Bestimmt werden Sie auch das bald lernen.«

Er ging zum Auto zurück, und Lucia bemerkte, daß seine Beine leicht gekrümmt waren und daß er sich bewegte, als wäre er im Pferdesattel aufgewachsen. Auch sonst sah er so zäh und durchtrainiert aus, wie Lucia sich einen Reitersmann vorstellte, und sie überlegte schon, ob wohl Jim Middleton der gleiche Typ sei. Sie wünschte der reizenden Annabel wahrhaftig einen ansehnlicheren Gatten. Len sprang mit dem Wischer herbei, um die Scheibe zu säubern, und Purdy lächelte ihm freundlich zu. »Waren Sie in letzter Zeit mal wieder oben im Stall?«

Stolz nickte der Junge: »Gestern früh, Mr. Purdy! Ich bin Jim ein bißchen zur Hand gegangen – bei der neuen Koppel, die er für die Fohlen abzäunt. Nachdem wir fertig waren, hat er ›Merrygirls‹ Kleines kurze Zeit draußen herumstolpern lassen. Ha, Mr. Purdy, das ist mal ein feines Fohlen!«

»Hübsch ist es, ja. Aber komisch gefleckt: vier ganz weiße Beine, und einen braunen Klecks auf einem Fuß. Das kann uns nie verlorengehen! Gestern abend haben wir es mit seiner Mutter zum Gestüt Greenhithe geschafft; diesmal kommt sie zum ›Inka‹. Sobald sie trächtig ist, hole ich sie mit ihrem Fohlen wieder her. Sie helfen also Jim manchmal ein bißchen, ja? Aber hoffentlich nicht auf Kosten Ihrer Chefin!«

»Das kommt nicht in Frage. Ich fahre in aller Herrgottsfrühe hinauf und bin um acht wieder zurück.«

Lucia ging ins Büro zurück. Nach wenigen Augenblicken stieß Len einen Ruf aus, und als sie aufschaute, winkte Purdy ihr zu.

»Len sagt, Miss Field, Sie hätten heute nacht das Feuer gesehen. Wissen Sie schon, was da gebrannt hat?«

»Nein. Doch nicht etwa die Stallungen?«

»Nein, aber das Feuer war gar nicht weit davon. Schrecklich! Es war die Garage von Davis. Der arme Kerl. Ich begreife nicht, wie es ihn so erwischen konnte.«

»Erwischen? Meinen Sie den Postboten Davis? Ist er . . .«

»Verbrannt. Tot. Heute früh hat man ihn gefunden. Anscheinend hat er an seinem großen Wagen herumgebastelt – und wie üblich dabei geraucht. Die Kühlerhaube stand auf, und der arme Kerl selbst, oder was von ihm übrig war, lag über dem Motor. Daneben hat man einen leeren Benzinkanister gefunden, umgekippt. Vielleicht warf das Erdbeben ihn um, Davis erschrak, ließ die Zigarette fallen ... und schon nahm das Unheil seinen Lauf.«

»Wie schrecklich ... nicht auszudenken, daß dies das Feuer war, das ich sah – und daß ein Mensch darin elend zugrunde ging!«

»Er war ein komischer Kauz«, meinte Purdy nachdenklich. »Kaufte sich vor kurzem einen schweren Wagen und war buchstäblich mit ihm verheiratet. Er hatte keine Angehörigen, war auch nicht ausgesprochen beliebt ... Und trotzdem ...«

Len war Purdy ins Büro nachgekommen. Sein braunes Gesicht war vor Schreck so bleich, wie es unter der Bräune nur werden konnte. »Bert Davis war gestern noch hier, und er wurde böse, weil er zwei Minuten warten mußte. Knurrig war er ja fast immer, aber ...«

›Der arme Kerl!‹ dachte Lucia. ›Ob alle Leute nun ‚aber ...‘ in diesem Ton sagen werden?‹ Und laut fragte sie: »Wann – wann hat man ihn denn gefunden?«

»Erst heute früh. Zur Zeit ist die Polizei oben.« Purdy schien ruhig und nüchtern selbst unter dem Eindruck einer solchen Tragödie; erschüttert waren nur Len und Lucia. Der Pferdetrainer hatte sich wieder in seinen Wagen gesetzt und ließ den Motor an, da erst bemerkte er den Ausdruck in Lucias Gesicht. Eilig fügte er ein wenig freundlicher hinzu: »Lassen Sie sich dadurch den ersten Eindruck von Ihrer neuen Umgebung nur nicht verderben, Miss Field! Unfälle kommen überall vor; die Gegend hier ist im Grunde friedlich.« Er nickte ihr zum Abschied zu und fuhr davon.

›Richtig gefallen kann er mir nicht‹, dachte Lucia. ›Er ist auffallend gefühllos. Wie hält es Jim Middleton nur bei ihm aus? Ohnehin ist es eine Schnapsidee, da oben Pferde zu trainieren! Ach, und der arme Mann . . . Auch wenn ihn keiner recht leiden mochte, hätte Purdy doch etwas menschlicher über den Unfall sprechen können!‹

Aber schon rief die Pflicht von neuem: Ein Lastwagen fuhr vor, und der Fahrer händigte ihr eine Quittung aus, für die sie am Ende des Monats eine Rechnung schreiben würde.

Die zweite Nacht verlief ereignislos – abgesehen davon, daß Rosie, bereits verwöhnt durch Lucias Nachgiebigkeit während des Erdbebens, freundlich, aber bestimmt den Wunsch bekundete, ins Schlafzimmer gelassen zu werden. »Unsinn!« wehrte Lucia forsch ab, während sie die Tür schloß. »Du schläfst im Flur, wie du es immer getan hast!«

Aber Rosie gab noch lange nicht auf: Sie legte die Nase an den Spalt unter der Tür und winselte so beharrlich, daß Lucia endlich nachgab und sie einließ.

»Meinetwegen!« schimpfte sie ungehalten. »Aber nicht unters Bett! Ich möchte nicht jedesmal, wenn du dich bewegst, an einen neuen Erdstoß denken. Los, komm schon, du Riesenvieh!«

Rosie legte sich auf den Rücken und gurgelte einladend, woraus Lucia zutreffend schloß, daß sie gekrault zu werden wünschte.

Trotz dieser verlorenen Schlacht schlief Lucia ungestört. Kurz nachdem sie aufgestanden war, rief die Mutter an und teilte ihr mit, Onkel Peter habe die Operation bereits hinter sich. »Es war viel weniger schlimm, als wir fürchteten; deshalb können wir uns vorstellen, daß er in absehbarer Zeit die Tankstelle selbst wieder übernimmt!« schloß die Mutter zuversichtlich.

Lucia war froh, daß der Onkel sich wieder auf dem Wege der Besserung befand. Der Gedanke, daß er vermutlich nun doch zur Tankstelle zurückkehren würde, störte sie nicht im mindesten.

»Herrlich! Es ist ja noch ein leeres Zimmer für mich da, und wir würden uns bestimmt gut vertragen. Ja, mit Onkel Peter würde es nur noch netter werden – und falls es mir doch einmal über würde, könnte ich jederzeit gehen, und sei es auch nur für einige Zeit!«

Zu ihrer Freude fiel ihr ein, daß sie heute Annabel Middleton auf dem Campingplatz besuchen wollte. Nach dem Frühstück, von dem sie Rosie vergeblich auszuschließen versuchte, lief Lucia zur Tankstelle hinunter und berichtete Len, was sie eben über ihren Onkel erfahren hatte. Helle Freude stand dem jungen Mann im Gesicht geschrieben, während er zuhörte; kein Zweifel, er hatte den Chef von Herzen gern.

»Fein, wundervoll, herrlich! Am kommenden Sonnabend setze ich auf ›Chirurg‹. Bestimmt macht er das Rennen!«

»Pferde sind wohl Ihr ein und alles, Len, wie?«

»Ich habe Pferde schrecklich gern, jawohl! Heute früh war ich wieder oben im Gestüt. Jim hat alle Hände voll zu tun. Vorgestern hat er ›Merrygirl‹ mit ihrem Fohlen weggegeben. Diesmal kommt sie zu einem besonders großartigen Hengst!«

»Wie alt ist denn das Fohlen?«

»Noch keine vierzehn Tage; aber es ist schon recht kräftig; dabei ganz komisch gefleckt: vier weiße Beine und einen braunen Fuß. Ein prächtiges Fohlen. Zunächst mußte es Jim im Stall halten, weil das Wetter unfreundlich war, aber an dem Tag, an dem Sie ankamen, hat er es hinausgelassen. Sie hätten es sehen sollen: Wie verrückt ist es umhergetollt.«

»Mr. Middleton muß viel zu tun haben. Hat er eigentlich gar keine Hilfe?«

»Er hatte einen Jungen, aber der kam mit ›Raubritter‹ nicht zurecht; daher hat er ihn entlassen. Vier Pferde muß er versorgen, aber nur noch eine Stute, seit ›Merrygirl‹ fort ist. Er hält sie prima. Gelegentlich müssen Sie sich die Stallung einmal ansehen!«

»Das tue ich gern. Heute vormittag will ich Mrs. Middleton besuchen, Len. Wie steht es mit Onkel Peters kleinem Wagen? Ist er in Ordnung?«

Hoheitsvoll erklärte Len, er selbst habe den Wagen versorgt, seit er hier Dienst tue, und Peter sei niemals im Stich gelassen worden. »Und für Sie habe ich ihn eigens überholt. Die Batterie ist aufgeladen, und das Öl reicht noch lange.« Eilig lief er in die Garage und holte den Kleinwagen heraus. »Mehr als sechzig sollten Sie ihm aber nicht abverlangen«, gab er zu. »Er ist nicht mehr der jüngste!«

»Haben Sie nur keine Angst. Ich fahre höchstens fünfzig. Sehr oft habe ich ohnehin noch nicht am Steuer gesessen. Ich besitze zwar den Führerschein, aber hatte nur selten Gelegenheit, das Auto meines Vaters zu steuern. Deshalb denke ich nicht daran, auf einer völlig fremden Straße wie wild zu rasen.«

»Sehr richtig. Dann hält das Auto noch lange. Still doch, Rosie!«

Der Hund winselte herzzerreißend und schaute Lucia unsagbar vorwurfsvoll an. Schon wollte das Mädchen weich werden. »Sie will wohl mit, wie?«

»Nein. Auto fährt sie nicht. Aber sie will auch nicht gern allein gelassen werden. So sehr sie gegen Autos eingenommen ist, würde sie doch mitfahren, falls Sie sie hineinhöben.«

»Ich denke nicht daran! Hat sie denn Angst?«

»Nein. Aber sie wird reisekrank. Sehr, sehr reisekrank. Alles voll!« Er deutete auf das sorgsam gepflegte Polster. Lucia fielen Rosies reichliche Mahlzeiten ein, und sie erschauerte.

»Um Gottes willen! Nicht auszudenken! Also, auf Wiedersehen, Len. Ich bin bald wieder da.«

»Sie brauchen sich nicht zu beeilen. Sehen Sie sich das Lager nur gut an. Es ist wunderbar eingerichtet. Sogar ein kleines Flugzeug gibt es und ein Rennboot.«

»Ein Flugzeug? Unglaublich. Wird es oft benutzt?«

»Nigel zeigt damit Feriengästen Busch und See von oben. Und manchmal fliegt er nach Forest Harbour, um Nachschub fürs Lager zu holen.«

»Die Leute sind recht fortschrittlich! Aber ich nehme an, daß sie gar nicht schlecht verdienen. Die Gegend muß ja Jäger aller Art anlocken! Und angeln kann man zur richtigen Zeit bestimmt auch herrlich!«

Bald hatte Lucia das Lager erreicht. Auf den ersten Blick gefiel es ihr sehr. Auf einer ziemlich weiten Ebene lagen kleine Hütten verstreut, und dazwischen dehnten sich geräumige Zeltplätze; ein großes Gebäude, das vermutlich Küche und Bäder enthielt, bildete zusammen mit einem kleineren Wohnhaus den Abschluß nach rechts. Nur dieses Haus und einer der Bungalows schienen belegt zu sein, und Zelte waren überhaupt nicht aufgeschlagen. Von der Landstraße reichte der Lagerplatz bis zum See, dessen Wasser in kleinen Wellen ruhig auf den sandigen Strand rollte. An einem Landungssteg lag ein Motorboot vertäut; unweit davon ankerte ein kleines Wasserflugzeug.

Linker Hand wuchs dichter Busch bis über die Straße hinunter, und dahinter stiegen fast senkrecht Klippen in geschwungenem Rund zur Hochebene hinter der Tankstelle empor. Es war eine überraschend wilde, malerische Lage für einen Campingplatz, der sich einer so neumodischen Errungenschaft wie eines Flugzeugs rühmen durfte.

›Ein solcher Luxus mußte doch ziemlich kostspielig sein!‹ dachte Lucia. Ihr fiel ein, daß Onkel Peter einmal erzählt hatte, der Betrieb bestände erst seit vier Jahren. Zweifellos hatten die Besitzer eine Menge Geld hineingesteckt; bestimmt aber zogen sie während der Saison auch manchen zahlungskräftigen Feriengast an – was übrigens auch der Tankstelle ›Zum Kreuzweg‹ zugute kam!

Aus dem bewohnten Bungalow kam ihr Annabel entgegen. Während der Begrüßung hielt sie eisern ihren kleinen Jungen fest, der unbedingt zum Auto wollte. Als er dann feststellte, daß Rosie nicht mitgekommen war, wurde er vor Wut tobsüchtig und warf sich zu Boden. Annabel verlor nicht die Ruhe und meinte gleichmütig: »Ich habe dir doch gleich gesagt, daß Rosie nicht mitkommen würde. Sie mag nun einmal nicht im Auto fahren. Weißt du nicht mehr, wie schrecklich es war, als du einmal Len so lange zugesetzt hast, bis er sie in den Wagen von Herrn Rolfe hob und ihr zu dritt einen Ausflug machtet?«

Lucia verlangte nicht im einzelnen zu hören, in welcher Weise es schrecklich war; nur zu gut konnte sie es sich vorstellen! So versuchte sie, James zu trösten, aber er trat nur noch wütender auf, und seine Mutter sagte: »Kommen Sie nur! Er kommt schon wieder zu sich, wenn wir uns nicht um ihn kümmern. Jim findet ja Schläge angebracht, ich aber lasse ihn einfach links liegen. Darf ich Ihnen unsere Hütte zeigen? Sie ist sehr praktisch und komfortabel.«

Sie traten in ein recht geräumiges Wohnzimmer, von dem aus man einen herrlichen Blick auf den See hatte; dahinter befanden sich eine Kochnische, ein Duschraum und zu beiden Seiten je ein Schlafzimmer; in einem davon schlief die kleine Eve. »Ich fühle mich schrecklich wohl in diesem niedlichen Heim«, schwärmte Annabel. »War es nicht lieb von den Leuten, uns aufzunehmen – obwohl Frauen außerhalb der Saison gar nicht gern gesehen sind? Nur ein paar Jäger und Angler finden sich zuweilen ein.«

»Welches Glück, daß sich so nahe beim Arbeitsplatz Ihres Gatten ein solches Lager befindet.«

»Andernfalls hätte Jim diese Stelle nicht angenommen. Einer seiner Gründe war ja die Notwendigkeit, mir Luftveränderung zu verschaffen. Der andere war ›Raubritter‹!«

»›Raubritter‹. Das ist doch das schwierige Pferd, nicht wahr? Macht es seinem Namen Ehre?«

»Das kann man wohl sagen! Meistens nennt ihn Jim sogar ›Räuber‹ – das ist seinem Temperament noch angemessener –, wenngleich mein Mann es als Kosename meint! – Ach, Lucia, ist es nicht schrecklich ... Mit dem Feuer, meine ich, und mit dem armen Davis?«

»Ganz furchtbar! Offenbar hat er leichtsinnigerweise neben dem offenen Benzinkanister geraucht. Das war ein grausamer Tod.«

»Grauenhaft! Aber niemand scheint ausgesprochen traurig zu sein! Er war ein kauziger Einzelgänger, und keiner hier mochte ihn recht leiden. Er ging immer mürrisch und verschlossen umher.«

»Len hat mir erzählt, was für ein feines Auto er sich gekauft hat. Hat er denn so gut verdient?«

»Das muß er wohl. Und er hatte niemanden, dem er etwas hinterlassen konnte – weder Weib noch Kind.«

»Was für ein leeres Leben! Mr. Purdy sagt, er habe in der Nähe seiner Stallung gewohnt.«

»Das stimmt; dennoch hat Jim ihn kaum zu Gesicht bekommen. Der Alte wünschte offensichtlich keine Gesellschaft. Hat Ihnen Purdy von dem Unglück erzählt?«

»Ja. Er kam zum Tanken, kurz nachdem Sie abgefahren waren. Er sieht richtig nach Pferd aus, nicht wahr? Wenigstens habe ich mir einen Mann, der zeitlebens mit Pferden zu tun hat, so vorgestellt. Allein sein struppiger Pullover... Ist er Ihnen sympathisch?«

Annabel zögerte. »Ich war noch nicht viel mit ihm zusammen, aber Jim scheint große Stücke auf ihn zu halten. Natürlich kennt auch er ihn noch nicht lange, aber er sagt, Purdy sei ein anständiger Chef. Kommen Sie, trinken wir eine Tasse Kaffee!«

Während sie am gedeckten Kaffeetisch saßen und auf den See schauten, bat Lucia: »Erzählen Sie mir doch von den Leuten, die den Lagerplatz hier betreiben. Haben sie Kinder, mit denen James spielen könnte?«

»Aber nein. Sie sind gar nicht verheiratet. Zwei Geschäftspartner, aber ganz unterschiedliche Menschen. George Owens verwaltet die Lager, und die einzige Freude seines Lebens scheint die Herstellung von Fliegen zum Forellen-Angeln zu sein. Das kann er wirklich hervorragend. Nigel Howard ist der Typ des Unternehmers; er versorgt Flugzeug und Rennboot und ist ein ganz fideles Haus. Gleich sollen Sie sie beide kennenlernen. Aber erst müssen Sie mir etwas von sich selbst erzählen. Wie kamen Sie darauf, sich ausgerechnet hierher verschlagen zu lassen? Einem Mädchen wie Ihnen würde man das gewiß nicht ohne weiteres zutrauen.«

Fröhlich schwatzten sie weiter, bis das Baby erwachte und sie unterbrach. Lucia begleitete die Mutter ins Schlafzimmer. »Eve ist Ihnen ja wie aus dem Gesicht geschnitten!« rief sie aus. »Ganz anders als James. Ich dachte immer, Jungen schlügen der Mutter und Mädchen dem Vater nach!«

»James würde sich niemals an irgendeine Regel halten. Er ist ein schrecklicher Querkopf. Er sieht Jim ungemein ähnlich, und er hat auch die gleiche Leidenschaft für Pferde. – Später, als wir Eve erwarteten, wünschte sich Jim ein Mädchen, und er verlangte, sie müsse mir ähnlich sehen. Das tat die Kleine dann auch; sie ist überhaupt unwahrscheinlich fügsam!«

Lucia lachte, und das Mädchen durfte hinaus zu seinem Bruder. Aber von James war keine Spur zu entdecken. Lucia bekam einen Schrecken. Immerhin führte die Straße unmittelbar am Lager vorbei, und auf der anderen Seite lag der See. Aber Annabel trug sein Fehlen mit Fassung.

»Vermutlich sieht er Mr. Owens beim Fliegenmachen zu«, meinte sie, während sie sich zum Wohnhaus der Besitzer aufmachten, wobei sie Eve im Sportwagen vor sich herschoben.

George Owens saß an einem kleinen Schraubstock in der Küche, tatsächlich seiner Lieblingsbeschäftigung hingegeben. Er war groß und kräftig, und in seinem dunkelfarbenen Gesicht stand ein grimmiger Ausdruck. Lucia konnte sich vorstellen, daß es kein Vergnügen war, sich mit ihm anzulegen; aber sie bemerkte ganz deutlich auch, daß ihm Annabel gefiel, und als er die beiden Besucherinnen anlächelte, sah Lucia ein: Ein ausgesprochener Brummbär ist er doch nicht, nur ein kantiger, schweigsamer Klotz. Anscheinend ist er mit dem Kopf weniger gewandt als mit den Fingern. Dieser subtilen Arbeit jedenfalls war er wie kein zweiter gewachsen.

»Nein, der junge Herr ist nicht da. Er ist zum Strand hinuntergelaufen, um Nigel zu suchen.«

Während sie weitergingen, meinte Annabel gelassen: »Bestimmt spielt er im Sand. Zu nahe ans Wasser geht er nie. Er haßt alles kalte Wasser und ist am liebsten von Kopf bis Fuß dreckig.«

»Ein komisches Steckenpferd für einen so großen, ungeschlachten Mann: winzige Fliegen zu fabrizieren! Er verdient wohl ganz gut dabei, wie?«

»O ja. Die Angler nehmen sie ihm gern ab, und deshalb schafft er augenblicklich tüchtig Vorrat, weil er während der Saison kaum Zeit dafür findet.«

»Führt er die Besucher niemals durch die Gegend?«

»Manchmal im Boot – aber niemals im Flugzeug. Für Abenteuer ist Nigel zuständig. Ach, da ist er ja am Landungssteg, und James ist bei ihm. Die beiden sind schrecklich nett zu dem Jungen, obwohl er ihnen sicher oft auf die Nerven fällt.«

Auf dem schmalen Steg standen zwei Gestalten Hand in Hand. Die eine war James, völlig in die Betrachtung des Wasserflugzeuges versunken, und die andere ein gutaussehender, hochgewachsener junger Mann, der sich nun umwandte und die beiden Damen begrüßte. Einen Augenblick lang war Lucia wie versteinert. »Das ist ja ein richtiger junger Gott!« flüsterte sie Annabel zu. Aber schon wurde sie ihm vorgestellt: dem herrlichsten Jüngling, der ihr je zu Gesicht gekommen war.

Er erinnerte an einen jungen Wikinger – ›einfach goldig‹, wie sie sich später mit gelindem Spott sagte. Und charmant war er, stellte sie fest, während er sie begrüßte. Dabei war nichts Absichtliches, Geziertes an ihm; er benahm sich ungezwungen freundlich – und auf eine Weise lächelnd, die einem empfänglichen Herzen wohl gefährlich werden konnte!

Aber Lucias Herz war ja gar nicht empfänglich! Das machte sich das Mädchen eindringlich klar. Die Zeiten waren vorbei!

Howard lächelte zu ihr herunter. »Natürlich habe ich schon von Ihnen gehört. Wer hätte das nicht? Großartig, daß Sie die Tankstelle betreuen wollen! Es gibt nicht viele Mädchen, die den Mumm haben, sich in einem solchen Nest zu vergraben!«

Sein Blick ergänzte: ›Nicht viele hübsche Mädchen!‹ Und Lucia war froh, daß sie Kittel und Slacks gegen eine elegante Bluse und kurzen, modischen Rock vertauscht hatte. Wenn man schöne Beine hatte, tat man doch unrecht, sie zu verstecken!

»Überfordert werde ich gewiß nicht: Len tut alle Arbeit, und er paßt gut auf mich auf!«

»Und wir mußten Sie gleich mit einer Tragödie empfangen! Den armen Kerl hat es wirklich schrecklich erwischt!«

Ganz ernst war sein Gesicht geworden. ›Er ist ein guter Kerl!‹ dachte Lucia. ›Der erste Mensch hier, der wirklich traurig zu sein scheint.‹ Und laut sagte sie: »Ich habe das Feuer beobachtet. Das

Erdbeben hat mich geweckt, und nachher sah ich aus dem Fenster. Aber ich ahnte nicht ...«

»Wer hätte das auch ahnen können! Es war ein unglückseliges Zusammentreffen. Man nimmt wohl an, daß das Erdbeben einen Benzinkanister vom Regal geworfen hat, während der arme Kerl rauchte.«

»Ja«, erwiderte Lucia nachdenklich. »Das hat Mr. Purdy auch gesagt. Aber ich habe mir überlegt, daß es eigentlich nicht so gewesen sein kann.«

Er blickte sie scharf an. »Nicht *kann*? Warum denn nicht?«

»Weil es zu lange nach dem Erdbeben war. Ich will nicht behaupten, daß der Kanister nicht heruntergefallen ist; aber es kann nicht vom Erdbeben geschehen sein, weil mindestens eine Viertelstunde zwischen dem Beben und dem Augenblick verging, da ich den Brand beobachtete. Erst nachdem ich zwei Zigaretten geraucht hatte, bin ich aufgestanden und ans Fenster getreten.«

»Damit also ist diese Theorie hinfällig«, gab Howard bedächtig zu. »Ob eigentlich sonst noch jemand das Feuer gesehen hat? Wenn nicht, wird man Sie vermutlich zur Leichenschau laden.«

»O weh! Nur das nicht! Das wäre mir furchtbar. Ich wüßte nicht, was ich sagen und was ich tun sollte. Meinen Sie, ich müßte es der Polizei mitteilen?«

Sofort verspürte Nigel den Drang, sie zu beruhigen. »Nein, das glaube ich nicht. Sicherlich hat doch noch jemand es gesehen, und außerdem ist es auch gar nicht so wichtig. Tatsache bleibt, daß das Benzin umkippte, daß die Hütte zur Hälfte niederbrannte und daß der Mann umkam. Vermutlich hat er den Kanister selbst umgeworfen.«

Annabel mischte sich ein. »Ich kann mir vorstellen, wie schrecklich es für Lucia wäre, wenn sie als Zeugin auftreten müßte! Und bestimmt besteht dazu keine Veranlassung. Deshalb wollen wir jetzt lieber von etwas anderem reden. Ich mag gar nicht mehr daran denken – schon gar nicht an einem so wundervollen Tage.«

Nur zu gern stimmte Lucia ihr bei, und eilig wechselte sie das Thema. »Ihr Campingplatz liegt einzigartig schön, Mr. Howard. Die Gegend ist wunderbar, und Sie haben alles so fein eingerichtet – sogar mit Motorboot und Flugzeug! Bestimmt rentiert sich das doch gut!«

Huschte da nicht ein seltsamer Ausdruck über sein Gesicht? Aber er sagte nur: »Hm, es geht so ... Und wie sind Sie mit Ihrem Los zufrieden? Peter Rolfe hat sich einen ganz netten Betrieb aufgebaut, und das Grundstück ist frei von jeder Belastung. Da kann man sich wohl sicher fühlen!«

Und sogleich ging er zu etwas anderm über. »Sind Sie eigentlich an Erdbeben gewöhnt, oder haben Sie Angst gehabt?«

»Ich wurde davon wach und bekam einen tüchtigen Schreck. Übrigens hat es sogar Schaden angerichtet.«

»O weh! Etwas Wertvolles?«

»Ach, nicht so sehr. Dennoch war es ärgerlich: Onkel Peters Radioapparat ging zu Bruch.«

»Das ist wirklich peinlich. Haben Sie selbst ein Gerät?«

»Hier nicht! Aber ich werde mich eben daran gewöhnen müssen, von der großen, weiten Welt abgeschnitten zu sein.«

»Das ist nicht nötig. Ich kann Ihnen einen Transistor leihen. Er ist nicht mehr ganz modern, aber er funktioniert einwandfrei.«

»Wirklich? Herzlichen Dank! Aber kommen Sie denn ohne Apparat aus?«

»Es ist ja nur mein Reservegerät. Wenn wir nachher zurückgehen, lege ich es Ihnen in den Wagen.«

Lucia fand, daß er nicht nur gut aussah, sondern auch sehr liebenswürdig und umsichtig war. Während sie zusammen zum Lagerplatz zurückschlenderten, wandte er sich an Annabel:

»Haben Sie Nachricht von Ihrer Mutter?«

»Nein. Aber die habe ich ja so gut wie nie. Mutter liebt es nun einmal, das Unerwartete zu tun. Wissen Sie, Lucia, Nigel ist nämlich so liebenswürdig, Mutter ebenfalls einen Bungalow zu vermieten, obwohl Durchreisende, die für nur zwei oder drei Nächte mieten wollen, nicht aufgenommen werden. Mutters wegen macht er eine Ausnahme. Sie hat nämlich vor, ihre Reise nach Wellington hier zu unterbrechen, und leider muß ich zugeben, daß sie sehr umständlich ist.«

Howard widersprach ihr liebenswürdig: »Von einer berühmten Schriftstellerin darf man nicht erwarten, daß sie wie einfache Sterbliche handelt. Es gereicht uns zur Ehre, daß Augusta Wharton eine Nacht in unserm Lager verbringen will. George und ich haben schon erwogen, nachher eine Bronzeplatte an der Tür ihrer Hütte anzubringen und dafür doppelten Übernachtungspreis zu verlangen.«

»Augusta Wharton, die so berühmte Romane schreibt? Ist das Ihre Mutter?«

Lucia konnte mit ihrer Überraschung nicht hinter dem Berge halten. Sie war über die Wharton eingehend informiert, obwohl es ihr noch nie gelungen war, einen einzigen ihrer Romane zu Ende zu lesen: Mit manchen ihrer Zeitgenossen teilte sie die Abneigung gegen unaufhörliche sexuelle Enthüllungen, und sie hatte sogar den Mut, so etwas einen ›alten Hut‹ zu nennen; Augusta Wharton aber leistete in dieser Hinsicht kaum noch zu Übertreffendes. Unzählige Geschichten um diese ungewöhnliche Frau waren im Schwange, und schon oft hatte Lucia über die Interviews gelacht, die sie ihren bevorzugten Zeitungen gewährte. Es war schier unglaublich, daß Annabel die Tochter dieser Exhibitionistin ohne den leisesten Sinn für Humor war, dieser Frau, die felsenfest von ihrer Schlüsselstellung in der neuseeländischen Literatur überzeugt war.

»Jawohl, Annabel ist die Tochter der großen Dichterin«, bekräftigte Nigel leichthin. »Wir haben ihr keine Ruhe gelassen, bis sie ihre Mutter bat, doch ein paar Tage zu uns zu kommen.« Geschickt schaltete er wieder einmal um und meinte, ohnehin hätten er und George augenblicklich eine faule Zeit, und es gäbe den lieben langen Tag so gut wie nichts zu tun.

»Aber vor ein paar Tagen sind Sie doch mit dem Flugzeug nach Forest Harbour geflogen«, warf Annabel ein.

»Was ist das schon? In einer Maschine wie der unsern nur ein Hupfer. Aber sie ist schon praktisch, die flotte Mühle, wenn man mal eilig etwas braucht. Dabei freue ich mich immer, wenn ich diese Entschuldigung in Anspruch nehmen darf! Schließlich bin ich nicht so gut dran wie George, der sein Fliegenhobby hat. Wenn ich nichts zu tun habe, fühle ich mich hundeelend.«

»Im Sommer haben Sie sicherlich einen aufregenden Betrieb hier?« fragte Lucia.

»Das kann man wohl sagen! Aber meist kommen ordentliche Leute: George wimmelt Flegel stets beizeiten ab. Wenn sie ihn nur ansehen, machen sie auf der Stelle kehrt.«

Still für sich traute Lucia es auch Nigel zu, gelegentlich Furcht einzuflößen. Hinter seinem munteren, freundlichen Benehmen schien sich zielbewußte Energie zu verbergen, und die geschwungenen Lippen verrieten eiserne Entschlossenheit.

Am Tor des Lagers verabschiedeten sie sich, nachdem Nigel nochmals versprochen hatte, Lucia das Radio in den Wagen zu legen. Die beiden jungen Frauen kehrten zur Hütte zurück. »Ist Nigel nicht reizend?« fragte Annabel. »Und wie gut er aussieht! Dabei glaube ich nicht, daß er es selbst überhaupt weiß!«

»Er scheint ein netter Kerl zu sein«, bestätigte Lucia betont gleichgültig. Sie dachte nicht daran, sich so bald von einem gutaussehenden Mann imponieren zu lassen, weder von einem Poeten noch von einem Piloten.

Wenig später bog der Wagen, in dem Annabel gestern unten an der Tankstelle gewesen war, durchs Tor ein, und sogleich jubelte die junge Frau: »Hallo, da kommt ja Jim! Ich möchte von Herzen gern, daß Sie sich kennenlernen.«

»Papi!« schrie James auf und rannte dem Auto entgegen. Es hielt, ein gutaussehender Mann von etwas über dreißig Jahren sprang heraus und hob den kleinen Jungen fröhlich hoch in die Luft. Voller Erleichterung stellte Lucia fest, daß er weder klein noch ledern war wie Purdy; andererseits fand sie ihn nicht eindrucksvoll und nicht hübsch genug, um der reizenden Annabel angemessen zu sein. Enttäuschend war es vor allem, daß er nicht gerade sehr intelligent aussah; aber sein breites, ehrliches Gesicht mit dem bedächtigen, humorvollen Lächeln nahm für ihn ein, und Lucia erinnerte sich wieder, daß er im vergangenen Jahr berühmt geworden war, weil er einen Kriminalfall löste. Das also war der Bauer, den man neckend den ›Amateurdetektiv‹ genannt hatte! Nun, seinem Aussehen nach zu urteilen, mußte er beachtliches Glück gehabt haben, bis ihm die Lösung des verwickelten Falles vermutlich in den Schoß fiel.

Ohne Zweifel aber war seine Frau mit ihm uneingeschränkt zufrieden, denn als sie nun sagte: »Lucia, das ist Jim!«, da klang es ganz deutlich so, als sagte sie: ›Das ist die überragendste Persönlichkeit der ganzen Welt!‹ Wäre der Gedanke Lucia nicht gar zu boshaft vorgekommen, so hätte sie gemeint, daß Annabel von dem Augenblick an ein ganz anderer Mensch war, da ihr recht alltäglicher Gatte eingetroffen war.

Jim lächelte sie freundlich an. »Annabel hat mir von Ihrem gestrigen Zusammentreffen erzählt«, sagte er. »Und als ich vor einer knappen halben Stunde unten tankte, durfte ich mir ein paar hymnische Loblieder auf die neue Chefin anhören!«

»Ach, meinen Sie, Len könne mich leiden? Da fällt mir wirklich ein Stein vom Herzen. Len ist eine wahre Perle.«

»Er ist ein feiner Kerl«, bestätigte Annabel. »Er und Jim sind dicke Freunde.«

»Aber nicht wegen meines persönlichen Charmes! Die Pferde verbinden uns. Augenblicklich ist Len ganz glücklich über die erstklassigen Tips, die er fürs kommende Wochenende hat. Wie ich höre, haben Sie ihn nachhaltig inspiriert.«

Lucia lachte. Jim war ja doch kein Langeweiler! »Ach, es war nur das Erdbeben, und dann das Feuer. Jetzt kommt es mir schon ganz häßlich vor, daß ich darüber Witze gemacht habe. Der Ärmste!«

»Ja, es war wirklich schlimm. Die Polizei ist hinterher. Natürlich gibt es eine gerichtliche Untersuchung.«

»Ich weiß. Und Lucia fürchtet, als Zeugin auftreten zu müssen, weil sie das Feuer gesehen hat.« Mit knappen Worten erklärte Annabel, warum Lucia der Ansicht widersprach, daß das Erdbeben an dem Unfall schuld sei. Jim schüttelte beruhigend den Kopf.

»Davon dürfte keine Rede mehr sein. Einer der Männer aus dem Montagelager hat nämlich das Feuer gesehen. Aber da er noch nicht lange hier ist, wußte er nicht, was da oben brannte, und hat deshalb niemanden alarmiert. Allerdings hätte das ohnehin nicht mehr viel genutzt, bei der Entfernung! Der Mann also wird als Zeuge aussagen. Aber das Thema ist nicht gerade lustig – und nicht passend für James, der die Ohren spitzt! Wie geht es euch denn? Annabel, du siehst ja schon ganz so aus, als erholtest du dich!«

»Mir geht es ausgezeichnet; es ist wundervoll friedlich. Ich hoffe nur, daß zu Hause alles klappt und daß Sara und Simon nicht zu viel Arbeit haben.«

»Alles in Ordnung! Gestern abend habe ich angerufen, um dich zu beruhigen. Im Augenblick gibt es auf unserem Hof so gut wie nichts zu tun. Nur hin und wieder reiten sie hinüber, und Sara versichert mir, es mache ihr einen Heidenspaß. Sie hat immer eine bequeme Ausrede dafür, eines ihrer Pferde in Bewegung zu setzen.«

»Fein. Es wäre mir auch nicht angenehm, wenn sie zu viel Mühe hätten.«

Man sprach wieder von der Tankstelle, dann von Jims Pferden und dem Campingplatz.

»Nigel und George sind wirklich prächtige Menschen«, lobte Jim. »Bei ihnen sind Annabel und die Kinder allerbestens aufgehoben.«

»Ich finde sie auch ausgesprochen nett. Aber was meinte Howard eigentlich, als er von Sicherheit sprach und davon, daß die Tankstelle unbelastet sei. Trifft das für das Lager nicht zu?«

»Nein. Es ist nur gepachtet«, erklärte Annabel. »Ich war sehr überrascht davon, daß er so leichthin davon sprach. Aber vielleicht haben die beiden gute Nachrichten. Ich fand nämlich, daß sie sich heute erheblich sorgenfreier gaben als sonst. Vorher schien doch manches schwer auf ihnen zu lasten. Man hat ihnen nämlich die Pacht gekündigt, und sie haben nicht Geld genug, um den Grund zu erwerben. Der Eigentümer war durchaus geneigt, sich über Zahlungsbedingungen zu unterhalten, aber dann muß wohl irgendein niederträchtiger Kerl sich hintenherum herangemacht und ein günstiges Angebot abgegeben haben, so daß die beiden das Lager möglicherweise aufgeben müssen. Das ist natürlich ein schrecklicher Gedanke, denn sie haben jeden Cent in die Anlage gesteckt und hängen sehr daran.«

»Ein wahrer Jammer – wo sie doch so gut vorangekommen sind. Der neue Käufer muß wirklich gemein sein. Nun, ich muß fahren. Es gehört sich nicht, daß ich Len so lange allein lasse!«

Jim begleitete sie zu ihrem Wagen.

»Ich freue mich für Annabel, daß Sie hier sind. Kommen Sie doch bald einmal mit ihr auch zu den Stallungen hinauf!«

»Herzlich gern!« Damit verabschiedete sich Lucia, und während sie davonfuhr, überlegte sie: ›Wie glücklich doch die beiden sind, und wie verliebt! Daß man Annabel liebt, ist gewiß kein Wunder, aber erstaunlich ist immerhin, was sie an Jim findet. Er sieht weder gut aus, noch hat er etwas Interessantes an sich, schon gar nichts von einem Dichter!‹ schloß sie, während sie mit spöttischem Lächeln an ihre nun überwundene Verirrung zurückdachte. ›Und mit dem goldigen Piloten ist er auch nicht zu vergleichen‹, fügte sie ein wenig nachdenklicher hinzu – und war froh, daß sie über den Eindruck, den Nigel Howard auf sie gemacht hatte, lachen konnte. Darin sah sie einen Beweis dafür, daß sie aus ihrer Affäre mit Wayne Norton klüger hervorgegangen war.

Jedenfalls war ihr der kleine Radioapparat, den Nigel hinten in den Wagen gelegt hatte, herzlich willkommen!

VIERTES KAPITEL

Natürlich gingen Lens Wetten daneben, aber das machte ihm gar nichts aus. Ungebrochen ging er daran, fürs nächste Wochenende zu planen, und strahlte Lucia zuversichtlich an. »Es kommt der Tag, an dem ich einen Scheck mit einer dreistelligen Zahl heimbringen werde, Luce!«

Lucia war sehr froh über sein Wettfieber und seine Freude an der Arbeit oben im Trainingsgestüt. Ohne diese beiden Anregungen wäre das Leben an der Tankstelle für einen jungen Menschen unerträglich gewesen. Darüber hinaus ließ er keine Möglichkeit aus, seine Kunden auszuhorchen, so daß er genauso informiert war über alles, was unter den Brückenbauern kursierte, wie über die neuesten Streiche von Jims Pferden. Offenbar verspürte er nicht den leisesten Drang, übers Wochenende zu verschwinden, obwohl Lucia ihn immer wieder dazu drängte. Er habe keinerlei Verwandte in diesem Teil der Welt, erklärte er, weil er mit Peter Rolfe aus dem Norden in die Fremde gezogen sei.

»Wohin soll ich schon gehen, Luce? Hier bin ich zu Haus. Für Sie ist es doch auch schrecklich einsam! Allerdings lenkt das Öl Sie ein wenig ab!«

Tatsächlich hatte Lucia noch immer nicht gelernt, was für Öl die verschiedenen Wagentypen brauchten. Glücklicherweise nahmen sich die meisten Fahrer einfach selbst die richtige Flasche, während Lucia sie mit Benzin versorgte. War wirklich einmal ein Kunde so unvernünftig, ausgerechnet profunde Ölkenntnisse von der Inhaberin zu erwarten, dann kam Len mit einem verschmitzten Zwinkern flink zu Hilfe.

Natürlich schwirrte das ganze Land von Gerüchten über den Tod von Bert Davis. Lange hatte sich die Polizei an der Brandstätte umgesehen, und man war allgemein der Ansicht, daß sie sich keineswegs mit dem zufrieden gab, was man über den Ablauf des Unfalls zu wissen glaubte. »Irgend etwas stimmt da nicht, Luce!« flüsterte Len aufgeregt. »Es ist auch wahr, daß niemand den Alten recht leiden konnte; deshalb ist die Polizei wohl besonders scharf!«

Und unter vier Augen vertraute Lucia Annabel an: »Ich glaube, da ist etwas faul! Heute früh hat bei uns ein Wagen getankt, und die beiden Männer, die darin saßen, sahen genau so aus wie die Kriminalbeamten, die man im Kino sieht!«

»Dann waren es vermutlich keine«, wandte Annabel nüchtern ein. »Kriminalbeamte fahren nicht durch die Gegend und sehen dabei wie ihresgleichen aus. Eine Ausnahme machte allerdings Inspektor Wright: Er sah genau so aus!«

Lucia stieß nicht nach. Sie erinnerte sich an Wrights Namen von dem Mordfall her, in dem Jim vor einem Jahr so geglänzt hatte, und sie wußte, wie zuwider Annabel jedes Wort über diese schreckliche Angelegenheit war. Neuerdings war sie häufig mit der neuen Freundin zusammen, denn das Lager lag in ihrer Nähe, und die beiden jungen Frauen fanden in der gegenseitigen Freundschaft etwas, was ihnen sonst unter den gegenwärtigen Lebensumständen gefehlt hätte.

»Vermutlich«, meinte sie ausweichend, »ist die Polizei wegen des möglichen Versicherungsfalles interessiert. Verheiratet war Davis doch wohl nicht?«

»Ich bin ziemlich sicher, daß er es nicht war, obwohl niemand über seine Verhältnisse genau Bescheid weiß. Das ist doppelt komisch, weil er immerhin seit fünf oder sechs Jahren hier wohnt und die hiesigen Einheimischen insgesamt recht mitteilsam sind. Aber er zeigte allen die kalte Schulter. Geld hat er offenbar gehabt, denn der Wagen, den er hatte, ging über die Verhältnisse eines Postboten. Deshalb hat er ihn bestimmt mitsamt der Garage versichert.«

Bald kamen sie auf andere, erfreulichere Dinge zu sprechen, und schließlich verabredeten sie, demnächst in Lucias Wagen hinauf zu den Stallungen zu fahren. »Jim ist geradezu verschossen in den schrecklichen ›Raubritter‹. Fast mache ich mir Sorgen um ihn, obwohl das Tier zu Jim ausgesprochen gutartig zu sein scheint. Aber man weiß nie, was in einem solchen Gaul steckt, und Jim ist oben ganz allein. Falls er einen Tritt abbekäme, würde es so bald niemand merken.«

»Telefon hat er doch wohl?«

»Gewiß. Von Nigels Haus auf dem Lagerplatz aus kann ich ihn anrufen; ich tue es fast jeden Abend. Und dennoch ...«

»Außerdem fährt doch Len allmorgendlich hinauf. Bestimmt gibt Jim gut acht, und außerdem ist das Pferd, wie Len mir versichert hat, Jim gegenüber lammfromm.«

»Was macht denn Lens Wetterei?«

»Gewonnen hat er, seit ich da bin, noch nichts; aber er schwört, daß er diesmal Erfolg haben wird – weil Onkel Peters Operation so gut verlaufen ist. In seinem Toto-Heft fand Len nämlich ein Pferd namens ›Chirurg‹, und nun ist er überzeugt davon, daß es überhaupt nicht schiefgehen kann!«

»Und die zweite Wette?«

»Es läuft noch ein Pferd mit Namen ›Detektiv‹, und da meinte er natürlich, ebenfalls einen Wink des Himmels zu erkennen. Er ist ganz aus dem Häuschen, weil sich in unserer friedlichen Gegend ein ausgewachsener Kriminalfall zu entwickeln scheint.«

Als Lucia am folgenden Morgen beim Spülen einen Blick aus dem Fenster warf, sah sie bei der Pumpe einen fremden Wagen, dessen Fahrer ungeduldig auf und ab lief. Sollte Len tatsächlich einmal nicht pünktlich zum Dienst erschienen sein? Eilig lief das Mädchen hinunter, stammelte eine Entschuldigung und sah sich suchend nach dem Jungen um. Und schon entdeckte sie ihn: Er stand im Büro, kehrte dem Fenster den Rücken und führte ein angeregtes Ferngespräch.

Vielleicht hatte er einen Augenblick, an dem kein Kunde da war, zu einem schnellen Anruf bei dem Freund benutzt, der die Wetten für ihn abschloß. Mit der Verbindung schien es nicht recht zu klappen, denn plötzlich hörte sie ihn schreien: »Hallo, Sie haben mich getrennt! Verbinden Sie mich sofort wieder. Und berechnen Sie das Gespräch ja nicht doppelt!«

Den ungeduldigen Kunden schien er überhaupt nicht bemerkt zu haben. Mit entschuldigendem Lächeln schaute Lucia den Fremden an. »Verzeihung! Len hat Sie offenbar nicht gesehen. Er gibt telefonisch seine Toto-Tips durch – er ist nämlich ganz versessen aufs Pferderennen!«

»So? Ich wußte gar nicht, daß der Betrieb hier mit Pferden zu tun hat; dummerweise hielt ich ihn nämlich für eine Tankstelle. Aber das scheint ein Irrtum gewesen zu sein.«

Lucias Lächeln gefror. Was für ein unfreundlicher, ironischer Kerl! Wenn man ihn recht betrachtete, machte er einen äußerst unangenehmen Eindruck, hochgewachsen, hager, mit einem unbewegten Gesicht, das, davon war Lucia überzeugt, von eisig verschlossenem, zugeknöpftem Charakter zeugte. Dabei sah es nicht einmal häßlich aus, aber die Augen waren kalt und hart, und um den Mund zogen sich scharfe Linien. ›Vermutlich ein knurriger Schulmeister, der nichts von der Methode des ‚spielenden Lernens' hält, aber danach unterrichten muß‹, schloß Lucia ihre Beurteilung.

Kaum weniger kalt als er erwiderte sie: »Es handelt sich wirklich um eine Tankstelle, und wir verkaufen sogar Benzin. Allerdings kann es vorkommen, daß unser junger Mann einmal verhindert ist und der Kunde ein paar Minuten warten muß. Aber ich bin die Inhaberin und will Sie gern bedienen, wenn Ihre Zeit so ungemein kostbar ist! Wieviel darf es sein?«

Ein Lächeln zuckte um seine Lippen, offenbar ganz ungewollt. Zu ihrer Empörung schien er weder zerknirscht noch verlegen; vielmehr sagte er ganz ruhig in unverändert beißendem Ton: »Die Inhaberin? Nun, da darf man wohl die Tankstelle beglückwünschen – wenn auch vielleicht nicht die Kunden! Zwanzig Liter, bitte – und Öl!«

Das war schlimm! Der Mann fuhr einen Wagen, den Lucia nicht kannte, und sie hatte keine Ahnung, welches Öl er brauchte und wo man es einzufüllen hatte. Betreten schaute sie zum Bürofenster hinüber. Len telefonierte noch immer angelegentlich, und sie hörte ihn rufen: »Verstehst du den Namen nicht? Was ist denn heute bloß mit der Leitung?«

Der Fremde machte keinerlei Anstalten, den Ölstand seines Wagens zu prüfen oder sich das richtige Öl selbst auszusuchen. Er schlenderte vielmehr ruhig zur Rückseite des Wagens, wo Lucia den letzten Tropfen Benzin aus dem Schlauch schüttelte. »Sie nehmen es sehr genau! Aber meine Zeit ist tatsächlich kostbar! Wenn ich um das Öl bitten dürfte ...«

Nach kurzem Zaudern ergriff sie aufs Geratewohl eine Flasche und fummelte an der Motorhaube des Wagens herum. Dann aber blieb ihr nichts übrig, als den Mann anzuschauen und ihn möglichst würdevoll zu fragen: »Verzeihung, ist das das richtige Öl? Ihr Wagentyp ist mir leider nicht geläufig.«

Er lächelte auf höchst aufreizende Art, nahm ihr die Flasche aus der Hand, stellte sie ins Regal zurück und ergriff eine andere. »Ich weiß nicht, ob Schweröl für Lastwagen meinem Auto sehr gut bekommen würde. Versuchen Sie lieber einmal das hier!«

Heiße Wut wallte in Lucia auf. ›Ein richtiges Scheusal ist er!‹ dachte sie. ›Er ahnt, daß ich neu bin, und nun möchte er mich aus purer Gemeinheit in Verlegenheit setzen.‹ Glücklicherweise kam in diesem Augenblick Len aus dem Büro gestürzt; entschuldigend lächelte er übers ganze Gesicht.

»Das Telefon hatte Mucken!« erklärte er verlegen, und schon nahm er Lucia, deren verzweifelte Lage er mit flinkem Blick erkannte, die Ölflasche aus der Hand. »Vorsicht, Sie werden sich Ihren neuen Kittel schmutzig machen!«

Wie dankbar sie ihm war! Er war wirklich ein flinker, umsichtiger Bursche. Der Fremde lächelte fein und bemerkte, als unterhielte er sich mit der Landschaft: »Gerettet!« Ärgerlich fuhr sie herum, aber er schien völlig in den Genuß der herrlichen Aussicht versunken. Lucia sah wohl ein, daß sie eigentlich lachend hätte gestehen müssen, ein Neuling zu sein, aber ausnahmsweise ließ ihr Humor sie im Stich. Der Kerl war reichlich unverschämt, und deshalb überhörte man seine bissigen Bemerkungen am besten. Immer wieder, bis zum Überdruß, hatte die Mutter geunkt, daß Lucia in der Einöde mit ungehobeltem Volk zusammenstoßen würde – und nun geschah es ihr tatsächlich! Dabei sah sie dem unverschämten Kerl an, daß er sich einbildete, besonders witzig zu sein.

Wie es Lucia zuweilen geschah, verließ sie sich auf den ersten Blick – und schon war der Fremde für sie erledigt. Dabei verrieten Benehmen und Sprechweise zweifellos Bildung, aber gleichzeitig brachten sie seine Überlegenheit nur noch ärgerlicher zur Geltung. Er war gut, aber schlicht gekleidet, und auf dem Hintersitz seines Wagens bemerkte das Mädchen ein Jagdgewehr. Er war also einer der Pirschgänger, von denen sie schon gehört hatte. Aber deshalb brauchte er sich doch nicht so aufzuspielen und die Einheimischen auszulachen!

Len hielt, wie üblich, mit seinem Wissensdurst nicht hinter dem Berg. »Sie wollen im Busch jagen, wie? Es gibt viel prächtiges Wild hier«, meinte er, während er die Windschutzscheibe putzte.

Der Fremde nickte kurz. »Jawohl, ich bin hinter Wild her!«

Aber Len ließ sich von seiner Schroffheit nicht einschüchtern. »Lagern Sie im Busch? Es gibt viele feine Flüsse im Wald, aber nachts wird es doch mächtig kalt. Da braucht man allerlei Decken.«

»Wenngleich ich Ihr so lebhaftes Interesse an meinem Tun und Lassen überraschend finde«, knurrte der Mann unfreundlich, »habe ich keinen Anlaß zu verschweigen, daß ich mich auf dem Campingplatz am See ansiedeln möchte! So, und nun darf ich wohl weiterfahren? Was bin ich schuldig?« Er zahlte, nickte den beiden ein denkbar knappes »Guten Morgen!« zu und fuhr davon.

»Ein ekelhafter Angeber!« schimpfte Lucia außer sich; aber Len lachte nur.

»Er ist nicht gerade leutselig«, gab er nachsichtig zu. »Es tut mir herzlich leid, Luce. Die Klingel muß versagt haben: Als ich ihn kommen sah, habe ich nämlich geläutet, und deshalb dachte ich, Sie wären da. Ich führte nämlich gerade ein Ferngespräch und hoffte, Sie würden ihn ein bißchen ablenken, falls er um Öl bäte.«

»Den – ablenken? Eher könnte man mit Chruschtschow nach schlafloser Nacht einen fröhlichen Plausch halten. Aber die Glocke habe ich nicht gehört, und Rosie hat auch nicht gebellt.«

»Rosie bellt niemals, wenn Kunden kommen. Das findet sie ungehörig. Nur Einbrecher bellt sie an!« versicherte ihr Len im Brustton der Überzeugung.

Lucia lächelte. Lens Glauben an Rosies Unterscheidungsvermögen teilte sie keineswegs. Sie wußte inzwischen, daß noch niemals ein Einbruch in die Tankstelle versucht worden war; aber wenn es doch einmal jemand versuchte, würde Rosie ganz bestimmt, angefüllt mit reichlicher Speise und zufrieden schnarchend, oben im Haus selig schlafen. Und falls man einmal tagsüber einen Überfall auf die Kasse unternähme, während Rosie wie ein riesenhaftes, furchterregendes Standbild auf dem Zementboden hockte, dann würde sie, dessen war Lucia gewiß, den Räuber in herzlicher Begeisterung willkommen heißen – und wenn er gar umsichtig genug war, ihr einen Happen mitzubringen, würde sie zutraulich um ihn herumschwänzeln. Aber auf eine Auseinandersetzung darüber mochte sie sich im Moment nicht einlassen, und so schaute sie nur schweigend zu, wie Len nach kurzem Suchen tatsächlich einen Riß in der Klingelleitung fand und sie sorgfältig ausbesserte. Voller Anerkennung sowohl für seine Geschicklichkeit als auch für seine gar nicht ländliche Ausdrucksweise, hörte sie ihn murmeln: »Na, wenn der Stoffel noch einmal kommt, wird er zugeben müssen, daß unsere Tankstelle große Klasse ist!«

Während die beiden sich wechselweise übermütig mit Komplimenten überschütteten, zuckte Len plötzlich zusammen und flüsterte warnend: »Vorsicht! Da kommt Carmen!« Und sofort tat er – allerdings ohne große Überzeugungskraft –, als habe er alle Hände voll zu tun. »Guten Tag, Miss Mills. Haben Sie schon von Peter gehört? Prima, nicht wahr? Das hier ist Miss Field. Sie kann Ihnen erzählen, wie es Peter geht!« Damit verzog er sich geschäftig in die Garage.

Lucia begrüßte die Besucherin höflich, wenn auch mit leisem Erschrecken. Das also war die Carmen, die Onkel Peter so geplagt hatte! Dabei sah sie ganz harmlos aus, ein kleines, mageres Frauchen mit spitzer Nase und forschenden Augen. Angriffslustig sah sie aus, einen ziemlich kargen Blumenstrauß in Händen haltend, als sei er eine Waffe. Und dann legte sie unaufhaltsam los, mit hellklingender, durchdringender Vogelstimme, und Lucia beobachtete, daß zuweilen ihre Nasenspitze zuckte wie die eines schnuppernden Hundes.

»Das freut mich aber, daß Sie beruhigende Nachrichten über unseren lieben Mr. Rolfe haben! Er macht also gute Fortschritte? Da fällt mir ja ein Stein vom Herzen. Ein Mann, wie man ihn nur selten findet, wenngleich, wie so manche seines Geschlechtes, ohne Gespür für gewisse Dinge.«

›Sie meint den Garten!‹ dachte Lucia, aber laut erwiderte sie nur, zwar käme aus dem Krankenhaus erfreulich gute Kunde, jedoch würde der Onkel wohl noch für längere Zeit nicht in sein Alltagsleben zurückkehren können.

»Gewiß, ja. Er wird sich eine Weile schonen müssen. Nun, vielleicht wendet sich gerade dadurch sein Geist den schönen Dingen zu, zum Beispiel dem Malen und den Blumen!« Da erinnerte sich Miss Mills an ihr Mitbringsel. »Ein paar Frühlingsblümchen!« Sie streckte Lucia den Strauß entgegen. »Ein winziger, wenn auch später Willkommensgruß! Leider war ich ja gerade verreist, als Sie eintrafen. Ach ja, es ist mein ständiger Kummer, daß sich der liebe Mr. Rolfe damit begnügt, hier nur Gras wachsen zu lassen – gewiß ein gepflegter Rasen, das gebe ich zu, aber doch eben nichts als Gras! Ohne Blumen – kein Garten! Welche Gelegenheit wird dabei verpaßt!

Aber dem werden Sie leicht abhelfen können: Hier finden Sie Gelegenheit, die Wildnis in einen Garten zu verwandeln, Schönheit heranzuziehen, unter Blumen zu wohnen. Und wenn Peter Rolfe dann zurückkehrt, dann wird er – vielleicht! – doch sehen, welche Schönheit in dieser unserer seltsamen Welt unserer wartet.«

Lucia verschlug es die Sprache. Nie im Leben hatte sie jemanden so sprechen hören! Verzweifelt schaute sie sich nach Hilfe um. Len grinste von der Garage herüber und winkte ihr spöttisch hinter Carmen Mills' Rücken zu. Die komische Dame setzte zu neuen Ergüssen an. »Jawohl, denn noch ist es Zeit dazu. Weit ist der Tag vorgeschritten, aber noch nicht völlig vertan. Sie sind jung und stark, und ich will Sie leiten. Schon sehe ich anstelle dieses Grünstreifens eine blumige Wildnis emporsprossen, blühende Hölzer, die jene häßlichen Pumpen verdecken, Ranken, die in herrlichen Farbkaskaden dort die kahlen Fenster umstrahlen.« Plötzlich aber wurde sie in geradezu beängstigender Weise praktisch: »Ich bringe meinen Spaten mit. Gemeinsam werden wir dieses Land verwandeln. Wie oft habe ich doch dem lieben Mr. Rolfe gesagt ...«

Lucia legte nicht den geringsten Wert darauf zu erfahren, was sie ihm gesagt hatte. Nun war ihr restlos klar, warum Onkel Peter sie gewarnt hatte: Hüte dich vor Carmen! Glücklicherweise fielen ihr in diesem Augenblick ihre Hausfrauenpflichten ein, und verzweifelt bat sie die Besucherin zu einer Tasse Tee. Aber damit brachte sie sie nicht etwa zum Schweigen; sie lenkte den Redefluß nur in ein anderes Bett: Drinnen im Haus betrachtete Carmen kritisch ein Aquarell, das Lucia im Wohnzimmer aufgehängt hatte.

»Sie müßten einmal sehen, wie mein seliger Großvater einen solchen Gegenstand behandelt hätte!« rief sie aus, während sie voller Zorn auf das wirklich gute Bild starrte. »Aber diese Modernen!« Und plötzlich flammte in ihren Augen dasselbe fanatische Licht auf wie vorhin, als sie vom Garten gesprochen hatte.

Höflich versuchte Lucia, sie zu beruhigen: »Sie verstehen sich anscheinend ebensogut aufs Malen wie auf die Gartenkunst, Miss Mills!«

»Ich bemühe mich, in die Fußstapfen meines verehrten Ahnherrn zu treten. Wenn Sie mich einmal besuchen, dürfen Sie einige seiner Arbeiten sehen. Er war weltberühmt!«

Lucia wußte sehr wohl, daß dies übertrieben war. Gelegentlich hatte sie wohl Bilder von Aloysius Mills in Galerien gefunden, und sie wußte, daß er ein tüchtiger, braver Maler war, nicht mehr. Aber Carmen schwatzte schon weiter: »Jeden Ort heller zurücklassen, als ich ihn vorgefunden habe; einiges vom Treiben der Zeit in all seiner Schönheit festhalten – danach strebe ich, und dank dem Blute, das in meinen Adern rinnt, vermag ich auch manches zu leisten.« Sie stieß einen Seufzer hellen Entzückens aus.

Lucia, die mit exzentrischen Leuten nicht mehr Nachsicht hatte als so viele andere ihrer Generation, stöhnte in sich hinein: ›Ein schreckliches Weib! Bestimmt wird sie mich dazu zwingen, einen Garten anzulegen – und vermutlich wird sie obendrein versuchen, mir das Malen beizubringen!‹ Aber brav goß sie der Besucherin Tee ein und lauschte ihren Ergüssen, wobei sie sich dauernd fragte, weshalb Len nicht so einsichtig war, durch einen Druck auf den Klingelknopf diesen endlosen Besuch zu beenden.

Endlich erhob sich Carmen, und erst jetzt kam sie beiläufig auf die Tragödie zu sprechen, die alle Leute hier so sehr belastete. »Der arme Kerl; sehr traurig ist das alles. Wer soll jetzt die Post austragen? Das ist ein ernstes Problem. In den letzten Tagen haben mir die Fahrer ausgeholfen; aber das kann kein Dauerzustand sein.«

»Nun, das ist schließlich Sache der Post. Man wird einen neuen Briefträger suchen müssen!«

»Gewiß ... aber bis dahin ... Man hat sich bereits mit mir in Verbindung gesetzt und mich gebeten, einen Nachfolger für den Unglücklichen namhaft zu machen. Ich habe schon mal gedacht, ob nicht Len ...«

Das also war des Pudels Kern; deshalb hatte sie sich zum Besuch aufgerafft! Mit verblüffender Festigkeit schnitt Lucia ihr das Wort ab. »Len soll die Post verteilen? Es tut mir leid, Miss Mills, aber ich kann ihn auf gar keinen Fall entbehren. Das macht doch immerhin allerlei Arbeit, nicht wahr?«

»Allerdings. Davis hatte manchen Weg zu gehen.«

»Sehen Sie. Aber ich komme ohne Len nicht aus. Er findet ohnehin kaum einmal Ruhe. Deshalb wird die Postverwaltung leider einen anderen ausfindig machen müssen.« Ohne die leisesten Gewissensbisse, weil sie das Ansinnen so rundheraus zurückgewiesen hatte, gab Lucia ihrer Besucherin das Geleit. Beim Abschied flötete Carmen Mills: »Aber Sie müssen bald einmal kommen, sich die Bilder meines verehrten Ahnen ansehen und die Gartenkunst erlernen. Den Plan für Ihre Anlage entwerfen wir gemeinsam. Sie werden den Zeitvertreib herrlich finden, passen Sie auf!«

Lucia brachte ein Lächeln zuwege, aber gleichzeitig schüttelte sie entschieden den Kopf und marschierte ärgerlich auf Len zu, der noch immer grinste, während er in der Garage arbeitete. »Warum haben Sie denn nicht mal auf die Klingel gedrückt?« stöhnte sie. »Dieses Weib ... nichts als Garten, Malerei und ihr Großvater. Aber wissen Sie, warum sie überhaupt gekommen ist? Sie wollte fragen, ob Sie vielleicht die Post austragen möchten.«

Len setzte ein geehrtes Gesicht auf, meinte aber entschieden: »Dazu habe ich keine Zeit. Die Tankstelle nimmt mich genug in Anspruch. Carmen hat Ihnen also nicht recht gefallen?«

»Haben Sie etwas anderes erwartet? Sie kann einem schrecklich auf die Nerven gehen. Dieses verrückte Getue um Aloysius Mills!«

»Sie ist ungeheuer stolz auf ihn. Ich kenne Carmen ganz gut, denn mein Vater ist oben im Norden mit ihr zur Schule gegangen. Schon als Kind schwatzte sie ständig von dem Alten, und einmal geriet sie außer sich, weil mein Vater etwas Häßliches über ihn gesagt hatte.«

»War sie denn immer so? Kein Wunder, daß sie allen Leuten lästig wird.«

»Nicht allen. Einer der Busfahrer zum Beispiel ist ein ebensolcher Gartennarr. Er tratscht mit Carmen unermüdlich über Rosen.«

»Woher nimmt er denn die Zeit dazu?«

»Wenn er den Postsack bei ihr ablädt, stehen schon der Tee und eine Riesenportion Kuchen bereit. Hat er dann gar keine oder nur höchstens zwei Passagiere, so hält er sich eine ganze Weile bei ihr auf und fährt nachher doppelt so schnell, um die Verspätung einzuholen.« – »Da wird sich der Autobus-Unternehmer aber freuen!«

»Der ahnt nichts davon – und manchmal holt der Fahrer sie auch ab und nimmt sie mit in die Stadt, ohne Fahrgeld zu kassieren. Carmen ist eben sein Schwarm!«

»Na, meiner jedenfalls nicht! Wenn sie das nächste Mal kommt, müssen Sie sie mir ein bißchen abnehmen!«

»Auf keinen Fall, Luce! Carmen legt auf mich ohnehin keinen Wert. Ich bin nichts als ein Halbblut, das für Sie arbeitet. Carmen ist sehr stolz!«

Am nächsten Morgen holte Lucia ihre Freundin Annabel und die Kinder zu dem versprochenen Besuch des Trainingsstalls ab. Das Anwesen lag knapp zwei Kilometer von Davis' Haus entfernt, und es war so eingerichtet, wie ein Pferdefreund es sich nur wünschen konnte. Ein ganzer Flügel tadellos gehaltener Stallungen und Boxen, am Ende eine Kammer, in dem Sättel und Zaumzeug in schimmernder Ordnung aufbewahrt wurden, am anderen Ende ein Futterraum mit großen Kästen und allem Drum und Dran.

Purdy mußte schon wohlhabend sein, sonst hätte er das alles für sein Unternehmen, das doch nichts als ein Experiment war, bestimmt nicht ins Leben rufen können. Zweifellos war es originell, und vielleicht leitete es eine wahre Revolution der Pferdehaltung ein. Als er Jim kennengelernt und ihm von seiner Idee berichtet hatte, hatte der Fachmann sofort aufgehorcht. Der Gedanke, daß auch Pferde auf Höhenluft günstig reagierten, leuchtete ihm durchaus ein. Am meisten jedoch hatte ihn gefesselt, was Purdy von dem ehemals großartigen ›Raubritter‹, der zum unzuverlässigen ›Outlaw‹ geworden war, erzählt hatte. Sofort hatte er sich überlegt, wie herrlich es sein müßte, aus einem solchen Pferd etwas zu machen, und als Purdy das Experiment in seinem Auftrage wagen und versuchen wollte, die Wurzel des Übels zu erkunden, das sein wertvolles Pferd nutzlos machte, hatte Jim freudig zugestimmt.

Es war hinzugekommen, daß ihm eine Woche vorher der Arzt mitgeteilt hatte, Annabel brauche dringend Orts- und Luftveränderung für etwa ein halbes Jahr. Seit Eves Geburt war sie nie wieder richtig auf die Beine gekommen, und der Arzt meinte, die Höhenluft am Ufer des Sees sei gerade das, was sie brauche. Jim war keineswegs begütert, und als Purdy ihm für die sechs Monate des Experiments ein außergewöhnlich hohes Gehalt bot und außerdem auch noch das nahe gelegene Campinglager erwähnte, hatten Jim und Annabel an eine besondere Gunst des Schicksals geglaubt. So konnten sie sich erholen – und gleichzeitig Ersparnisse sammeln, die dem von Annabel bereits gegründeten ›Ausbildungs-Fonds‹ für die Kinder gut bekommen würden.

Sie fanden Jim im Sattelraum beschäftigt. Draußen im Hof stand ein großer junger Rappe, der neugierig hereinschaute und kein Auge von seinem Betreuer ließ.

»Das ist ›Raubritter‹«, erklärte Annabel. »Er folgt Jim wie ein

Kind auf Schritt und Tritt, aber Fremde mag er ganz und gar nicht.« Auf ihren Anruf stand Jim auf. Nachdem er ihnen froh zugewinkt hatte, führte er erst das Pferd, das sich empört sträubte, in seine Box.

»Immer ruhig, alter Freund!« hörte Lucia ihn begütigend sagen. »Da bist du aufgehoben und kannst trotzdem alles sehen. Erst wenn ich von deiner inneren Umkehr endgültig überzeugt bin, werde ich dich meinen Leuten vorstellen, noch ist es nicht soweit.«

›Raubritter‹ war ein auffallend edles Pferd. Groß und stark stand es da, und kein einziges weißes Haar schimmerte auf dem tiefschwarzen Fell, das wie Seide glänzte – als Zeugnis all der Liebe, mit der Jim es zu striegeln pflegte.

»Der ist aber schön!« stieß Lucia fast andächtig hervor. Aus solcher Nähe hatte sie ein so edles Rennpferd noch nie im Leben gesehen.

Jim, dem Lucia gleich beim ersten Zusammentreffen gefallen hatte, gewann nun endgültig die Überzeugung, daß sie ein bemerkenswert nettes Mädchen sei. Nachdem er dem Pferd einen freundlichen Klaps auf die Nase gegeben hatte, sagte er mit dem Stolz einer Mutter, die von einem geliebten, aber verwöhnten Kind spricht: »Er hat Charakter! Sehen Sie sich nur die Ohren an!«

Lucia, die respektvollen Abstand von dem Hengst hielt, staunte. »Wieso? Ja, schön sind sie, und er spitzt sie so hübsch.«

»Das tut er, weil er neugierig ist. Aber Sie sollten sie einmal sehen, wenn er sich langweilt. Oft kommt das zwar nicht vor, aber wenn, dann werden die Ohren schlapp und fallen zur Seite wie die eines Maultiers. Dann möchte man ihn für einen lahmen Gaul halten, dem man erst eine Möhre unter die Nase halten muß, damit er aus seinem tranigen Schritt aufwacht. Zu meinem Ärger passiert das meist ausgerechnet dann, wenn ich aus irgendeinem Grunde Wert darauf lege. daß er forsch und schneidig aussieht: Dann steht er da mit trüben, glasigen Augen und vorgeschobener Unterlippe – wie ein alter, ausgedienter Klepper!«

»Auf alle Fälle sieht er lieb aus!«

Jim lachte. »Dabei ist er ein wahrer Vulkan. Eben noch stand er vielleicht sanft und still herum, plötzlich aber ärgert ihn etwas, und schon fährt er auf – wie eine temperamentvolle Schauspielerin, die eine wilde Szene vorführt. Ganz flach legt er die Ohren an und verdreht die Augen, bis nur noch das Weiße zu sehen ist – ein gräßlicher Anblick. Dann läßt man ihn am besten allein, ehe er die Zähne bleckt und nach allem schnappt, was ihm gerade vors Gebiß kommt.«

»Ich weiß, wie sehr du ihn liebst, Jim«, mischte Annabel sich ein. »Trotzdem finde ich ihn schrecklich! Nie im Leben kann ich vergessen, wie er auf den armen Stallburschen losging, der nur eine unerwartete Kopfbewegung gemacht hatte. Ach, das war schrecklich!«

»Es lag nicht nur an der einen Kopfbewegung. Der arme Stallbursche, wie du ihn nennst, hatte sich schon seit Tagen hinter meinem Rücken mit ›Räuber‹ angelegt. Deshalb habe ich ihn hinausgeworfen. Wenn man das Pferd anständig behandelt, benimmt es sich auch entsprechend!« erklärte Jim im Brustton der Überzeugung – während er eilig James aus der bedrohlichen Nähe der Box zurückriß.

»Allerdings nicht gegenüber hilflosen Frauen und kleinen Kindern!« ergänzte Annabel in sanftem Spott, und alle lachten.

Vier Pferde hatte Jim zu versorgen und eine Stute, die in Kürze fohlen sollte. Im Stall nebenan begrüßte man die graue ›Signorina‹, ein ruhiger und freundlicher Charakter, die gerade das Gegenteil von ›Raubritter‹ war. Nachdem die Frauen ihr den sanften Kopf gekrault hatten, ließ Jim sie heraus. Seine Stimme verriet Zuneigung, aber nicht jene innige Freundschaft, die er für den schwarzen Rappen bekundet hatte.

»Sie ist schön, bewegt sich anmutig, mit gewandtem, schwebendem Schritt. Eine ausgesprochene Sprinterin.«

»Sie ist ein feines Pferd, hat aber bisher noch nicht viel geleistet, nicht wahr, Jim?« warf Annabel ein.

»Gar nichts hat sie geleistet«, bestätigte Jim. »Sie ist bei ihrem ersten Rennen einfach ausgebrochen. Regelmäßig legt sie mit geradezu atemberaubendem Tempo los, aber dann kann sie es nicht durchhalten, nicht einmal über tausend Meter. Trotzdem setzt Purdy große Hoffnungen auf sie. Und zweifellos ist sie ein dankbares Objekt für sein Experiment. Er glaubt, Höhenluft und ausgedehnte ruhige Ritte könnten ihre Ausdauer fördern.«

»Ausgedehnt und ruhig?« brachte Lucia verblüfft hervor. »Da sehen Sie, wie wenig Ahnung ich habe! Ich dachte immer, das Training bestände darin, Rennpferde über kurze Strecken galoppieren zu lassen. Daß man sie ruhig und langsam reitet, hätte ich nie erwartet.«

»Man tut es auch nicht häufig genug – wenigstens meint das Purdy. Er behauptet, die meisten Trainer seien viel zu sehr auf Schnelligkeit aus, dabei sei es viel förderlicher, lange Strecken in ruhiger Gangart zu reiten. Und hier oben gibt es weite Strecken ebenen Graslands, das für solche Übungen wie geschaffen ist. Man kann die Pferde ganz sacht ausreiten, ohne Asphaltstraßen benützen zu müssen.«

Nachdem James ›Signorina‹ hatte streicheln dürfen, wurde die Stute in den Stall zurückgeführt. »Len schwärmt für sie. Er reitet oft auf ihr. Halt, nein, James! Erst mußt du ein bißchen größer werden.«

James war hell empört, gehorchte aber den strengen Ermahnungen des Vaters recht bald. Jim stellte nun seinem Besuch die beiden übrigen Pferde vor, zwei Zweijährige, an denen es nicht viel zu sehen gab. ›Goldweide‹ war ein schöner hochbeiniger Haselnußbrauner, aber er machte einen trägen Eindruck, und Jim erzählte, daß er noch nie einen einwandfreien Paßgang zustande gebracht habe; deshalb sei es fraglich, ob er jemals brauchbar würde. Einen ganz andern Eindruck machte ›Ballyriggan‹, ein unternehmungslustiges kleines braunes Jungpferd mit römischer Nase und kurzgestutztem Besenschwanz.

»Der hat Mumm«, bemerkte Jim, während er ihm liebevoll die Nase streichelte. »Aber er ist schwer zu behandeln. Er fällt sofort aus der Rolle, wenn irgend etwas vor ihm auftaucht.«

Nachdem alle vier Pferde eingehend besichtigt waren und die Besucher die schmucke, peinliche Ordnung in den Geräte- und Futterkammern bewundert hatten, kehrten sie zum Haus zurück. »Was ist denn mit ›Raubritter‹ eigentlich los?« fragte Lucia. »Er sieht so schön aus. Rühren die Schwierigkeiten einfach von seinem Charakter her, oder ist er beim Zureiten falsch behandelt worden?«

Zweifellos hatte sie Jims Lieblingsthema angeschlagen. »Wenn ich das wüßte«, rief er aus. »Ganz seltsam ist das mit ihm. Soviel ich weiß, hat sich überhaupt niemand um ihn gekümmert, bevor er zugeritten wurde, und das ist bei einem Vollblut ungewöhnlich. Seine Mutter gehörte einem alten Manne, der kurz nach ›Raubritters‹ Geburt starb, und von da an lief das Fohlen mit seiner

Mutter völlig ungebunden durch Wald und Feld, bis die Nachlaßverwalter alle Erbfragen geklärt hatten. Darauf fing man ihn ein, und er wurde versteigert. Als Zweijähriger machte er seine Sache ausgezeichnet – inzwischen ist er drei Jahre alt! Er gewann so gut wie alle seine Rennen, und Fachleute sagten ihm eine beachtliche Karriere voraus. Plötzlich aber entwickelte er einige häßliche Charaktereigenschaften, neigte zu Wutausbrüchen und fiel sogar einmal über einen Stallburschen her. Er wurde zum Schrecken aller Starter, so daß man ihn kaum noch zu melden wagte. Am Ende der Saison zog man ihn zurück – in der Hoffnung, daß er wieder zur Vernunft käme.«

»Gehörte er da schon Mr. Purdy?«

»Jawohl. Und er hatte zuversichtlich gehofft, ihn zu einem sicheren Sieger zu machen. Um so größer war seine Enttäuschung. Schließlich meinte er, daß ›Raubritter‹ sich vielleicht bessern würde, wenn ihn jemand anders betreute.«

»Jemand, der sehr klug ist. Jemand, der mit Pferden umzugehen versteht, so wie du, und der das Vertrauen des Pferdes zu gewinnen vermochte. Sei doch nicht so bescheiden, Liebling!« ergänzte Annabel.

»Nun, jedenfalls wußte er, daß ich Pferde gern habe, und er hatte gehört, daß ich im allgemeinen gut mit ihnen auskomme. Purdy hatte nämlich einen Freund, für den ich vor Jahren gearbeitet hatte. Er heckte also seinen Plan aus, einen Übungsstall weitab von allem Getriebe einzurichten, und bot mir ein ansehnliches Gehalt. Das paßte mir gar nicht schlecht: hohe Lage für Annabel, hohes Gehalt für mich!« Lächelnd schaute er seine Frau an.

»Nicht eigentlich für ihn«, ergänzte Annabel. »Wir wollen nämlich sparen, für die Ausbildung der Kinder.«

Lucia lachte. »Sie fangen aber früh damit an! Was soll James denn werden?«

»Ich glaube, er ist sehr tierliebend, deshalb hoffen wir, daß er Tierzüchter wird oder Veterinärmedizin studiert«, meinte die Mutter des Kleinen ernsthaft, fügte aber eilig hinzu: »Mutter allerdings findet den bloßen Gedanken grauenhaft: Ihr sind Tiere zu gewöhnlich und zu erdnah!«

»Sie können sich vorstellen, wie sie darunter leidet, daß ihr Schwiegersohn Pferde einreitet!« lachte Jim fröhlich. »Mrs. Wharton sähe es lieber, wenn ihr Enkel Professor für englische Literatur würde; etwas Geringeres könnte ihr schwerlich genügen.«

»Falls er das etwa tatsächlich werden sollte, obwohl er augenblicklich nicht die leiseste Neigung dazu hat«, bemerkte Annabel sanft, »kann ich nur hoffen, daß er die Romane seiner Großmutter etwas ernster nimmt als heute! Bisher wirft er sie nur aus dem Fenster oder in die Mülltonne. Glücklicherweise vermutet Mutter, sie sähen deshalb so abgewetzt aus, weil wir sie so häufig lesen!«

Alle lachten, und Lucia meinte, James müsse mit der Zeit ein bißchen mehr Ehrfurcht vor Bestsellern entwickeln. Allerdings, fügte sie hinzu, zeige er offenbar bereits erste Anzeichen von gesunder Urteilsfähigkeit.

FÜNFTES KAPITEL

Als Lucia zwei Tage später zur Tankstelle kam, fand sie Len in die Morgenzeitung vertieft, die der erste Bus des Tages ihm dagelassen hatte.

»Kommen Sie doch mal her, Luce!« empfing er sie. »Sehen Sie!« Damit deutete er auf die Überschrift: »Mord oder Unfall?«

Während Lucia den Artikel las, wurde ihr ausgesprochen elend zumute. Mord in der Umgebung, die Onkel Peter ›langweilig gesetzestreu‹ genannt hatte? Mord gerade in der Nacht, als sie, nichts Böses ahnend, aus dem Fenster schaute und das Feuer oben in den Bergen sah?

Offenbar suchte die Polizei fieberhaft nach Leuten, die an jenem Abend in der Nähe von Davis' Haus gewesen waren. »Der zuständige Kriminalinspektor teilt mit, eine erste Untersuchung des Leichnams scheine zu bestätigen, daß der Tote im Feuer umgekommen sei, als seine Garage nach dem Umstürzen eines Benzinkanisters in Brand geriet. Diese Annahme ist um so glaubwürdiger, als der Tote als Kettenraucher bekannt war und ganz offensichtlich gerade am Motor seines Wagens bastelte, als das Feuer ausbrach; noch ehe die Flammen ihn ganz erfaßten, wurde er von dem entstehenden Qualm erstickt. Als die Leiche, die nur teilweise verbrannt war, näher untersucht wurde, stellte sich heraus, daß der Tote einen Schlag auf den Hinterkopf erhalten hatte, der so kräftig war, daß er ihm die Besinnung raubte, noch ehe das Feuer ihn erreichte.«

Lucia gab Len die Zeitung zurück. »Wie schrecklich! Ich kann es einfach nicht glauben – aber sie müssen es ja wissen! Und die gerichtliche Leichenschau ist vertagt! Was mag die Polizei nun in Wirklichkeit vermuten? Ach, hoffentlich täuscht sie sich! Unvorstellbar schrecklich, wenn sich hier im Busch ein Verbrecher versteckt hielte! Aber so etwas ist doch völlig ausgeschlossen! Inzwischen ist er bestimmt über alle Berge!«

Aber so leicht ließ sich Len die Aufregung über die erste Sensation im Umkreis der Tankstelle ›Zum Kreuzweg‹ nicht nehmen.

»Na, im Busch kann man sich jedenfalls prima verstecken! Düstere, unzugängliche Stellen in Hülle und Fülle! Es kann lange dauern, bis man dort jemanden findet – womöglich Monate!«

»Welch schrecklicher Gedanke! Sprechen wir lieber von etwas anderem!«

Er grinste und fügte sich. »Richtig. Sprechen wir vom Pferde-Toto!« Für eine ganze Weile vertiefte er ich in seine Zeitschrift, dann leuchtete sein Gesicht auf, und er stieß aufgeregt hervor: »Da haben wir's! ›Ausreißer‹ ist am kommenden Wochenende am Start. Was sagen Sie dazu?«

Lucia war leicht erschüttert. Für Len führten anscheinend alle Wege zum Buchmacher, und darin mochte sie ihn nicht noch unterstützen. Aber dann konnte sie der Versuchung doch nicht widerstehen. »Und im zweiten Rennen? Finden Sie da vielleicht auch etwas, was mit Mord zu tun hätte?«

»Hm, bis jetzt nicht. Aber sehen Sie doch selbst nach, ob Ihnen etwas zusagt!«

Während Lucia die Zeitschrift entgegennahm, überlegte sie, was ihre Mutter wohl gesagt hätte, wenn sie ihre Tochter hätte beobachten können, wie sie Pferdewetten mit dem jungen Mann ausheckte, der ihr Angestellter war. Während sie dann die Listen mit ungeteilter Aufmerksamkeit studierte, erklang plötzlich eine freundliche Stimme: »Hochinteressant, wie? Was nimmt denn Ihre Aufmerksamkeit so gefangen? Die Sensation des Tages etwa? Ach nein? Ach nein, etwas viel Interessanteres, wie ich sehe: die Turf-Zeitschrift!«

Lucia fuhr auf. Die ruhige, spöttische Stimme war unverkennbar, und wütend fuhr das Mädchen herum. Richtig, es war der Fremde, aber diesmal lächelte er sanft und sah deshalb etwas netter aus. Trotzdem blieb seine Bemerkung höchst ungehörig, und so erwiderte sie scharf: »Ich habe Ihren Wagen nicht gehört. Was wo ...«

Sie unterbrach sich. ›Was wollen Sie?‹ klang wohl unfreundlich, und so etwas zahlte sich nie aus. Geschäftsmäßige Kühle und unverbindliche Höflichkeit waren eher angemessen.

Aber er ließ sie gar nicht erst von neuem ansetzen. »Was ich will?« vollendete er den Satz. »Nun, ich habe keine einzige Zigarette mehr. Blöd, nicht wahr? Darf ich wohl eine Packung haben?«

»Natürlich!« Eiskalt höflich klang ihre Stimme. »Wir haben die meisten Sorten vorrätig. Welche rauchen Sie denn?«

Sein scharfer Blick tastete das Regal ab, und dann wählte er eine Zehnerpackung. Während er sich schon zum Gehen wandte, meinte er: »Sicherlich brennen Sie darauf, von der Riesensensation zu sprechen? Verbrechen oder Unfall? Welcher Meinung neigen Sie denn zu? Oder interessieren Sie sich für nichts anderes als Pferderennen?«

Lucia spürte, wie ihr das Blut ins Gesicht stieg – um so mehr, als sie es selbst als ungehörig empfand, den schrecklichen Vorfall zum Anlaß zu nehmen, Tototips auszutüfteln. Eben überlegte sie, was sie darauf erwidern könnte; da kam ihr unglücklicherweise Len, der der Verlockung der Wörter ›Rennen‹ und ›Verbrechen‹ nicht widerstehen konnte, zuvor: »Meinen Sie, daß es Mord war? Aber so etwas gibt es doch hier nicht!«

Die Stimme des Fremden wurde merklich freundlicher: »Wohl jeder hält es für ausgeschlossen, daß vor seiner eigenen Haustür ein Mord begangen wird. Der Gedanke ist abstoßend und irgendwie unnatürlich. Sie allerdings, Miss Field, scheinen in der Lage zu sein, sich trotz dieses erschreckenden Gedankens fürs Pferderennen zu interessieren.« Ziemlich boshaft lächelte er auf sie herab.

Zornig fuhr sie auf. »Haben Sie nicht gelernt, daß es niederträchtig ist, andern Leuten über die Schulter zu schauen, um festzustellen, was sie lesen? Infame Schnüffelei ist das!«

Len war unbedacht genug, sich einzumischen. »Wir haben uns doch nur eine Wette überlegt. Ich habe mir ›Ausreißer‹ ausgesucht, und Luce wollte sehen, ob nicht ein Pferd zu finden sei, dessen Name mit dem Mord zu tun habe.« – Lucia starrte ihn wütend an. Wenn er doch nur den Mund hielte! Aber der Fremde meinte bloß: »›Ausreißer‹? Hat das etwas zu bedeuten?«

»Nun, ich meinte, ein Mörder könne hier gut ausreißen und sich monatelang verstecken, ehe ihn die Polizei im Busch aufstöbert!«

Nachdenklich schaute der Fremde über die bewaldeten Weiten rund um die Tankstelle, und dann wandte er sich plötzlich an Lucia: »Haben Sie etwa Angst? Sie wohnen doch allein in dem Haus da drüben, nicht wahr?«

»Ich habe ja einen Hund«, erwiderte das Mädchen. Das Verhör ärgerte sie. »Offenbar interessieren Sie sich lebhaft für unsere Gegend!« schloß sie anzüglich.

»Nun, immerhin wohne ich vorübergehend hier, oben im Lager. Ich heiße Philipp Ross und möchte gern ein paar Rehe erlegen.«

Nur kurz überlegte Lucia – dann wies sie die Versuchung, ein wenig freundlicher zu diesem neugierigen, überheblichen Kerl zu werden, standhaft zurück, und meinte eiskalt: »Ich habe noch zu tun. Darf es sonst noch etwas sein?«

»Im Augenblick nicht, danke! Ich möchte Sie nicht länger bei Ihrer lebenswichtigen Arbeit stören – zum Beispiel dem Ausdenken von Rennwetten!« Damit lüftete er den Hut, lächelte empörender denn je und stapfte davon. Noch seinem Rücken sah man an, wie sehr er sich bewußt war, das letzte Wort behalten zu haben.

Lucia schaute Len an. »Warum mußten Sie ihm denn vom Toto erzählen?«

»Ärgern Sie sich doch nicht, Luce!« erwiderte er in so sanftem Ton, daß sie nur noch wütender wurde. »Der Mann ist gar nicht so übel! Er redet nur so daher, um Sie auf die Palme zu bringen!«

»Mich auf die Palme bringen? Unsinn! Falls er das wirklich vorhatte, ist es ihm jedenfalls nicht gelungen.«

»Sie waren aber ziemlich schroff, Luce«, gab Len grinsend zurück, und dann entzog er sich jedem Widerspruch, indem er in der Garage Deckung nahm.

Am späten Nachmittag spürte Lucia sich von wachsender Unruhe gepackt; der Gedanke, daß in ihrer unmittelbaren Nähe eine ungeklärte Bluttat begangen wurde, bereitete ihr Unbehagen. So fuhr sie zum Lager hinüber, um den Fall mit Annabel zu bereden. Die Freundin war nicht weniger besorgt.

»Einfach schrecklich ist es! Jim wird untröstlich sein, denn er hat die Stelle doch gerade deswegen angenommen, damit ich hier oben Ruhe und Frieden finde. Und nun ...«

»Aber diesmal geht es doch Sie und Jim nicht unmittelbar an!«

»Gewiß nicht, aber irgendwie wird alles anders, bedrückend und schwer, wenn in nächster Nähe ein Verbrechen geschieht. Richtig erklären kann ich das nicht, Lucia – aber ich habe es einmal durchgemacht! Alle fühlen sich dann unbehaglich, jeder schaut jeden von der Seite an. Ach, wir wollen nicht mehr darüber reden! Kommen Sie, gehen wir mit James am Strand spazieren! Eve habe ich heute beizeiten schlafen gelegt.«

James war begeistert von dem Plan. Froh gab er beiden Frauen die Hand, und zusammen spazierten sie gemächlich durch die kühle Abendluft. Völlig unbelebt zog sich die Straße dahin, menschenleer lag der Strand, und sie gingen geruhsam dahin, unterhielten sich von den Stallungen, von ›Raubritter‹ und von Jims Schwierigkeiten und Hoffnungen.

»Es ist einfach erstaunlich, wie er mit Pferden umzugehen versteht. Er hat so etwas wie einen sechsten Sinn dafür«, meinte Annabel. »Wissen Sie, das Pferd ist so gut wie niemals eingeschlossen, außer bei Nacht. Überallhin begleitet es Jim, und als ich ihn neulich besuchte, saß er auf der Türschwelle beim Mittagessen, und ›Raubritter‹ stand neben ihm und leckte den Honig von einem Stück Brot, das Jim ihm gegeben hatte. Und fast sah es so aus, als unterhielten sich die beiden; jedenfalls sprach Jim, und nachher behauptete er felsenfest, ›Raubritter‹ habe ihm geantwortet, obwohl ich zugeben muß, daß ich kein verständliches Wort vernommen habe!«

Als sie den Landungssteg hinter sich gelassen hatten, bemerkten sie plötzlich drei Männer. Lucia erkannte auf den ersten Blick die schmale hochgewachsene Gestalt von Philipp Ross, begleitet von Nigel Howard und George Owens. George begrüßte sie ziemlich knurrig, aber Nigel wandte sich lächelnd zu Lucia, und seine ungezwungene freundliche Art bildete, wie das Mädchen sich boshaft klarmachte, einen wohltuenden Gegensatz zu dem Benehmen des feierlich verschlossenen Ross, dessen eiskalte Augen einen niemals voll ansahen – obwohl ihnen nichts zu entgehen schien!

Nigel hielt die Morgenzeitung in der Hand, aber als die beiden jungen Frauen herankamen, faltete er sie zusammen und klemmte sie sich unauffällig unter den Arm. Offenbar wollte er Annabel nicht aufregen, indem er die sensationelle Entwicklung des dort beschriebenen Falles erörterte.

Ross hingegen schien von solchen Rücksichten nicht befangen. Unbekümmert fiel er mit der Tür ins Haus. »Ach, da kommt ja Miss Field! Als ich sie zum letztenmal sprach, dachte sie sich gerade Rennwetten aus, wobei sie sich von unserem Verbrechen inspirieren ließ!«

Die drei andern horchten auf, und Lucia errötete vor Wut. Gab es einen gemeineren Kerl als Ross? Nun hatte er es fertiggebracht, sie in hoffnungsloses Unrecht zu setzen; Annabel und die beiden Männer waren bestimmt erschüttert über ihre Gemütsroheit.

»Mr. Ross hat eine ganz besondere Begabung, den Handlungen anderer Leute die niedrigsten Motive unterzuschieben!« flötete sie sanft. »In Wirklichkeit waren Len und ich in geziemender Weise erschüttert und fassungslos, bevor er mich mit seinen Totoinspirationen für einen Augenblick ablenkte.« Plötzlich aber fuhr sie Ross wütend an: »Es ist ja auch keine Kunst, wenn man sich von hinten an jemanden anschleicht, der ganz ahnungslos ist ... Was hatten Sie überhaupt von mir erwartet? Soll ich über das Verbrechen in Tränen zerfließen? Ich habe den Ermordeten nie im Leben gesehen. Ich bin neu hier, und er bedeutet mir nicht das geringste. Aber vielleicht sollte ich Hoftrauer anlegen!«

Alle schauten sie erschrocken an, und Annabel dachte: ›Warum läßt sie sich von dem Mann so aufregen? Er wollte sie doch nur nekken, und da wird sie giftig wie eine Schlange. Das paßt gar nicht zu Lucia.‹

Aber Lucia hatte Ross das Stichwort geliefert. Unerschütterlich lächelnd meinte er: »Richtig, er bedeutet Ihnen nichts. Für Sie ist es, als wäre überhaupt nichts geschehen: Neugierige Zugereiste überall, herumschnüffelnde Reporter, geschäftige Kriminalbeamte – und alle benötigen sie Benzin, ganz zu schweigen von Öl. Obwohl das Öl oft gewisse Schwierigkeiten bereitet!«

Endlich erwachte in Lucia der Sinn für Humor zu neuem Leben. Seine letzten Worte hatten nach gutmütigem Spott geklungen, und es wäre albern gewesen, hätte sie sich darüber geärgert. Also lachte sie möglichst fröhlich: »Ich denke nicht daran, mich von Ihnen zur Explosion bringen zu lassen.« Sie schaute die andern an: »Mr. Ross ist nämlich nicht sehr diskret. Tatsächlich erwischte er mich dabei, wie ich im Begriffe war, Schweröl in seinen Wagen zu gießen. Ich bin ja noch neu im Beruf.«

Ihr offenes Lächeln und das freimütige Geständnis nahm alle andern für sie ein, und ihr schien es, als werfe Nigel dem spöttischen Fremden einen recht abgekühlten Blick zu. Ross jedoch schien die allgemeine Mißbilligung überhaupt nicht zu spüren, vielmehr fügte er in aller Ruhe hinzu, Miss Field würde ja vielleicht von dem allgemeinen Trubel profitieren, der Campingplatz hingegen würde aller Voraussicht nach Einbußen erleiden.

»Natürlich werden manche Besucher kommen, die aus Neugier eine Nacht oder zwei bleiben wollen, aber der friedliebende und gesetzestreue Normalbürger, der seine Ferien in Ruhe und Abgeschiedenheit verbringen will, dürfte einen Platz meiden, der bereits einen Mord gesehen hat. Wie ist Ihnen denn bei diesem Gedanken zumute, Mrs. Middleton? Erwägen Sie etwa auch schon, die Koffer zu packen und in Ihr geruhsames Heim zurückzukehren?«

Annabel lächelte, obwohl Lucia hätte schwören mögen, daß der Zynismus von Ross auch sie empörte.

»Keine Spur! Ich fühle mich hier vorzüglich aufgehoben. Schließlich ist der Mord nicht in unmittelbarer Nähe des Lagers geschehen, und ich habe mehrere Beschützer; abgesehen davon, ist Jim stets in der Nähe. Im übrigen kann ich mir nicht vorstellen, daß der Verbrecher sich noch in der Umgebung des Tatortes herumtreibt – falls es überhaupt ein Mord war!« Lucia bemerkte wohl, daß Annabel sich noch immer an die Hoffnung klammerte, alle Aufregung beruhe nur auf einem unverständlichen Versehen der Polizei.

»Sie haben recht, Annabel!« bestätigte Nigel herzlich. »Bestimmt lungert der Mörder nicht mehr hier herum, wo es doch von Polizisten wimmelt. Meilenweit entfernt ist er inzwischen, trottet vermutlich längst in aller Ruhe über das Pflaster irgendeiner Stadt und winkt dem Polizisten an der Straßenecke freundlich zu.«

»Immerhin sagt man«, wandte Ross herausfordernd ein, »daß es jeden Mörder unwiderstehlich zum Ort seines Verbrechens hinzieht.«

»Sie sind ein ganz schrecklicher Mensch!« fuhr Lucia ihn rücksichtslos grob an. »Weshalb legen Sie es denn darauf an, uns Angst zu machen? Ein Glück nur, daß andere nicht so veranlagt sind! Sie sind der Überzeugung, daß die Lage hier unbedingt sicher ist. Nicht wahr, Nigel?«

Sie schwieg und wurde rot. Hatte sie ihn wirklich beim Vornamen genannt? Eilig stieß sie hervor: »Um Gottes willen! Len hat mich schon angesteckt: Er nennt alle Welt beim Vornamen. Schon nach zwei Tagen war ich für ihn Luce!«

Alle lachten, und Nigel erklärte: »Ich sage aber lieber Lucia, und Nigel finde ich viel schöner als Howard.« Dankbar schaute Lucia ihn an. Er war nicht nur ein sehr anziehender Mann, sondern er wußte auch eine Scharte auszuwetzen!

»Und was die Gefahr angeht, Annabel«, fuhr er fort, »will Philipp Sie nur ins Bockshorn jagen! Unser Lagerplatz ist vollkommen sicher. Nicht umsonst steht in unsern Prospekten, daß man hier alle Sorgen vergißt und vollkommene Erholung findet. Bedenken Sie außerdem, was für eine Leibwache Sie haben: Drei Mann hoch – ohne Ihren Gatten, der den vorgeschobenen Posten besetzt hält! Welcher Mörder würde sich an eine so tief gestaffelte Verteidigung heranwagen?«

»Ohnehin kommt der Mörder nur in Kriminalromanen zurück!« warf Lucia ein. »Im wirklichen Leben verzieht er sich so weit, wie er nur kann, bevor jemand auch nur den ersten Verdacht schöpft!«

»Offenbar«, erklärte Ross boshaft, »haben Sie sich eingehend mit der Psyche des Verbrechers befaßt!« Zu ihrer Beschämung mußte Lucia feststellen, daß sie unbeherrscht genug war, ihm eine Grimasse zu schneiden, ehe sie sich zum Gehen wandte.

Die beiden jungen Frauen schlenderten nebeneinander am Strand entlang. »Sie sind nett, die beiden, nicht wahr?« meinte Annabel. »Bestimmt hat Nigel recht, als er erklärte, Mörder machten sich stets so weit wie möglich aus dem Staube!«

»Natürlich tun sie das! Weshalb sollte er sich auch noch hier herumdrücken? Etwa abwarten, bis man ihn erwischt? Dieser Philipp Ross ist doch ein Ekel! Immerzu versucht er sich aufzuspielen – und erreicht damit nur, daß er unausstehlich ist.«

»Ach, so schlimm ist er auch wieder nicht! Er neigt nur zu Widerspruch und Spott, und er legt es nur darauf an, Sie hochzubringen. Aber ich bin überzeugt davon, daß er auch sehr nett sein kann: Jim erzählte mir gestern abend am Telefon, Ross sei oben bei ihm gewesen. Es klang ganz so, als fände er ihn sympathisch, und anscheinend versteht Ross eine ganze Menge von Pferden. Jedenfalls hat er sich mächtig für den Stall und Purdys und Jims Experimente interessiert!«

»Er hat vielfältige Interessen«, knurrte Lucia gehässig. »Immerzu muß er seine Nase in alle möglichen Dinge stecken!«

Annabel lächelte und versuchte, sie friedlicher zu stimmen. »Er nimmt aber nur ganz allgemeines Interesse«, sagte sie. »Bestimmt will er niemandem weh tun.«

Diese Worte klangen noch in Lucia nach, während sie heimfuhr. Weh tun? Nein, das wollte er gewiß nicht. Wer konnte in so liebenswürdiger Umgebung aufs Wehtun aussein? Aber wieso hatte Philipp Ross sich eine Zigarette aus einer Zwanzigerpackung genommen? Er hatte doch nur zehn von ihr gekauft – und behauptet, er habe keine einzige mehr bei sich!

SECHSTES KAPITEL

Lucia war mit ihrer Morgenarbeit recht zufrieden. Mit Lens Hilfe war es ihr gelungen, sich durch die Buchungen des vergangenen Monats hindurchzufinden, und dann hatte sie Rechnungen geschrieben.

»Ach, nun habe ich keine Marken mehr«, rief sie aus. »Aber ich muß die Rechnungen absenden. Also muß ich wohl zu Miss Mills wandern und Briefmarken kaufen.«

Len schien Bedenken zu haben.

»Das werden Sie bestimmt bereuen: Sie wird schwatzen und schwatzen, Sie durch den ganzen Garten schleppen, bis Ihnen das Kreuz weh tut, Ihnen winzige Blümchen zeigen, die noch nicht einmal schön sind, und Ihnen lauter ellenlange unverständliche Namen nennen. Und dann werden Sie ins Haus kommandiert werden, wo alles noch einmal von vorn anfängt: Sie zeigt Ihnen die Gemälde des Großvaters, und dann ihre eigenen, und sie versucht, Ihnen eines davon zum Kauf aufzuschwatzen. Lassen Sie die Rechnungen bis morgen liegen, Luce: dann sorge ich dafür, daß Mick Kelly, der Vormann vom Montagelager, Ihnen die Marken mitbringt.«

»Ich habe doch keine Angst vor Carmen!« brüstete sich Lucia. »Ich bin keine Gärtnerin, deshalb wird es ihr nicht gelingen, mich durch den Garten zu schleppen, und ich werde nur so viel Geld bei mir haben, um die Briefmarken zu bezahlen – und deshalb gar nicht in der Lage sein, ihr Bilder abzukaufen, selbst wenn ich es wollte!«

Als sie vor der Pforte von Carmen Mills' Anwesen anhielt, sah sie am Straßenrand den leeren Nachmittagsbus stehen. Ein Pfad führte durch einen üppigen Flor herrlicher Blumen, vorbei an gar nicht herrlichen Gnomen, Kaninchen, Fliegenpilzen und Unholden, und Lucia überlegte, wie erstaunlich es doch war, daß jemand, der Geschmack für einen wundervollen Garten hatte, ihn derartig verschandeln konnte! – Auf der Veranda vor dem winzigen Postamt fand sie Carmen, die wie ein aufgeregtes Vögelchen um einen bulligen Mann herumschwirrte, der im Sessel saß, Tee trank und ein Stück mächtigen, ungenießbar anmutenden Kuchen vertilgte.

»›Frau Luna‹!« erklärte der Dicke soeben, indem er sich bekräftigend aufs Knie schlug. »Das sind Farben!«

»Aber ›Tropensonne‹!« warf die Gastgeberin ein. »Diese exotische Fülle!«

Lucia verspürte keine Lust, in die ästhetische Betrachtung hineingezogen zu werden, und bat hastig um ihre Marken. Aber auf der Stelle wurde sie dem Großen vorgestellt: »Das ist Herr Benson, der den Bus fährt. Zuweilen, wenn er keine Fahrgäste hat, trinkt er eine Tasse Tee bei mir. Niemand versteht mehr von Rosen als er!«

Höflich erhob sich der Fahrer, wobei er Kuchenkrümel in reichlicher Menge um sich herstreute. Lucia hatte nicht viele Erfahrungen mit Rosenfreunden, aber es fiel ihr ausgesprochen schwer, in diesem alltäglich aussehenden Benson jemanden zu sehen, der begeistert von ›Frau Luna‹ und ›Tropensonne‹ schwärmte.

»Dieses kleine Fräulein und ich«, lachte er albern, »wir turteln immer ein bißchen über Rosen. Die sind nämlich mein Hobby.«

»Und nur durch Zufall sind wir darauf gekommen«, flötete Carmen. »Als ich eines Nachmittags zum Bus hinaus ging, um den Postsack zu holen, wobei mir gerade ein wenig weh ums Herz war, weil Ihr lieber Onkel ein wenig schroff zu mir gewesen war, indem er es weit von sich wies, auch nur den kleinsten Garten anzulegen, da dachte ich so bei mir: ›Ach, kein gleichgesinntes Wesen im weiten Rund ...‹ Aber auf einmal sah ich etwas ganz Allerliebstes. Können Sie sich vorstellen, Miss Field, was ich sah?«

Lucia machte ein betretenes Gesicht. Die gute Dame hatte vermutlich den Busfahrer gesehen, der allerdings auch bei allergrößtem Wohlwollen nicht gut als ›allerliebst‹ angesehen werden konnte. Glücklicherweise aber wartete Carmen die Antwort nicht ab, sondern rief in hellem Entzücken:

»Ich sah Präsident Kennedy!«

Lucia zuckte zusammen. Kein Zweifel, die Alte hatte den Verstand verloren. »Jawohl, in einer schönen schlanken Blumenvase neben dem Steuerrad prangten ein Kennedy und ein Bacchus nebeneinander. Ein reizendes Paar.«

Lucia hatte den Einwand auf der Zunge, gewiß könne der Präsident auf einsamer Fahrt moralischen Auftrieb geben, wohingegen Bacchus in dieser Hinsicht nicht ganz zuverlässig erscheine. Aber inzwischen hatte sie begriffen, daß Carmen von einer Rosenvase sprach, und sie fand es nicht ratsam, Scherze mit etwas zu machen, das offensichtlich von andern als etwas Heiliges verehrt wurde. So lächelte sie nur verlegen und meinte: »Wie reizend; aber leider bin ich keine Gärtnerin, und wenn ich nun meine Marken haben dürfte ...«

»*Noch* sind Sie keine Gärtnerin, mein Kind«, erklärte Carmen mit unheilschwangerer Entschiedenheit. »Aber Sie werden eine werden; ganz bestimmt!«

»Aber nun, meine Damen«, verkündete der Fahrer, indem er sich weitere Krümel vom Anzug wischte und seine Schirmmütze ergriff, »muß ich leider fahren. Vielen Dank für den Tee, und auf Wiedersehen!«

Gern wäre Lucia mit ihm entwischt, aber dann hätte sie ohne Marken gehen müssen. Unwiderstehlich schob Carmen sie an der offenen Tür des kleinen Postamtes vorbei und drängte sie in einen kleinen Wohnraum, der von riesigen Ölgemälden buchstäblich überquoll.

»Das Werk meines lieben Großvaters!« Unter Tränen lächelnd winkte Carmen Mills mit der Hand. »Ich versuche, in seine Fußstapfen zu treten, aber ... ach, ich fürchte ... ich bleibe weit hinter ihm zurück.«

Schlecht gelaunt kehrte Lucia zur Tankstelle zurück.

»Tausend Blumen habe ich gesehen und zweitausend Bilder«, berichtete sie, während sie sich an den Tisch setzte und die Schuhe von den Füßen schleuderte. »Und meilenweit bin ich marschiert.«

»Ich habe Ihnen ja gleich gesagt, Sie sollten nicht hingehen«, erwiderte Len besänftigend. »Sie ist nun einmal so! Sie redet einfach zu viel.«

»Reden!« fuhr Lucia auf. »Der schreckliche Busfahrer habe Sterne in den Augen! hat sie geschwärmt. Und pausenlos hat sie von einer Rose namens ›Perle des Orients‹ oder so geschwafelt. Sterne in den Augen! Ich selbst habe Sterne gesehen, nachdem ich mir alle die Bilder angesehen hatte, kann ich Ihnen sagen!«

Len lachte.

»Auf ihren Großvater ist sie nun einmal über die Maßen stolz! Und mußten Sie auch all die großartigen Namen ihrer Blümchen im Garten anhören?«

»Das kann man wohl sagen!« schimpfte Lucia. »Aber Ihnen wird das Lachen noch vergehen, Len: Sie sagt nämlich, wir müßten hier auch einen Garten anlegen, und Sie müßten den Boden umgraben!«

»Kommt nicht in Frage, Luce! Wenn ich umgraben muß, bekomme ich ... wie heißt doch noch die neumodische Krankheit? Ach ja, dann schlägt es mir auf die Bandscheibe!«

»Alles Zittern und Zagen hilft Ihnen nichts. Übrigens: sollten wir wieder einmal Marken brauchen, dann müssen Sie sie holen ... oder Rosie! Meinen Sie nicht, wir könnten sie zu solchen Botengängen abrichten?«

Beim Klange ihres Namens sprang der Hund freudig auf und drängte sich schweifwedelnd an sie.

»Donnerwetter!« schrie Lucia auf. »Ich glaube gar, sie versucht zu lächeln! Sehen Sie nur, was für fürchterliche Zähne sie hat!«

»Wild sieht sie aus!« bestätigte Len. »Ich möchte mal den Bösewicht sehen, der sich da noch herantraut. Außerdem, Luce, gibt es hier keine Mörder; unsere Kunden sind anständige, nette Leute.«

»Es beruhigt mich sehr, das zu hören«, ertönte eine angenehme, aber dennoch spöttische Stimme. »Wenn unsere Freunde von der Polizei mit ihren Untersuchungen beginnen, werden wir ihnen sofort mitteilen, daß sie die Tankstelle ›Zum Kreuzweg‹ mit gutem Gewissen aussparen können.«

Lucia fuhr herum. Schon wieder Philipp Ross! Wie üblich hatte er sich unmerklich herangeschlichen. Eiskalt schaute sie zu ihm auf. »Ist Ihnen wieder einmal im letzten Augenblick eingefallen, daß Sie nichts zu rauchen haben?«

»Sehr richtig. Mein Gedächtnis läßt schrecklich nach, und ich habe wirklich nur noch eine oder zwei Zigaretten.«

Lucia wagte, das zu bezweifeln. Bestimmt lagen noch ein paar ungeöffnete Päckchen in seinem Bungalow.

»Weshalb kaufen Sie nicht immer gleich ein halbes Dutzend Packungen auf einmal? Dann könnten Sie sich Ihre Spritztouren sparen.«

»Ein ausgezeichneter Gedanke. Man merkt sofort, daß da eine gottbegnadete Geschäftsfrau spricht!« Tatsächlich nahm er sich sechs Päckchen aus dem Ständer. »Das nenne ich Gespür für die rechte Gelegenheit.«

»Und wie geht es Ihrem Wild?« fragte Lucia höflich, während sie ihm auf eine Pfundnote herausgab.

»Es ist ausgesprochen scheu«, erwiderte er lächelnd. »Aber lassen Sie nur: Eines Tages bringe ich Ihnen noch ein tüchtiges Stück Fleisch vorbei!«

»Warum drängt er sich uns nur so auf?« schimpfte Lucia, nachdem er fort war. »Ich mag überhaupt kein Wildbret, und ich kann Leute nicht ausstehen, die einen aus allen Winkeln belauern!«

»Vielleicht unterhält er sich gern mit Ihnen, Luce«, bemerkte Len freundschaftlich.

Lucia hielt es für angebracht, diese Bemerkung zu überhören.

Zwei Tage später vergaß der Busfahrer ein Paket mit tierärztlichen Medikamenten, die oben für die Stallungen bestimmt waren. Lucia, die sich ohnehin nach einer Abwechslung sehnte, war sofort entschlossen, damit hinaufzufahren. Sie hoffte, auch Annabel bei Jim anzutreffen.

Gewöhnlich ließ Len es sich nicht nehmen, ihr den kleinen Wagen vorzufahren und Reifendruck und Benzinstand zu überprüfen; heute früh aber war er stark beschäftigt, und Lucia rief ihm zu, er solle sich nur nicht stören lassen. Sie hatte schon erfreuliche Fortschritte gemacht und kam auch rückwärts stets gut aus der Garage heraus. So setzte sie sich hinters Steuer und winkte Len einen fröhlichen Abschiedsgruß zu. Sie solle ja vorsichtig fahren, rief er ihr nach, denn die Straße sei eng und kurvenreich.

»Das macht mir nichts aus. Ich war ja schon mal oben und bin auch nicht übers Geländer gerutscht!« rief sie selbstbewußt zurück.

Es dauerte aber gar nicht lange, da bereute sie ihre Überheblichkeit: Knapp die Hälfte des steilen Anstiegs hatte sie hinter sich, da begann der Motor zu spucken! Zwar kam er für ein paar Meter wieder zu sich, aber dann gab er es endgültig auf und blieb stehen –

mitten auf der Straße, dazu in einer scharfen Haarnadelkurve. Dem Heulen nahe, zog Lucia die Bremse an und stieg aus. Aber langanhaltendes Starren unter die Motorhaube brachte sie keinen Schritt weiter, und schließlich drückte sie noch einmal auf den Starter, in der verwegenen Hoffnung, daß der Wagen sich besonnen habe. Aber der dachte nicht daran. Lucia schaute sich um. Woher sollte ihr nun Hilfe kommen? Zwar war sie nur noch knapp zwei Kilometer von Jims Hütte entfernt, jedoch konnte sie den Wagen nicht mitten auf der Straße stehenlassen! Angestrengt überlegte sie. Ja, es blieb wohl nichts anderes übrig, als sich vor der Kurve hinzusetzen und jeden Herannahenden zu warnen; vielleicht war es sogar jemand, den sie kannte und der ihr aus der Patsche half ... Eine halbe Stunde verging, dann erst hörte sie einen Motor bergauf brummen, aber als dann tatsächlich ein Wagen heranrollte, brachte sie nur ein herzhaftes »Verdammt!« hervor.

Natürlich mußte es ausgerechnet Philipp Ross sein! Sie winkte und gab sich alle Mühe, ein fröhliches »Hallo!« hervorzubringen, als er anhielt. Im Augenblick war es gewiß nicht ratsam, ihre wahren Gefühle zu zeigen.

»Was ist denn? Fahren Sie per Anhalter?«

»Viel schlimmer. Hinter der Kurve steht mein Wagen mitten auf der Straße. Das blöde Ding hat einfach ausgesetzt, und ich bringe es keinen Zentimeter weiter.«

Hilfsbereit lief Philipp Ross zu dem kleinen Auto. Er ließ den Starter summen, öffnete dann die Motorhaube und tastete überall mit kundiger Hand herum. Lucia glaubte, ein Wort der Entschuldigung stammeln zu müssen. »Es ist eben ein alter Wagen. Da bleibt es nicht aus, daß er gelegentlich schlappmacht.«

Ross musterte das Armaturenbrett – und meinte dann sanft: »Auch ein neuer Wagen würde streiken, wenn der Benzintank leer wäre!«

»Was?« Lucia lief blutrot an. Wie blöd von ihr, daß sie daran nicht gedacht hatte! Sie, die stundenlang täglich nichts anderes tat, als Benzin in die Tanks anderer Wagen zu füllen, hatte vergessen, ihr eigenes Auto zu versorgen! Es war wirklich zum Heulen – oder Lachen!

»So etwas Blödes! Len schaut sonst immer nach, heute aber hatte er gerade viel zu tun, und da habe ich den Wagen selbst herausgeholt und bin einfach abgefahren. Leider muß ich zugeben, daß ich an den Umgang mit Autos nicht recht gewöhnt bin – obwohl ich eine Tankstelle betreibe!« Sie sah ihn lächeln und fuhr hastig fort: »Nun sagen Sie es doch schon: Das haben Sie am ersten Tag bemerkt, als ich mit dem Öl nicht Bescheid wußte! Lachen Sie mich ruhig aus!«

Zu ihrer Überraschung lachte er nicht im geringsten, sondern versicherte ihr freundlich: »Ich denke gar nicht daran! Vielmehr finde ich Ihren Entschluß, nach der Erkrankung Ihres Onkels hier den Betrieb zu übernehmen, ausgesprochen schneidig. Es war nicht schön von mir, daß ich mich damals über Sie lustig gemacht habe, aber ich war schlecht gelaunt. Mir lag nämlich etwas auf der Seele ... Übrigens passiert es jedem Autofahrer einmal, daß er plötzlich mit leerem Tank dasteht, mehr als einmal bin ich in dieser peinlichen Lage gewesen. Also seien Sie nicht so empfindlich. Wir fahren jetzt zu Jim hinauf und leihen uns etwas. Wollten Sie eigentlich zu den Stallungen? Oder folgten Sie dem Beispiel der neugierigen Fremden, die sich an Davis' alter Hütte und dem sogenannten Schauplatz des Verbrechens nicht satt sehen können?«

Wie schade, daß er damit alles wieder verdarb! Eben noch war er so nett gewesen, und nun mußte er wieder so bissig werden! Würdevoll erwiderte Lucia: »Ich werde gar nicht erst den Versuch machen, mich daran satt zu sehen! Der Busfahrer hat bei uns ein Paket vergessen, auf das Jim wartet; das wollte ich ihm hinaufbringen.«

»Aha. Aber vorher müssen wir Ihren Wagen aus dem Wege schaffen. Rückwärts wird er ja ohne weiteres rollen, also stellen wir ihn hinter der Kurve an den Straßenrand. Setzen Sie sich nur hinters Steuer!«

Lucia fühlte sich gar nicht wohl in ihrer Haut: Rückwärts fuhr sie recht unbeholfen, und auf der andern Straßenseite stürzte das Gelände ganz steil ab. Aber ihr neu erwachender Zorn beflügelte sie; sie setzte sich auf den Fahrersitz und betätigte das Steuer. »Anders einschlagen!« mahnte Ross, während er mit flinkem Griff den Fehler korrigierte. »Sonst wird demnächst noch eine Leiche gefunden; und diesmal würde man vor allem mich verdächtigen!«

Hart zog Lucia die Handbremse an; ihre Nerven schwirrten. »Steuern lieber Sie!« rief sie. »Ich bin keine sichere Fahrerin, vor allem komme ich bestimmt nicht rückwärts um die Kurve!« Aber er schüttelte nur den Kopf. »Nutzen Sie die günstige Gelegenheit aus, etwas zu lernen!« Und schon löste er die Bremse, legte jedoch seine Hand neben die ihre aufs Steuerrad.

»So, ja!« Ganz ruhig klang seine Stimme. »Es ist doch ganz einfach.« Und tatsächlich gelang es ihr mit seiner Hilfe, den Wagen um die Kurve zu steuern und ihn sicher auf dem Grünstreifen zu parken. Stark und gut hatte Philipps Hand auf dem Steuer gelegen, und nicht ein einziges Mal hatte er sie ausgelacht.

»Bestimmt hat Jim Benzin oben«, meinte er, während sie beide in seinen Wagen stiegen. »Er wird uns bestimmt etwas leihen. Ich bringe es ihm später zurück.« Zum erstenmal fühlte sie sich in seiner Gegenwart geborgen, und froh und unbefangen plauderten sie miteinander, während das Auto die Bergstraße hinaufbrummte.

Bald sahen sie oben auf der Hochebene die Stallung an der Straße liegen, und wenige Minuten später bogen sie in den Hof ein. »Das Grundstück von Davis liegt gar nicht weit von hier«, meinte Ross. »Aber Jim hat ihn, wie er sagt, nur selten gesehen. Ein komischer Kauz muß er schon gewesen sein – er lebte vollkommen zurückgezogen und tat, als trüge er einen Groll gegen alle Welt mit sich herum. Niemand weiß, ob er irgendwelche Angehörige hier oder anderswo hatte; überhaupt weiß niemand etwas Rechtes über ihn.«

Das kleine Wohnhaus war leer. Bald entdeckten sie Jim unten auf der Koppel, wo er an einer selbstgebauten Startschranke herumbastelte. Ganz nahe bei ihm stand ›Raubritter‹ und schaute mit kritischem Interesse zu. »Ich begreife einfach nicht«, rief Lucia aus, »warum Jim gerade dieses Pferd ständig frei herumlaufen läßt!«

»Er will seine Theorie auf die Probe stellen und versucht, dem Pferd Vertrauen zu den Menschen zurückzugeben.«

»Aber ›Raubritter‹ ist doch verdorben, ein Outlaw! Sogar einen Stallburschen hat er angefallen und fast umgebracht.«

»Jim jedenfalls rührt er bestimmt nicht an! Hallo, Jim!«

Der Trainer schaute auf und winkte freudig herüber. Dann warf er ›Raubritter‹ ein Halfter um, während er den beiden Besuchern zurief, sie möchten sich einen Augenblick gedulden. »Erst bringe ich meinen Freund in die Box. Er ist nämlich heute ein bißchen aufgeregt.« – »Len hat mir erzählt, auch Sie kämen manchmal herauf, um ein wenig zu reiten«, sagte Lucia zu Ross. »Das fand ich einigermaßen überraschend.«

»Warum denn? Man kann doch nicht den ganzen Tag lang auf die Pirsch gehen! Und Jim ist ein Mann, in dessen Gesellschaft man gut aufgehoben ist. Außerdem habe ich Pferde gern.«

Wieder einmal stellte Lucia fest, wie sehr einen selbst Menschen überraschen können, die man zu kennen glaubte. Diesem Philipp Ross zum Beispiel hätte sie nie Freude an einem so harmlosen Vergnügen wie dem Reiten zugetraut. Viel eher konnte sie sich vorstellen, wie er im finstern Busch ahnungsloses Wild verfolgte oder wie er gutartigen Leuten nachstellte und bissige Scherze mit ihnen trieb. Aber voller Bitterkeit gestand sie sich ein, daß sie ja schon mehrmals einen empfindlichen Mangel an Menschenkenntnis bewiesen hatte.

Jim hatte ›Raubritters‹ Box verriegelt und kam herbei. Verlegen schilderte ihm Lucia ihre Lage, aber er lachte nur. »Ich habe ein halbvolles Faß Benzin da! Ärgern Sie sich nicht: So etwas passiert jedem einmal! Ein Glück, daß Philipp gerade vorbeikam!«

Ross winkte zum Eingangstor hinüber. »Ich glaube, da kommt Besuch!« Jim schaute auf, und sofort rötete sich sein Gesicht. »Wieder so ein paar blöde Touristen, eine ganze Karre voll! Sie werden dumm glotzen, idiotische Fragen stellen und mir meine kostbare Zeit stehlen. Außerdem kann ›Raubritter‹ sie ganz und gar nicht ausstehen!«

Vorsichtig kam ein schwerer, üppiger Wagen über den unebenen Hof heran, und nachdem er gehalten hatte, entstiegen ihm vier Leute, die offenbar Jims schlimmste Befürchtungen übertrafen. Während er, einen Fluch zwischen den Zähnen zermahlend, auf sie losging, flüsterte Lucia Philipp zu: »Die Frauen scheinen direkt vom Laufsteg einer Modenschau zu kommen! Sehen Sie nur den Hut: ein Berg von lauter Veilchen, und wohl einen halben Meter hoch!«

»Gräßlich!« bestätigte Ross. »Und der Mann! Wie der seine Zigarre hält! Ein widerlicher Angeber, möchte ich meinen.«

Der so abschätzig Charakterisierte ließ eine gönnerhafte Stimme vernehmen: »Sie haben doch nichts dagegen, daß wir uns die Gäule mal ansehen, was?« Er wandte sich zu der Dame unter dem Veilchenhut: »Wirklich erstaunlich, hier in der Gegend ein Trainingsgestüt zu finden!« Wieder schaute er Jim an: »Was tun Sie eigentlich so den ganzen Tag über?«

Möglichst nüchtern erwiderte Jim, er füttere und trainiere die Pferde. Es dauerte nicht lange, da fiel ihm die zweite Dame, deren Hut einem weißen Ballon ähnelte, begeistert ins Wort: »Wie herrlich! Ich habe Pferde so rasend gern! Seht nur das brave Tier dort, wie lieb es aus der Box herauslugt! Darf ich es einmal streicheln?«

Ross mußte sich das Lachen verbeißen, während Jim warnte: »Gehen Sie lieber nicht zu nahe! Es ist tückisch!«

Die Dame mit dem Ballonhut verzog die Lippen zu einem reizenden Schmollmündchen: »Aber haben Sie denn gar kein frommes Pferd? Da, das hübsche graue – dürfen wir da denn auch nicht heran?«

Immer düsterer wurde Jims Gesicht; aber wortlos ging er zur Box und ließ ›Signorina‹ heraus. Der vierte Besucher, der bisher noch kein Wort gesagt hatte, hob überrascht die Hand. »Ach! Die Stute habe ich doch schon beim Rennen gesehen! Sie ist gar nicht schlecht, spurtet erst und fällt dann hoffnungslos zurück. Habe ich recht?«

Jim bestätigte es, während sich seine Wut immer deutlicher im Gesicht ausdrückte. Vor der nächsten Box erhob sich begeisterter Jubel über ›Goldweides‹ Schönheit, und der Mann mit der Zigarre prophezeite mit arroganter Sicherheit: »Wenn das kein Meisterpferd wird, verstehe ich nichts von Pferden!«

»Das tut er auch nicht!« flüsterte Ross Lucia zu. »›Goldweide‹ ist ausgesprochen langsam. Sehen Sie nur, was Jim für ein Gesicht macht!«

»Und sehen Sie ›Raubritter‹!« erwiderte Lucia ebenso leise. Fast ärgerte sie sich darüber, daß sie so kameradschaftlich mit ihrem ehemaligen Feind umging.

Ganz weit steckte ›Raubritter‹ den Kopf aus der Box heraus, und der Ausdruck höchsten Mißvergnügens war nicht zu verkennen. Er langweilte sich und fühlte sich eingesperrt. Warum hatten diese blöden Schwätzer kommen und ihm den sonnigen Nachmittag im Freien verderben müssen? Soeben reckte ihnen die alltägliche ›Ballyriggan‹ zutraulich den Kopf entgegen und wartete auf die üblichen Leckerbissen. Mit spitzem Aufschrei stöckelte die Frau mit dem Veilchenhut rückwärts.

»Ich habe solche Angst vor Pferden!« kreischte sie gellend und zog sich immer weiter zurück.

»Achtung! Vorsicht!« schrie Jim, während er vorsprang.

Er kam zu spät. Die Frau war in ›Raubritters‹ Reichweite geraten, und das Pferd, froh, aus der ekelhaften Langeweile gerissen zu werden – machte den Hals lang, legte die Ohren flach und riß das Maul auf. Noch lauter gellte das Kreischen der Frau, und sogar Ross stieß einen erschrockenen Schrei aus. »Er hat sie gebissen!« stöhnte Lucia.

Die beiden männlichen Besucher waren ihrer Begleiterin beigesprungen und fuhren dann zu Jim herum.

»Angela, bist du verletzt? Dieses gefährliche Vieh ...«

Aber Angela war nicht verletzt. Kein Haar hatte ihr ›Raubritter‹ gekrümmt – nur den Veilchenhut hatte er ihr blitzschnell und geschickt entführt! Nun jaulte die also Beraubte in hemmungslosem Entsetzen: »Mein Hut ... mein schöner Hut! Harry, tu doch etwas! Los, schnell! Hol den Hut zurück!«

Harry zauderte. Dabei schoß er lodernde Blicke auf Jim, dem die Erleichterung offenbar die Sprache verschlagen hatte. Die Erleichterung – und noch etwas anderes! Lucia stieß Ross sacht in die Rippen. »Gleich platzt er heraus!« flüsterte sie ... und bemerkte, daß auch Philipp Ross unmerklich in sich hineingluckste. »Ihr seid mir Männer!« tobte inzwischen die zwangsweise barhäuptige Veilchendame, während Tränen des Zorns ihr den gepflegten Blick trübten. »Was steht ihr eigentlich so blöd herum? Holt gefälligst meinen Hut zurück! Entreißt ihn dem schrecklichen Gaul!«

›Raubritter‹ amüsierte sich königlich. Der Nachmittag entwickelte sich lustiger, als er zu hoffen gewagt hatte. Den Hut zwischen den Zähnen, warf er den Kopf ganz hoch und schaute seinen Herrn herausfordernd an. Jim riß sich merklich zusammen, trat an die Tür der Box und streckte die Hand aus.

»Komm, ›Räuber‹! Wer wird denn so mit Damenhüten umgehen? Komm, sei brav!«

Aufmerksam und nachdenklich beobachtete ›Raubritter‹, wie sein Herr nun den Riegel anhob. Dann ließ er den Hut zu Boden fallen – und trat kräftig darauf.

»Er ist hin!« jaulte die Dame namens Angela, als sei damit ihr Leben zu Ende. »Der Gaul ist übergeschnappt! Seht, nun frißt er die Veilchen!«

Gemächlich, eines nach dem andern, rupfte ›Raubritter‹ die Blümchen aus, prüfte sie genüßlich zwischen den Zähnen und kaute dann, schreckliche Grimassen schneidend, darauf herum. Jetzt sah Jim doch Anlaß zu energischem Eingreifen.

»Das geht zu weit!« rief er aus. »Womöglich wird er davon krank!« Hastig stürmte er in die Box.

»Um Gottes willen!« Vor Schreck verging Lucia alles Lachen. »Wenn das Pferd nun ihn beißt – schlecht gelaunt, wie es ist!«

»Jim tut er bestimmt nichts!« beruhigte Ross das aufgeregte Mädchen. »Sehen Sie nur!«

Jim versetzte ›Raubritter‹ einen kräftigen, tadelnden Klaps und hob dann den Hut auf. Ohne den leisesten Einspruch ließ der Hengst es zu, daß das arg strapazierte Ding ihm weggenommen und der Eigentümerin ausgehändigt wurde. Er ließ nur einen abgrundtiefen Seufzer hören, stieß Jim liebkosend die Nüstern gegen das Ohr und schien ihm zuzuflüstern: »Schade, daß auch der schönste Spaß ein Ende haben muß.« – »Es tut mir leid!« erklärte Jim, offensichtlich nur mäßig zerknirscht. »Aber er hat es nicht böse gemeint.«

»Nicht böse?« fuhr Harry empört auf. »Ein ganz gefährlicher Verbrecher ist der Gaul.«

Jim verlor nicht die Ruhe. »Ich habe Sie vorher gewarnt, zu nahe an die Box zu gehen. Wie gesagt, das Unglück tut mir leid – aber ich habe Sie nicht aufgefordert, sich meine Pferde anzusehen. Ohnehin habe ich Besucher im Gestüt nicht gern. Sie regen die Tiere nur auf!«

Das war die Höhe! In hemmungsloser Wut schleuderte die Besitzerin den einst hocheleganten Hut gegen das Gitter der Box. »Wir regen das liebe Tier auf?« schrie sie höhnisch. »Was soll ich da sagen? Ich bin auch aufgeregt! Und was ist mit meinem Hut? Da, er soll ihn haben! Hoffentlich erstickt er daran!«

Mit hartem Ruck wandte sie sich ab, stöckelte zum Wagen und setzte sich auf den Vordersitz. Harry schickte sich an, ihr zu folgen, warf aber Jim doch noch einen betretenen Blick zu und murmelte etwas von Hüten, die ein Vermögen kosteten, und von Frauen, die immer gleich aufgeregt seien. Aber sie keifte dazwischen: »Komm schon, Harry! Laß dich doch nicht auf so ein blödes Affentheater ein!« Harry kam, und die beiden andern folgten. Mit allen Anzeichen verletzter Würde wendete der elegante Wagen und schwankte aufs Tor zu.

Einen Augenblick lang schauten die Zurückbleibenden ihm nach, dann bückte sich Jim verlegen grinsend und hob die kläglichen Reste des Hutes auf. Aufwiehernd steckte ›Raubritter‹ den Hals ganz weit aus der Box heraus.

»Kommt nicht in Frage, alter Freund! Für heute hast du genügend Unheil gestiftet. Und das hier kommt ins Feuer!« schalt Jim – während er das Pferd im Vorbeigehen liebevoll in den Hals kniff. Dann schaute er die beiden andern an, die nun endlich ihrer mühsam unterdrückten Heiterkeit freien Lauf lassen konnten. »Eine reizende Dame!« feixte er. »Aber wir haben sie doch überlebt! Nun aber kommen Sie ins Haus zu einer Tasse Tee und einem fröhlichen Schwatz!«

Es war wirklich eine winzige Hütte; gar nicht daran zu denken, daß man hier eine Familie hätte unterbringen können. Aber alles war proper und tadellos aufgeräumt, und voller Stolz servierte Jim einen großen Obstkuchen, den Annabel ihm gebacken hatte.

Die kurze Teestunde verlief unbeschwert und angeregt, und Lucia bedauerte nur, daß Annabel nicht dabei war. »Sie ist unten bei Nigel und George gut aufgehoben«, meinte Jim. »Ich bin heilfroh, daß sie nicht hier oben in unmittelbarer Nähe des verdammten Mordschauplatzes hausen muß – wo dauernd Leute hereinschneien und fragen, wo und wie eigentlich alles geschehen ist . . . Donnerwetter, da kommt wohl schon wieder einer!«

Schnelle Schritte erklangen draußen auf der Veranda, und wenig später klopfte es forsch an die Tür. Zögernd stand Jim auf, aber kaum hatte er die Tür geöffnet, als seine Haltung sich schlagartig änderte. »Sie hier? Ich hätte es mir denken können!« Und eine frische Stimme antwortete: »Wo ein Aas ist, da sammeln sich die Adler! Ach, Verzeihung, Jim: Ich wußte nicht, daß Sie Besuch haben.«

Beim Anblick des hochgewachsenen Mannes, der nun ins Zimmer trat, sprang Philipp Ross auf. Zu ihrer nicht geringen Überraschung entdeckte Lucia etwas wie Ehrerbietung in seinem Benehmen. Aber der Neuankömmlung nickte ihm nur zu und sagte: »Schon gut, Ross! Würden Sie mich der jungen Dame vorstellen?«

»Sie ist eine Freundin meiner Frau«, sprang Jim ein. »Sie will die Tankstelle ›Zum Kreuzweg‹ übernehmen. – Und das, Lucia, ist Kriminalinspektor Wright.«

Es war Abend geworden, und Lucia saß in ihrem Wohnzimmer daheim. Sie hatte sich über die Zeitung gebeugt und dabei die Tasse Tee, die vor ihr stand, völlig vergessen. Den ganzen Tag über war Lucia nicht zum Lesen gekommen, und nun starrte sie auf die riesige Schlagzeile: ›Mord im Gebirge.‹ Es war die Überschrift zum Bericht über die Leichenschau von Bert Davis.

Da stand alles: die Aussage des Mannes vom Brückenbau-Lager über den Zeitpunkt des Brandes: nahezu eine halbe Stunde, nachdem das Erdbeben den Zeugen geweckt hatte. Das Gutachten des Arztes, Tod durch Ersticken als Folge einer Bewußtlosigkeit nach einem Schlag mit einem stumpfen Gegenstand. ›Ein stumpfer Gegenstand!‹ Wie oft schon hatte Lucia diese Worte gelesen, wenn sie zuweilen in ihrer Bibliothek nach einem Kriminalroman gegriffen hatte. Dabei war ihr nie der Gedanke gekommen, sie könnten ihr einmal so dicht auf den Leib rücken.

Den Abschluß bildete der zusammenfassende Bericht des Coroners: Der Schlag habe zur Bewußtlosigkeit geführt, und während dieses Zustandes sei der Mann entweder im Rauch erstickt oder zu Tode verbrannt. Ob der Benzinkanister mit Absicht umgestoßen worden sei, um die Spuren des Verbrechens zu verwischen, oder ob er rein zufällig umfiel, sei nicht mit Bestimmtheit zu ermitteln. Hätte das Feuer so heftig gewütet, wie der Mörder es offenbar erwartete, so wäre die Todesursache vermutlich unerkannt geblieben. Da jedoch das Feuer tatsächlich große Teile der Garage und des Autos verschont habe, habe man eindeutig feststellen können, daß der Mann vom Tode ereilt wurde, während er sich über den Motor seines Autos beugte: Offensichtlich habe ihm jemand von hinten einen Schlag über den Kopf versetzt.

Die Zeitung berichtete weiter, die Polizei habe sich des Falles angenommen, und sicherlich würde der Fall bald geklärt sein. Kein Wort des Mitgefühls galt den Angehörigen des Toten: Bisher hatte die Polizei weder Verwandte noch Freunde ausfindig machen können. Man wußte so gut wie nichts von dem Manne.

Wie nüchtern das alles klang! Niemand, der den Tod des einsamen Mannes bedauerte; niemand, dem wirklich daran lag, daß der Mörder gefaßt wurde... Sofort aber schüttelte Lucia den Kopf:

Doch, jemandem lag daran – der Polizei! Die Beamten wollten es nicht zulassen, daß ein Verbrechen ungesühnt blieb, und deshalb würden sie allen Scharfsinn aufbieten, den Täter zu überführen. Genau so würde es kommen, wie Annabel prophezeit hatte: Jeder würde verdächtigt werden, alle gelöste, unbeschwerte Fröhlichkeit würde zerstört werden, und die friedliche, ›langweilig gesetzestreue‹ Gegend würde von Polizisten wimmeln! Es war nicht auszudenken; alle Freude war dahin! Einen Augenblick lang dachte Lucia voller Sehnsucht an ihr Zuhause zurück, an die wohltuende Sicherheit in den Straßen der Stadt und an das langweilige, ordentliche Leben, das sie geführt hatte.

Aber das dauerte nur einen Augenblick. Die muffige Atmosphäre würde doch einmal zerstieben. Ganz bestimmt war der Mörder schon über alle Berge; man würde ihn aufspüren, irgendwo weit entfernt, und das Leben an der Tankstelle würde wieder in gewohnten Bahnen dahinrollen ... Lucia stand auf, schob den Vorhang beiseite und schaute auf das stille Wasser des Sees hinaus.

Genauso hatte sie geschaut, nachdem das Erdbeben sie neulich nachts geweckt hatte. Jetzt war es wieder so dunkel wie damals, und schwach schimmerte der See im Schein der Sterne. Schweigend und tiefschwarz dehnte sich der Wald ringsum. Und doch war heute alles ganz anders – die Szene war nicht mehr freundlich, nicht mehr friedlich ...

Schaudernd ließ Lucia den Vorhang sinken.

Plötzlich zuckte das Mädchen zusammen: Schritte kamen zur Tür, und schon klopfte es leise. Lucia zauderte, lauschte bewegungslos – und ärgerte sich, daß kalte Angst nach ihrem Herzen packte. »Rosie!« murmelte sie, und sofort stand der große Hund auf, schüttelte sich den Schlaf aus den Gliedern und barg seine Nase in ihrer Hand. Fast hätte Lucia loslachen mögen. »Du Dummkopf!« schalt sie gutmütig. »Ich wollte dich nicht streicheln! Vielmehr sollst du beweisen, daß du ein Wachhund bist: Es ist jemand draußen!«

Aber Rosie bekundete auch weiterhin nichts als uneingeschränkte Freude, indem sie lebhaft mit dem Stummelschwanz wedelte. Ihre Ruhe steckte Lucia an, verlieh auch ihr neue Zuversicht. Sie benahm sich wirklich kindisch! Ein Mörder klopfte – so dicht am Schauplatz obendrein! – doch nicht einfach an die Tür! Eilig lief Lucia aufmachen.

Auf der Schwelle stand der große, ruhige Mann, den Lucia heute bei Jim kennengelernt hatte.

»Ach, Sie sind es, Inspektor ... Inspektor Wright! Kommen Sie doch herein!« Man hörte ihr an, welch großer Stein ihr vom Herzen fiel. Und fast gleichzeitig dachte sie: ›Nun fängt es also an! Polizeiverhör; jeder wird verdächtigt! Es ist fürchterlich.‹

Aber nichts an Inspektor Wrights Verhalten ließ auf Feindseligkeit oder Überheblichkeit schließen. In aller Ruhe begann er: »Entschuldigen Sie die Störung ... Aha, Sie haben einen Hund? Ausgezeichnet. Sonst wären Sie hier ja auch recht allein.«

Rosie entging es nicht, daß von ihr die Rede war, und begeistert überschüttete sie den Besucher mit ungestümen Beweisen ihrer Zuneigung. Lucia und Wright tauschten ein Lächeln.

»Ein ausgesprochener Wachhund ist sie nicht gerade!« entschuldigte Lucia das Tier. »Zurück, Rosie!« Beinahe hatte Rosie es geschafft, den Fremden unter ihren Liebkosungen taumeln zu lassen. »Sie ist schrecklich schwer! Passen Sie auf, daß sie Sie nicht anspringt!«

Die Warnung kam zu spät. Rosie, die nie zu Halbheiten neigte, war nun felsenfest überzeugt davon, einen neuen Freund gewonnen zu haben, und stürmisch fiel sie ihm um den Hals. Aber lachend fing Wright die beiden Vorderpfoten auf und hielt sie fest. »Schon gut! Du merkst wohl, daß ich ein Hundefreund bin! Sei brav! Herzlichen Dank für den Willkomm!«

Lucia gewann den Eindruck, daß Rosies Begrüßung besser gelang als ihre eigene; entschlossen riß sie sich zusammen. »Nehmen Sie doch Platz! Darf ich Ihnen eine Tasse Tee anbieten? Meiner ist mir kalt geworden, und ich wollte ohnehin gerade frischen aufbrühen.«

Wenige Minuten später saßen die beiden gemütlich vor dampfenden Tassen, und es entspann sich ein zwangloses Gespräch. »Ich hielt es für ratsam, Sie gleich heute abend zu besuchen, weil ich hoffte, Sie allein anzutreffen«, begann der Inspektor. »Dabei erwarte ich gewiß nicht, von Ihnen etwas erfahren zu können. Sie sind ja noch ganz neu hier, nicht wahr?«

»Richtig! Ich kam gerade an, als nachts die Erde bebte, und ... der Mord geschah!«

»Kein ausgesprochen erhebender Anfang. Jim hat mir gesagt, Sie hätten das Feuer entdeckt, als Sie aus dem Fenster schauten.«

»Jawohl. Ich stand dort am Fenster und blickte auf den See hinaus – warum, weiß ich selbst nicht recht. Irgendwie war ich unruhig, rastlos, und hellwach nach dem Beben. Plötzlich bemerkte ich das Feuer oben auf dem Berg.«

»Und Sie können bestätigen, was bei der Leichenschau über den Zeitpunkt des Brandes festgestellt wurde?« Er deutete auf die Zeitung. »Sicher haben Sie den Bericht gelesen.«

»Allerdings, ich kann ihn bestätigen. Immerhin hatte ich zwischen Erdbeben und Brand Zeit genug, zwei Zigaretten zu rauchen und Tee zu kochen. Das Feuer kann also nicht unmittelbar nach dem Erdbeben ausgebrochen sein ... Ich glaube auch nicht, daß der Benzinkanister von einem Erdstoß umgefallen ist.«

»Nein, das nehmen auch wir nicht an. Sie haben den Toten ja niemals gesehen. An Ihrem ersten Abend hatten Sie sicherlich keine Zeit, Bekanntschaften zu machen.«

»Nein, ich sah niemanden, außer Len und natürlich den Busfahrer. Ich wußte nicht einmal, wie die Postzustellung hier funktionierte. Deshalb kann ich Ihnen kaum behilflich sein.«

»In einer Hinsicht aber vielleicht doch: Haben Sie vielleicht irgendeinen Fremden gesehen? Ich meine, hat Ihr junger Mann etwa angedeutet, daß an jenem Tage oder am folgenden hier jemand getankt hat, den er nicht kannte?«

»Nein, davon hat er nichts erwähnt. Aber Len schläft ja neben der Garage, und er ist bestimmt noch nicht zu Bett. Ich möchte wetten, daß er Feuer und Flamme ist, wenn er hört, daß ein leibhaftiger Kriminalbeamter ihn vernehmen will. Soll ich ihn rufen? Ich brauche nur auf den Klingelknopf draußen auf dem Flur zu drücken.«

»Vielen Dank! Bitte, ja. Ein guter Gedanke übrigens, eine solche Rufanlage zu bauen! Bei dem Jungen und dem Hund sind Sie eigentlich in guter Hut, nicht wahr?«

»Nun, Rosies bin ich nicht so sicher! Sie haben ja selbst erlebt, wie sie vor Besuchern außer Rand und Band gerät – vor lauter Freude und Freundschaft!«

»Hm, ja. Aber sie sieht nicht gerade gütig aus, sondern macht einen durchaus furchterregenden Eindruck – und darauf kommt es schließlich an. Nun, es besteht ohnehin keinerlei Grund zu der Annahme, daß noch mehr geschieht – nur weil es nun einmal einen Mord hier gegeben hat ... Ach, da kommt Len!«

Der Tankwart bemühte sich redlich, sich seine Aufregung nicht anmerken zu lassen. »Len, das ist Inspektor Wright, der Ihnen ein paar Fragen stellen möchte.« Zu ihrer grenzenlosen Überraschung gewann sie den Eindruck, daß er ungewöhnlich nervös wurde.

Wright jedoch schien das nicht zu bemerken; auf entwaffnende Art lächelte er den Jungen an. »Jawohl, Len, obwohl ich bezweifle, daß Sie mir viel weiterhelfen können. Im Augenblick bin ich vor allem hinter der Frage her, ob etwa am Tage vor oder nach der Mordnacht Fremde hier aufgetaucht sind. Hat vielleicht jemand bei Ihnen getankt, der Ihnen aus irgendeinem Grunde auffiel? Ein Ausländer zum Beispiel? Oder hat Sie ein Unbekannter nach dem Wege gefragt?«

Len schluckte mühsam. Er saß da und glotzte den Inspektor mit Augen an, die jeden Augenblick aus den Höhlen zu rollen drohten. Dies war offensichtlich einer der ganz großen Augenblicke seines jungen Lebens, und Len schien sein Gehirn zu kneten, um etwas Bedeutsames zu entdecken. Endlich aber schüttelte er bedauernd den Kopf. »Nein, Sir, ich kann mich an niemanden erinnern! Jeder Fremde wäre mir sofort aufgefallen – jeder Ausländer, und jeder, der anders ist als wir! Die meisten Leute kommen ja beim Tanken ein bißchen ins Schwatzen.«

»Das eben dachte ich mir. Gut, Len, lassen Sie sich Zeit! Führen Sie sich jede einzelne Minute jenes Tages noch einmal vor Augen. Ist Ihnen dabei wirklich nichts Bemerkenswertes aufgefallen?«

Len folgte der Aufforderung, aber wieder blieb der Erfolg aus. »Ich weiß nur noch, daß ich auf Luce wartete – auf Miss Field, meine ich; und daß ich alles ganz prima putzte und aufräumte. Es war ein ausgesprochen ruhiger Nachmittag, und nur ein paar Wagen vom Montagelager kamen tanken und zwei Busse. Nein, ich bin ganz sicher, daß nichts Außergewöhnliches los war – nichts, was einem hätte auffallen können.«

Seinem kurzen Seufzer entnahm Lucia, daß er voller Bedauern die große Gelegenheit, ein gewichtiger Zeuge zu sein, dahinschwinden sah. Wright winkte beruhigend ab. »Nun, immerhin bestand eine Möglichkeit – wenngleich eine schwache. Und später ist Ihnen ebenfalls nichts aufgefallen?«

Plötzlich richtete Len sich ganz auf, und seine Augen glühten vor Erregung und Eifer. »Doch, ja, später ist mir jemand aufgefallen! Luce kann es bestätigen: Auf einmal tauchte ein Kerl auf, Philipp Ross heißt er, und er huschte auf leisen Sohlen daher und tat mächtig geheimnisvoll. Er kaufte sich eine ganze Packung Zigaretten – und behauptete schon eine halbe Stunde später, er habe keine mehr. Er benahm sich wirklich komisch, nicht wahr, Luce?«

Lucia nickte zerstreut, während sie Wright scharf beobachtete und das Zucken seiner Mundwinkel bemerkte. In diesem Augenblick dämmerte ihr etwas, etwas ganz Verrücktes, es drängte sich ihr buchstäblich auf ... und Flammen des Zornes sprangen ihr in die Augen. Das also hatte hinter ihm gesteckt! Und dabei hatte er sich so liebenswürdig gestellt, so nett und freundschaftlich. Aber sie schluckte ihre Empörung herunter und hörte schweigend zu, wie Wright Lens Beobachtung leichthin abtat und geschickt zu den Ereignissen während der Mordnacht zurücklenkte. War Len wie üblich zu Bett gegangen? Und hatte auch ihn das Erdbeben geweckt?

Wieder gewann Lucia den Eindruck, daß der junge Mann betreten dreinsah; aber zungenfertig erwiderte er: »Gespürt habe ich es wohl; aber ich kümmerte mich nicht darum.«

»Sie standen also nicht auf, um aus dem Fenster zu schauen, wie Miss Field?«

Nur ganz kurz war die Pause. »Nein. Ich hatte keine Angst. Ein Erdbeben ist hier keine Seltenheit.«

Fiel Len in seiner Unbefangenheit denn gar nicht auf, daß Wright sein Alibi auf die Probe stellte? Nun, endlich schien der Inspektor weiteres Bohren für sinnlos zu halten, denn er wünschte Len eine gute Nacht. Nur noch eines gab er ihm mit auf den Weg: »Übrigens brauchen Sie vor diesem Philipp Ross keine Angst zu haben. Ich kenne ihn nämlich sehr gut: Gewiß hat er seine Mucken – aber ein Verbrecher ist er ganz bestimmt nicht!« Wieder zuckte es um seine festen Lippen. Während Len sich mit höflicher Verbeugung verabschiedete, sah man ihm an, wie enttäuscht er darüber war, daß sein Hinweis offenbar ohne allen Belang war. Dann zog er sich zurück – vermutlich, wie Lucia sich vorstellen konnte, um sich in seinem Zimmer in die ›Toto-Post‹ zu vertiefen und das soeben durchstandene Verhör in Tips umzumünzen.

Wright erhob sich, aber noch eine Frage mußte Lucia ihm stellen: »Sagen Sie, Inspektor, muß die Polizei eigentlich immer so ...

schnüffeln und heucheln? Ich meine ... müssen Kriminalbeamte sich an die Leute heranmachen, sich freundlich stellen, um ihnen Fallen zu stellen und sie zum Reden zu bringen? Müssen sie liebenswürdig tun wie Mr. Ross und dabei doch ständig ... ständig ...« Sie unterbrach sich, wütend darüber, daß ihre Stimme etwas zitterte.

»Weiter, Miss Field!« Ganz fest schaute er sie an, aber seine Stimme klang gütig.

»Müssen sie schnüffeln, ausfragen, spionieren ... müssen sie die Leute hintergehen, die gerade anfangen, ihnen Vertrauen zu schenken und sie für ... aufrichtig zu halten?«

Eine lange Weile sagte Wright nichts. Dann aber schaute er sie ernst an. »Die Polizei muß manche unangenehme Aufgabe auf sich nehmen, Miss Field«, meinte er bedächtig. »Ganz besonders, wenn es um Mord geht. Ein Leben ist ausgelöscht – andere schweben vielleicht in Gefahr! Wollen Sie es uns da verargen, daß wir nach jedem Strohhalm greifen?«

Lucias Empörung brach zusammen, und ihre Stimme wurde sanft. »Warum aber konnte Mr. Ross nicht ganz offen sagen, daß ... Natürlich hätte ich es für mich behalten; und daß ich in den Fall verwickelt sei, konnte er wohl nicht gut annehmen! Sollte ich etwa in meiner ersten Nacht herumstreichen und Davis umbringen?«

Wright lächelte. »Ich kann mir nicht vorstellen, daß Ross Sie auch nur im entferntesten verdächtigt hat. Aber ich hatte ihm nun einmal den Auftrag erteilt, hier als Jäger aufzutreten. Übrigens hat er ein paar ganz ansehnliche Stücke Wild erlegt! Aber seine eigentliche Aufgabe war es natürlich, sich möglichst eingehend in der ganzen Gegend umzusehen, ohne jemanden merken zu lassen, wer er wirklich ist. Das war ihm ausdrücklich befohlen worden!«

Es dauerte einige Zeit, bis Lucia das eingetretene Schweigen brach. »Ach, wie dumm habe ich mich doch benommen! Natürlich konnte er nicht herumlaufen und allen Leuten aufs Butterbrot schmieren, wer er in Wirklichkeit war! Und warum hätte er ausgerechnet mich ins Vertrauen ziehen sollen?«

»Dennoch wird er, glaube ich, von Herzen froh sein, daß Sie es nun herausgefunden haben! Damit sind also allein Sie und Jim Middleton ins Vertrauen gezogen, sonst niemand!« – »Auch nicht Annabel? Sollte Jim Geheimnisse vor seiner Frau haben?«

»In diesem Fall bleibt ihm nichts anderes übrig«, meinte Wright nachdrücklich. »Unter keinen Umständen darf jemand im Ferienlager die leiseste Ahnung haben ... Später natürlich werden es alle erfahren!« Lächelnd schaute er sie an und fuhr nach kurzer Pause fort: »Bedenken Sie doch nur, wieviel Zeit und Mühe er aufwenden, wie viele Kilometer er dem Wild durch den Busch nachpirschen mußte! Soll das alles vertan sein? O nein, Miss Field: Ich bin sicher, daß Jim absolut dichthalten wird.«

Die Aufforderung, daß auch Lucia dies zu tun habe, war nicht zu überhören. Sie verstand. »Also gut!« versprach sie gehorsam. »Sehen Sie mich nur nicht so streng an! Ich schwatze ganz bestimmt nicht!« Ihre Augen schossen solche Blitze, daß der Inspektor fast ein wenig Mitleid mit seinem Untergebenen Ross empfand. »Aber was soll das Ganze?« fuhr Lucia erregt fort. »Was soll all die Geheimniskrämerei? Der Täter kann doch gar kein Einheimischer sein! Hier wohnen nur nette, offene, liebe Leute. Die Inhaber und Gäste des Campingplatzes, die Männer vom Brückenbau – sie sind doch schon richtig heimisch hier geworden, und ich wüßte nicht, wie einer von ihnen auf den Gedanken kommen sollte, den Alten umzubringen. Mord! Es ist völlig unmöglich, einen einzigen von ihnen mit etwas so Entsetzlichem auch nur in Verbindung zu bringen; keiner von ihnen wäre eines Mordes fähig!«

Aufseufzend ergriff Wright seinen Hut.

»Nicht fähig? Das behaupten alle Leute von ihren sämtlichen Freunden und Bekannten. Wie oft habe ich selbst es mitanhören müssen: ›Aber es sind doch so nette Leute!‹ Und doch stellt sich später heraus, daß einer von ihnen der Mörder ist. O ja, Miss Field: Es haben schon die nettesten Leute einen Mord begangen, wenn sie nur genügend gereizt wurden.«

»Aber was hätte denn hier reizen können? Ich kenne gewiß niemanden, der Bert Davis gern gehabt hätte, allgemein wird gesagt, er sei mürrisch und unfreundlich gewesen. Aber deswegen wird doch niemand umgebracht! Nein, ganz bestimmt war es niemand von hier! Es ist verlorene Liebesmüh, wenn Philipp Ross sich in das Vertrauen der Leute einzuschleichen sucht. Viel mehr Aussicht auf Erfolg hätte er, wenn er den Busch durchstreifte: Es kann doch nur ein Fremder gewesen sein, jemand, den Davis von früher kannte.

Und nun hat er sich aus dem Staube gemacht, während Mr. Ross Zigaretten kaufte und Rehe schoß!«

Wright mußte über den Zorn lachen, der aus ihrer Stimme klang. Dieses Mädchen, das so überzeugt davon war, recht zu haben, so zuversichtlich, hitzig und zielbewußt, gefiel ihm. »Armer Philipp!« sagte er. »Bisher scheint er sich ohne großen Erfolg abgemüht zu haben! Nun, Miss Field, hoffentlich behalten Sie recht: Vielleicht war es wirklich jemand aus der Fremde, jemand, der in Bert Davis' Vergangenheit gehört. Also müssen wir folgendes tun: herausfinden, was es mit dieser Vergangenheit auf sich hat; außerdem aber, was für ein Leben Davis hier geführt hat. Wollen Sie uns dabei helfen? Indem Sie unbedingtes Stillschweigen wahren über den Zweck von Philipp Ross' Hiersein? Und indem Sie aufmerksam beobachten, ob sich hier irgend etwas Ungewöhnliches abspielt?«

»Aber ich kenne mich doch hier noch kaum aus! Wie könnte mir da auffallen, daß etwas ungewöhnlich ist?«

»Ihnen fällt vielleicht manches nicht auf, gewiß aber Len. Er ist ein aufgeweckter Bursche, steht auf gutem Fuß mit den meisten Anwohnern und kennt sich in ihren Angelegenheiten aus. Deshalb fällt ihm gewiß manches auf.« Er lächelte. »Ross wird sich von nun an etwas zurückhalten müssen, wenn der Junge in der Nähe ist!«

Mit einem freundlichen Gutenacht-Gruß wandte er sich zur Tür; dort aber drehte er sich noch einmal um. »Morgen in aller Frühe fahre ich wieder fort, um die Augen anderswo aufzuhalten. Ross ist einer meiner besten Leute, dem so bald nichts entgeht.« Er tätschelte Rosies Kopf. »Ein braver Hund. Keineswegs so dumm, wie er tut. Mit zwei so tüchtigen Leibwächtern brauchen Sie sich wirklich keine Sorge zu machen – ganz abgesehen von dem Kriminalbeamten, der immer wieder einmal nach dem Rechten sieht.« Mit diesem gutmütigen Stich verabschiedete er sich endgültig.

Lucia ließ sich in ihren Sessel sinken. Die Gedanken wirbelten ihr im Kopf herum. Trotz Wrights gegenteiliger Zusicherung war sie felsenfest davon überzeugt, daß er persönlich den Täter unter den Einheimischen vermutete. ›Was für ein Leben hat Davis hier geführt?‹ Was hatte er damit sagen wollen? Was für ein Leben konnte ein Briefträger schon führen? Wie es hieß, hatte er mit niemandem im Streit gelegen. Gewiß hatte niemand ihn gern gehabt, aber nichts deutete darauf hin, daß jemand ihn gehaßt hatte. Und wie heftig mußte man jemanden hassen, ehe man ihn ohnmächtig schlug und dann kaltblütig ein Feuer legte, um ihn zu verbrennen!

Dennoch mußte Lucia dem Inspektor recht geben: In einem Falle wie diesem durfte man keine Möglichkeit ausschließen. Es war dumm von ihr gewesen, ihm zu zeigen, wie sehr sie sich über Ross' Versteckspiel geärgert hatte. Es war ebenso dumm, nicht von selbst darauf zu kommen, daß etwas hinter dem wiederholten, unvermuteten Auftauchen, dem zufälligen Zusammentreffen und hinter dem freundschaftlichen Verhältnis steckte, das sich nach dem gemeinsamen Besuch der Stallungen entwickelt hatte! Natürlich hatte Ross weisungsgemäß versucht, sich mit allen Leuten gut zu stellen und sie dadurch aufzufordern, mit der Sprache herauszurücken.

Warum aber war sie darüber so empört? Empört und ... ja, hätte sie Leute, die sich leicht beleidigt fühlen, nicht stets widerlich gefunden, so hätte sie zugegeben, daß sie sich im vorliegenden Falle selbst gekränkt fühlte! Aber Lucia machte sich dies kaum klar und wurde wütender denn je! Sie sprang aus ihrem Sessel hoch und schaute Rosie ganz ungerecht grollend an, bloß weil sie so seelenruhig auf einem Kissen lag, das auf den Boden gerutscht war.

Ihre Gedanken wandten sich jenem Abend am Seeufer zu, und wieder hörte sie den leicht neckenden Ton in Ross' Stimme. Geradezu zynisch hatte er von dem Mord erzählt, von der möglichen Rückkehr des Mörders, von den Auswirkungen des gräßlichen Vorfalls auf die gesamte Nachbarschaft. Hatte er wohl während dieser Worte gespannt beobachtet, wie sich seine Zuhörer dazu verhielten? Hatte er etwa die Frage klären wollen, ob George oder Nigel irgendwie in den schrecklichen Fall verwickelt waren?

Plötzlich mußte Lucia laut auflachen. Diese beiden harmlosen Zeitgenossen! George, ganz eingenommen von seinem komischen Steckenpferd – und Nigel mit unbefangen lachendem Gesicht, den abenteuerlichen Flügen in der kleinen Maschine, mit seiner eisernen Entschlossenheit, das Lager so weit zu bringen, daß es sich rentierte! Nein, nicht einmal Ross würde irgend etwas Düsteres, Hinterhältiges an den beiden finden können!

Nachdem somit die Inhaber des Ferienlagers reingewaschen waren, nahm Lucia sich die Männer im Montagelager vor. Zweifellos hatten sie besonders günstige Voraussetzungen, einen Mord zu begehen: Jeder einzelne Lagerbewohner konnte sich im Schutze der vollkommenen Finsternis nach dem Erdbeben davongestohlen haben, zur Garage gelaufen sein und Davis, der sich – allein, nichtsahnend und ungeschützt – über seinen Wagen beugte, umgebracht haben.

Doch halt! Wie hätte er ahnen können, daß Davis in der Garage sein würde? Und welches Motiv zum Mord war ihm zuzutrauen? Das Lager war erst vor wenigen Monaten auf der Hochebene eingerichtet worden. Und die Bewohner waren, soweit Lucia wußte, sämtlich von auswärts. Fast alle hatte Lucia inzwischen an der Tankstelle kennengelernt, und alle machten den denkbar besten Eindruck. Michael Kelly, der Vormann, ein kräftiger, gutaussehender Dreißiger mit starkem irischem Akzent, ein Mensch von einnehmender Freundlichkeit – er war eigens gekommen, um Lucia zu begrüßen, und schon mehrmals hatte er sich mit merklicher Anteilnahme nach Onkel Peter erkundigt. Und die andern Monteure waren nicht weniger nett als er, fleißig, schwerer Arbeit ebensowenig abgeneigt wie gelegentlich deftigem Trunk und riskantem Spiel, und insgesamt bestimmt anständig und ordentlich. Nein, dachte Lucia mit spöttischem Lächeln, bestimmt gelang es Philipp Ross nicht, unter ihnen den Mörder zu finden.

Wie wird er ihr künftig gegenübertreten, wenn ihm Wright mitgeteilt haben wird, daß sie hinter sein Geheimnis gekommen war? Das gelegentliche Einkaufen von Zigaretten würde nun wohl unterbleiben, ebenso das Necken – und vermutlich sogar der freundschaftliche Ton. Lucia stieß einen kleinen Seufzer aus, und Rosie, die der Herrin den spontanen Ausbruch schlechter Laune keineswegs nachtrug, erwiderte das Seufzen und vergrub die feuchte Schnauze in Lucias Hand.

Morgen abend würde Lucia erfahren, wie Ross auf die Entdekkung reagierte, denn für morgen abend war sie ins Ferienlager eingeladen. Annabel hatte reichlich geheimnisvoll getan: Offenbar sollte irgend etwas gefeiert werden, und Annabel hatte Lucia gedrängt, sie müsse unbedingt dabei sein. Da das Lager augenblicklich nicht belegt war, hatten George und Nigel das strenge Alkoholverbot aufgehoben, und so würde es bestimmt lustig werden – das jedenfalls hatte Jim ihr versichert. Die beiden Inhaber des Campingplatzes wollten kommen, Jim selbst, Lucia, ›und natürlich Philipp Ross!‹ hatte Jim hinzugefügt.

Nun, knurrte Lucia trotzig in sich hinein, es würde interessant werden zu beobachten, wie der entlarvte Kriminalbeamte sich benahm, wenn er ihr nun wieder gegenübertrat! Diesmal würde *sie* an der Reihe sein, ihn in Verlegenheit zu setzen!

ACHTES KAPITEL

Am folgenden Morgen rief Annabel an: Lucia habe doch wohl recht verstanden, daß auch Len herzlich eingeladen sei? »Sagen Sie ihm, er müsse unbedingt kommen; ohne ihn würde etwas fehlen.«

Len freute sich von Herzen. »Mrs. Middleton ist einfach großartig! Am liebsten würde ich ihr ja einen ›hangi‹ machen. Das wäre gerade das richtige, und sicherlich wären alle Gäste begeistert. Aber ... na, am besten lasse ich es doch lieber bleiben!«

So wehmütig klangen die letzten Worte, daß Lucia teilnahmsvoll fragte, ob er wirklich wisse, wie man einen ›hangi‹ zubereite. »Immer wieder finde ich es unvorstellbar, daß Sie Halbmaori sind und die Bräuche Ihrer Vorfahren kennen. Das liegt wohl daran, daß ich Sie noch nie mit einem Angehörigen des Volkes Ihrer Mutter beisammen gesehen habe.«

»Die wohnen alle oben im Norden! O ja, ich kenne mich aus in den Sitten und Gebräuchen der Maori, in ihren Sagen und Märchen – aber persönlich kümmere ich mich augenblicklich nicht darum. Seit ich unter Pakehas lebe, halte ich mich an deren Gewohnheiten. Aber ich habe schon manches ›hangi‹-Fest mitgemacht, obwohl ich nur ein einziges Mal versucht habe, selbst einen zuzubereiten ... Hm, als gelungen läßt sich dieser Versuch gewiß nicht bezeichnen, Luce. Es war noch, bevor ich mit Peter meine Heimat verließ; der ›hangi‹ war für meinen alten Großvater bestimmt. Er war uralt – so alt, daß niemand wußte, wie alt; aber er behauptete zuweilen, es seien hundert Jahre, was sicherlich leicht übertrieben war. Er besaß viel Geld, und ich hätte ums Leben gern ein Motorrad gehabt. Da überlegte ich mir, daß er, falls ich ihm zum Geburtstag einen guten ›hangi‹ zubereitete, mir bei der Finanzierung des Rades helfen würde.« Er verzog das Gesicht. »Aber ganz nach Wunsch klappte es nicht!«

»Wieso? Wie kam denn das?«

»Na, ich gab mir also gewaltige Mühe, besorgte Schweinefleisch und süße Kartoffeln, Weizen und etwas Fisch, den ich fing, obwohl gar keine Fangzeit war – nur, um dem Alten eine Freude zu machen.«

»Und freute er sich nicht?«

»Nein! Er wurde krank davon! Ach, Luce, es war schrecklich traurig! Ich baute den offenen Herd, erhitzte die Steine, legte Blätter hin, bettete darauf das Gericht und schloß dann den Ofen ganz so, wie die Maori es tun. Nur eines hatte ich nicht gelernt: Wie lange das Gericht backen muß! Ich hatte ja Erfahrungen nur mit dem Elektroherd meines Herrn, und da geht es natürlich ganz schnell. So kam es, daß alles nur halb gar war, als ich den Herd aufmachte. Das Schweinefleisch war gerade angebraten, und die ›kumara‹ noch recht hart. Mutter schlug vor, es nicht gleich zu essen, sondern es erst in den Küchenherd zu stellen. Aber damit war Großvater gar nicht einverstanden: Er erklärte, der Pakeha-Ofen könne das gute Maori-Gericht nur verderben, und so mußten wir uns alle hinsetzen und es verzehren.« – »Halbgares Schweinefleisch? Ungeheuerlich!«

»Ungeheuerlich ist der richtige Ausdruck, Luce! Wir aßen nur wenig, und uns allen war ziemlich elend. Aber der Alte aß und aß, und er versicherte uns ein über das andere Mal, ›hangi‹ schmecke in jedem Falle gut! Nachher allerdings wurde ihm ganz schrecklich übel!«

»Es war aber doch seine eigene Schuld! Wer schlingt schon halbrohes Schweinefleisch so ungehemmt hinunter?«

»Dieser Meinung war er keineswegs! Er erklärte, der ›hangi‹ sei gut gewesen, nur hätte ich irgend etwas Schlechtes in den Ofen getan und damit alles verdorben, ihn sogar beinahe ums Leben gebracht. Wochenlang war er mir böse, und für mein Motorrad bekam ich keinen Cent!« Er verzog das Gesicht. »Deshalb ist es vielleicht doch besser, daß ich Mrs. Middleton keinen ›hangi‹ zubereite.«

Lucia konnte ihm nur zustimmen. Nachdenklich meinte sie: »Seltsam, daß man die beiden Lebenskreise so schlecht miteinander vereinbaren kann: Elektrizität und ›hangi‹ passen einfach nicht zusammen! Nun, dann werden sich die Gäste heute abend eben auf die Bräuche der ›Pakehas‹ beschränken müssen.«

Golden strahlte die Sonne in den stillen Abend, als Lucia und Len im Lager eintrafen. Annabel und Jim empfingen sie; die andern Gäste waren noch nicht da. Auf dem Tisch im kleinen Wohnzimmer stand eine Vase mit auserlesenen Tulpen, daneben eine große Torte, umgeben von fünfundzwanzig Kerzen.

»Fünfundzwanzig!« strahlte Jim voller Stolz. »Schaut sie euch an: Sieht sie etwa danach aus?«

»Sie sind mir aber eine Heimtückerin!« schalt Lucia fröhlich, während sie der Freundin etwas befangen einen Geburtstagskuß gab. »Das also wird gefeiert! Herzliche Glückwünsche – für noch viele, viele Jahre!«

»Ein Vierteljahrhundert!« lachte Annabel. »Man wird alt! Wirklich: Ich wollte nicht, daß jemand dahinterkam, denn auf keinen Fall sollten Sie mir etwas schenken! Einer aber fand mein ›Geheimnis‹ heraus – und dort steht das Ergebnis!« Sie deutete auf die Blumen. »Sie sind heute früh gekommen. Und von wem wohl? Raten Sie mal!«

»Hm ... Nun, ich tippe auf Nigel: Er ist der einzige, der genügend Phantasie dazu hat.«

»Falsch! Sie sind von unserem Waidmann Philipp Ross. Dabei habe ich nicht die leiseste Ahnung, wie er darauf gekommen ist. Jedenfalls hat er es erschnuppert – und sich um so herrliche Blumen bemüht. Sind sie nicht wundervoll?«

Lucia betrachtete die Tulpen mit gemischten Gefühlen. Zugegeben, die Blumen waren wirklich herrlich! Aber warum blieb dem Kerl eigentlich nichts verborgen? Voller Unbehagen überlegte sie, was er wohl von ihr inzwischen alles wußte ...

Wenige Minuten später traf er selbst ein, und auch die beiden Inhaber des Ferienlagers ließen nicht lange auf sich warten. Im Festtagsgewande überschütteten sie Annabel mit herzlichen Glückwünschen. Das Geburtstagskind dankte Ross mit frohem Erröten: Gerade Blumen seien ihr hochwillkommen gewesen, weil es hier im Lager keine gäbe.

»Schade, daß ich das nicht wußte«, rief Len aus. »Wir haben doch Carmen mit ihrem Überfluß von Blumen.«

»Carmen? Ich denke, die geizt mit jeder einzelnen Blüte?«

»Allerdings«, gab Len zu. »Aber sie geht ziemlich früh zu Bett!« Alles lachte, und die gute Stimmung war gesichert.

Es dauerte nicht lange, da war Ross neben Lucia. »Wie sind Sie denn dahintergekommen, daß Mrs. Middleton heute Geburtstag hat?« wollte sie wissen.

Er schaute sie prüfend an. »Sie meinen, ich hätte wieder einmal spioniert, wie? Wright hat mir gesagt, Sie hätten mein fürchterliches Geheimnis entdeckt! Nun stellen Sie sich gewiß vor, ich wäre ums Haus gestrichen und hätte ein Gespräch zwischen Jim und seiner Frau belauscht. Aber leider muß ich Sie enttäuschen: Es war ganz anders.«

»Gar nichts habe ich mir vorgestellt!« widersprach Lucia ärgerlich. »Warum trauen Sie allen Leuten immer gleich Häßliches zu? Ich finde Menschen, die andern stets niedrige Beweggründe andichten, einfach ekelhaft!«

Er lächelte. »Und ich finde, daß manche Menschen viel zu empfindlich sind! Ja doch, schon gut – pusten Sie sich nur nicht gleich wieder auf! Das mit den Blumen war übrigens gar nicht schwierig, nicht einmal für einen ekelhaften Detektiv: Als ich neulich mal oben bei Jim war, bestellte er gerade telefonisch eine Geburtstagstorte ... mit fünfundzwanzig Kerzen! Deshalb schied James als Empfänger aus, und auch ›Raubritter‹ kam kaum in Frage. Ja, und dann wurde ich für heute abend eingeladen ... Elementar, mein lieber Watson! würde Sherlock Holmes sagen.«

»Es war sehr umsichtig von Ihnen!« murmelte Lucia ein wenig betreten. Sie schaute zu Annabel, die neben der Vase stand und sich lächelnd mit Nigel Howard unterhielt. Eine wirklich reizende junge Frau! Jeder würde es gern darauf anlegen, ihr eine Freude zu machen! Ihr Blick wanderte weiter – und fing im gegenüberliegenden Spiegel ihr eigenes Bild ein. Betrübt betrachtete sie es: ein ovales Gesichtchen mit grauen Augen, ganz gut geschnitten, aber gewiß nicht strahlend schön.

»Ich finde es reizend!« versicherte ihr Ross ganz plötzlich, und sie zuckte zusammen, wütend, weil er sie ertappt hatte! »Dunkel, schlank, grauäugig – reicht Ihnen das denn nicht?«

»Sie haben mich beobachtet und meine Gedanken gelesen! Finden Sie das etwa nett? Aber abgesehen davon: Im Vergleich mit ihr kommt man sich richtig armselig vor.« Sie nickte zu Annabel hinüber.

Gelassen schaute er von einer zur andern, und sehr lange erwiderte er nichts. Endlich meinte er nur: »Jeder hat halt seinen eigenen Geschmack!« Dann ging er eilig, ihr ein Glas Sherry zu holen.

Lucia wußte selbst nicht, warum sie sich plötzlich so wohl fühlte.

Alle Leute waren lieb und nett; der Abend versprach gemütlich zu werden ... Aber schon brach eine neue Woge der Selbstkritik über sie herein. Wie konnte sie sich von diesem Mann, der sie soeben noch in tiefste Verlegenheit gesetzt hatte, so ganz einfach in den siebenten Himmel entrücken lassen? Hastig drängte sie sich an George Owens' Seite und verwickelte ihn in ein tiefgründiges Gespräch über Angelfliegen – ein Thema, von dem sie nichts verstand und das sie nicht im geringsten interessierte.

Nach einer Weile gab es eine Unterbrechung: Michael Kelly, der Vormann aus dem Montagelager, schneite herein. Allgemein wurde er herzlich begrüßt, und Jim forderte ihn auf, doch hereinzukommen. »Sie kommen gerade recht: Wir haben noch genug zu trinken!«

Aber der hübsche Ire schüttelte den Kopf. »Ich wollte nur mit Nigel sprechen und möchte Sie nicht stören. Außerdem ist meine Frau im Wagen ... Sie kommt mich für zwei Tage oben im Lager besuchen.«

»Dann bringen Sie doch Ihre Frau mit herein!« rief Annabel fröhlich. »Ich würde sie gern kennenlernen.«

Kelly strahlte übers ganze Gesicht, aber er zauderte noch immer. »Wir möchten Ihnen wirklich nicht zur Last fallen, Mrs. Middleton!«

»Aber ohne Sie wäre die Party nicht vollständig!« versicherte ihm Annabel munter, und schon lief sie zum Wagen hinaus. Bald kehrte sie zurück, begleitet von einer zurückhaltenden, hübschen braunäugigen Frau von durchsichtiger Zartheit. In einer Mischung von Stolz und Fürsorge trat Kelly neben sie, und als er sie zu den einzelnen Gästen führte und sie vorstellte, bemerkte Lucia, daß sie hinkte; und dann erkannte sie auch die Bandage am rechten Bein. Moll Kelly war, wie sie später erfahren sollte, in frühen Jahren von der Kinderlähmung befallen worden und war seitdem leicht verkrüppelt.

»Und das ist Lucia Field!« stellte Annabel soeben vor. »Die Inhaberin der Tankstelle, bei der Ihr Mann und seine Kollegen das Benzin kaufen. Mr. Kelly, Sie kennen Lucia wohl schon?«

»Allerdings! Wer sollte eine so ansehnliche Persönlichkeit nicht kennen?« Aller Charme seines irischen Lächelns galt Lucia, und beeindruckt dachte sie: ›Der sieht aber gut aus! – Und er scheint es zu wissen!‹ Dennoch fand sie sein Lächeln unwiderstehlich und war bald in eine muntere Unterhaltung mit dem Vormann verstrickt. Er hatte, wie er mitteilte, Nigel fragen wollen, ob er ihm wohl ein paar Bungalows vermieten könne.

»Unser Lager wird demnächst abgebaut, und bevor wir weiterziehen, möchten wir gern bei Ihnen ein paar Tage Urlaub machen. Die Männer werden Ihnen sicherlich keinen Ärger bereiten, Nigel: Sie sind ausnahmslos anständige, nette Burschen!«

»In Ordnung«, nickte Nigel bereitwillig. »Ihr seid uns alle herzlich willkommen! Über Platznot werden wir hier ohnehin während der nächsten Wochen nicht zu klagen haben. Während der Saison allerdings . . .« Lachend gab er ein paar Erlebnisse aus der Zeit zum besten, zu der alle Hütten und Zeltplätze belegt waren, und anschaulich beschrieb er, welche Last er zuweilen mit ängstlichen und luftkranken Passagieren in seiner Maschine hatte.

»Während der Saison sind Sie sicherlich viel unterwegs?« warf Kelly ein. »Jetzt allerdings fliegen Sie, wie ich merke, nur selten. Vorgestern waren Sie mal ausnahmsweise in Forest Harbour, nicht wahr?«

Nigel nickte unbefangen. »Ich mußte auf einen Sprung in die Stadt. Unser Generator wollte nicht mehr, und wenn ich das benötigte Ersatzteil nicht schnell herangeholt hätte, wären wir ohne Wasser und Strom geblieben. Da habe ich natürlich gleich die Gelegenheit benutzt, auch andere Vorräte mitzubringen: Man kauft dort günstiger ein als in Lakeville.«

»Welche Harmonie der Gegensätze: Absolute Weltabgeschiedenheit – und Motorboot und Flugzeug!« Beim unerwarteten Klang der Stimme zuckte Lucia zusammen: Wieder einmal stand Ross plötzlich neben ihr, ohne daß sie sein Kommen bemerkt hatte.

»Ohne die beiden Beförderungsmittel könnte ich es an einem Ort wie hier gar nicht aushalten«, lachte Nigel unternehmungslustig. »Wo steckt übrigens Jims Freund, der Inspektor? Ich hoffte schon, ihn heute abend einmal auf rein geselliger Basis zu erleben – als Bluthund, der sich in ein frommes Lamm verwandelt hat!«

»Ich habe ihn gestern abend noch gesprochen«, fiel Lucia ein. »Er sagte, er wolle heute wieder abfahren.«

»Will er den Mord etwa ungelöst lassen? Das finde ich gar nicht schön. Himmel, wer kommt denn da?«

So laut und angeregt war die Unterhaltung, daß niemand das Nahen des Wagens vernommen hatte. Nun aber war die Tür aufgesprungen, und eine eindrucksvolle Gestalt, bei der alle Gäste ehrfurchtsvoll erstarrten, erschien auf der Schwelle. Atemlose Stille trat ein, lähmende Stille ... auf einmal aber rannte Annabel auf die majestätische, ansehnliche Dame zu, die ihre Blicke hoheitsvoll über die kleine Gesellschaft wandern ließ.

»Mutter! Das ist aber eine Überraschung! Noch hatten wir dich gar nicht erwartet.«

»Mein liebes Kind!« schmetterte Augusta Wharton dramatisch, wobei sie Annabel in eine gewaltige Umarmung riß. »Mein liebes Kind! Das hatte ich mir als Geburtstagsüberraschung ausgedacht! Ist sie mir gelungen?«

Jim riß sich heroisch zusammen. Nachdem er ein paarmal schwer geschluckt hatte, brachte er tatsächlich mit einigen äußeren Anzeichen von Begeisterung hervor: »In der Tat, Mutter ... eine vollkommene Überraschung! Das war aber sehr ... sehr umsichtig von dir!«

»Ich konnte der Versuchung, meine Tochter gerade heute heimzusuchen, einfach nicht widerstehen«, dröhnte Augusta, während die Anwesenden etwas betreten vor sich hin schauten. Die gefeierte Schriftstellerin verstand sich darauf, Erklärungen abzugeben, auf die man beim besten Willen nichts erwidern konnte.

Nur Annabel war ihr in dieser Lage gewachsen. »Es war unvorstellbar reizend von dir, Mutter«, erklärte sie liebevoll. »Hast du schon gegessen?«

»Gegessen?« wiederholte die Mutter, als habe sie dieses Wort noch nie gehört (obwohl man ihr ansah, daß sie nicht unter Appetitlosigkeit litt!). »Vor ein paar Stunden habe ich einen kleinen Imbiß zu mir genommen, etwas für den hohlen Zahn. Aber es reicht mir ...«

Nachdem Annabel ihre Mutter reihum vorgestellt und sie dann entführt hatte, damit sie – nach ihren eigenen Worten – ›die Verwüstungen der Reise heilen‹ konnte, meinte Jim grinsend zu Lucia: »Ich wette, daß sie erst vor einer Stunde eine daumendicke Scheibe Braten mit ein paar Eiern verzehrt hat; mit kleinen Imbissen fängt sie gar nicht erst an! Sie hält es mit dem Handfesten, Soliden!«

Man sollte wirklich nicht meinen, daß sie Annabels Mutter ist«, gab Lucia zurück. »Ich habe schon so manches von ihr gehört; aber die Wirklichkeit übertrifft doch alle Erwartungen!«

»Sie ist gar nicht so übel, nur muß man sich erst ein bißchen an sie gewöhnen!« gab Jim verträglich zu. »Sie redet wie ein Buch, aber sie meint es gar nicht so; und zuweilen kann sie richtig vernünftig werden. Nur eines kann ich an ihr ganz und gar nicht ausstehen: ihre Bücher!«

»Aber es sind doch ausnahmslos Bestseller!« mischte sich Ross unvermutet ein. Wollte er etwa so tun, schäumte Lucia innerlich, als verstände er etwas von moderner Literatur?

»Das kann man wohl sagen«, nickte Jim. »Die Leute verschlingen sie buchstäblich. Und sie ist so klug, genau das zu schreiben, was sie lesen wollen!«

»Aber Annabel gleicht ihr nicht im mindesten: Bei Mrs. Wharton muß man immer an eine der Personen aus ihren Büchern denken, während Annabel vollkommen normal ist!«

»Sehr richtig!« jubelte Jim. »Sie können sich vorstellen, wie froh ich darüber bin! Darauf wollen wir trinken!«

Im Schlafzimmerchen hatte Augusta der Tochter flüsternd so manche Besorgnis anzuvertrauen. »Du weißt, mein Kind, daß ich nicht überheblich bin, und ich gebe zu, daß dieser Ross und der hübsche junge Inhaber des Lagerplatzes sich sehen lassen können. Der andere mürrische Klotz aber und der Ire ... Übrigens: Wer ist das eigentlich?«

»Michael Kelly, der Vormann des Brückenbau-Lagers oben auf dem Plateau.«

»Kelly ... Kelly ... Wo habe ich den Namen nur schon gehört? Hm, ja, den Mann muß ich schon irgendwo gesehen haben. Gewiß sieht er ganz gut aus ... aber doch nicht übermäßig ... verstehst du, was ich meine?«

»Auf alle Fälle ist er ein netter Kerl, und er hat ein ganz reizendes Frauchen. Und die andern – sie sind alle gute Bekannte von uns.«

»Ja, genau darauf wollte ich hinaus: Weißt du, liebes Kind, zuweilen habe ich ein wenig Angst, die Heirat mit Jim – mag er ein noch so lieber, ordentlicher Bursche sein – habe dich bereits aus der Bahn geworfen. Ihr schafft euch so merkwürdige Bekannte an ... und Jim scheint auf Mörder wie ein Magnet zu wirken. Habe ich nicht zu meiner grenzenlosen Erschütterung lesen müssen, daß ihr wieder einmal mittendrin steckt? Ach, ich fürchte, das gehört dazu, wenn man sich mit Pferden einläßt!«

Annabel lachte und streichelte der Mutter beruhigend den Rükken. »Mach dir nur keine Sorgen, Mutter: Keiner von all den Leuten da drüben hat etwas mit Mördern oder auch nur mit Pferden zu tun! Gewiß war es ein großes Pech, daß wir an einen Ort geraten mußten, wo eine solche Untat geschah; aber niemand aus unserm Bekanntenkreis hat das geringste damit zu tun. Die Männer sind nette Kerls, Lucia ist ein seltenes Prachtstück – eine Freundin, wie ich sie nie gehofft hätte, hier zu finden.«

»Eine Schönheit ist sie jedenfalls nicht gerade! Und wer ich bin, scheint sie auch nicht erfaßt zu haben. Kein Wort hat sie zu meinen Büchern gesagt!«

»Das darfst du von ihr auch nicht erwarten: Dafür flößt ihr eine Dichterin viel zuviel Hochachtung ein. Sie ist Bibliothekarin.«

»Bibliothekarin? Dann kennt sie natürlich meine Bücher und mag tatsächlich überwältigt sein! Ich muß mal mit ihr reden, damit sie merkt, daß wir Dichter auch Menschen wie alle anderen sind!«

Das war aber nicht der Eindruck, den Lucia nach der ersten längeren Unterhaltung mit Augusta Wharton gewonnen hatte. Zehn Minuten lauschte sie mit Engelsgeduld den Seelenergüssen der Schriftstellerin, dann aber schaute sie sich verzweifelt nach Hilfe um. Es überraschte sie schon gar nicht mehr, daß es Philipp Ross war, der sofort zur Stelle war. Ehrerbietig trat er näher.

»Noch ein Glas Sherry, Mrs. Wharton? Sicherlich sind Sie noch benommen von der langen Fahrt.« Bald darauf war er mit den Drinks zurück. Unbefangen nahm er neben Augusta Platz und fragte ernsthaft: »Sind Sie gerade damit beschäftigt, ein neues Buch zu schreiben? Dürfen wir hoffen, daß uns bald ein neuer Roman von Augusta Wharton beschert wird?«

»Sie dürfen!« verkündete die große Dichterin gnädig. Wie zufällig trafen sich Philipps und Lucias Blicke – und was das Mädchen in den Augen des Mannes las, veranlaßte es, hastig aufzustehen und sich zurückzuziehen. Dieser Philipp Ross war wirklich unverwüstlich! Wie er mit dieser Tragödin umsprang ... Lucia mochte nicht Zeuge sein, wie er sich mit Annabels Mutter seinen Spaß erlaubte.

Aber Ross war nicht der Mann, der sich länger als nötig opferte.

Nachdem er fünf Minuten geduldig zugeschaut hatte, winkte er Nigel heran, der gerade erreichbar war. »Hören Sie nur, Nigel, was Mrs. Wharton über den Realismus zu sagen hat! Sie werden ihre Argumente höchst anregend finden!«

Alles andere als dankbar blitzte Nigel den Fallensteller an. Er war gerade dabei gewesen, mit Lucia Pläne für die Erweiterung des Ferienlagers zu erörtern, und die Unterhaltung mit dem vernünftigen, originellen Mädchen hatte ihm aufrichtig Freude bereitet. Es sah Ross ähnlich, sich rücksichtslos einzumischen und ihn zu zwingen, das Geschwätz von Annabel Middletons völlig unmöglicher Mutter anzuhören.

Was aber blieb Nigel übrig? Als höflicher Mann folgte er dem Ruf und nahm neben Augusta Platz.

»Das war gemein von Ihnen!« schalt Lucia, als Ross wenig später lächelnd neben ihr Posten bezog. »Wie konnten Sie uns stören, wo wir gerade die herrlichsten Anlagen für sein Lager besprachen? Was er hier aufgebaut hat, ist wirklich bewundernswert!«

»Das mag sein«, gab Philipp säuerlich zu. »Ich wußte gar nicht, daß Sie an dem Unternehmen beteiligt sind!«

Nur einen empörten Blick warf Lucia ihm zu, dann wandte sie sich mit einem Ruck ab und war mit wenigen Schritten neben Annabel, die sich mit Mrs. Kelly unterhielt.

»Werden Sie lange oben im Lager bleiben? Dann müssen Sie mich unbedingt einmal besuchen kommen!«

»Das täte ich herzlich gern. Aber ich bin nur für zwei Tage hier. Oben ist man ja auf Frauen nicht eingerichtet, und es wäre auch ungerecht, wenn Mick seine Frau bei sich haben dürfte, während das allen andern verboten ist.« Sie schaute sich nach ihrem Mann um, und er erwiderte ihren Blick.

›Ganz deutlich sieht man es‹, dachte Lucia. ›Die beiden sind schrecklich verliebt!‹ Und verblüfft und ärgerlich stellte sie fest, daß sich ihr bei dieser Erkenntnis ein ganz sentimentaler Seufzer entrang.

Als Lucia sich am Ende des fröhlichen Festes von Annabel verabschiedete, bat sie: »Kommen Sie doch morgen vormittag zu mir zum Kaffee – und bringen Sie Ihre Mutter mit! Sie bleibt doch sicherlich ein paar Tage bei Ihnen, nicht wahr?«

»Das nehme ich an. Zumindest reist sie nicht sofort morgen weiter. Allerdings lehnt sie es grundsätzlich ab, Pläne zu machen! Nun, jedenfalls danke ich für die Einladung, Lucia. Wir kommen gern. Aber ich warne Sie: Mutter hat noch nie ein Mädchen kennengelernt, das eine Tankstelle führt – deshalb kann es Ihnen passieren, daß Sie in ihrem nächsten Roman landen, mitsamt der Tankstelle, Len und allem Zubehör!«

»Len wäre das nur recht! Sehen Sie nur, was er gerade jetzt für ein Gesicht macht!«

Ja, da saß er in der Ecke, sprachlos, mit riesengroßen Augen, andächtig Augusta Whartons Verkündigungen lauschend. ›Wenigstens einen uneingeschränkt bewundernden Zuhörer hat die Dichterin gefunden!‹ dachte Lucia. Es tat ihr leid, daß sie ihn aus seiner Versunkenheit reißen mußte, und nur sehr ungern ließ er sich davon überzeugen, daß es Zeit zum Aufbrechen sei.

Auf dem Heimweg schwieg er, offenbar noch immer ganz im Bann des Gehörten. Erst als sie in die Garage rollten, tat er den Mund auf:

»Jetzt weiß ich meine Wette fürs nächste Wochenende, Luce!« sagte er. »›Wasserfall‹!«

Kurz nach Lucias Aufbruch verabschiedete sich auch Ross, und die andern schlossen sich an. Jim blieb noch eine Weile da, und Annabel, die ihn immer wieder forschend anschaute, wurde nicht recht klug aus ihm. Erst als auch die Mutter zu Bett gegangen war, fragte sie rundheraus: »Los, Jim! Es hilft dir ja alles nichts! Du hast doch etwas auf dem Herzen! Nun komm schon heraus damit!«

Elend schüttelte er den Kopf. Es war wirklich schrecklich: Noch nie während ihrer Ehe hatten sie Geheimnisse voreinander gehabt!

Tröstend legte sie ihre Hand auf die seine. »Du armer Kerl – bestimmt steckt wieder dieser gräßliche Wright dahinter!« Sie lächelte ihm gütig zu. »Versprich mir, Jim, daß du ihm davonläufst, wenn er dir wieder begegnet – und erst aufhörst zu laufen, wenn die Luft rein ist!«

Da mußte auch er lachen. Er leugnete gar nicht, daß der Inspektor schuld sei. Noch immer klangen ihm Wrights Abschiedsworte im Ohr: »Also, Jim, vergessen Sie nicht: kein Wort zu Ihrer Frau! Zwar stehen wir noch ganz am Anfang der Untersuchung, aber gerade deshalb verdächtigen wir jeden. Und wenn Sie Ihrer Frau irgend etwas sagten oder verrieten, wer Ross ist, dann würden Sie niemandem nützen – sondern sowohl Ihrer Frau als auch Ross alles nur noch schwerer machen! Jawohl, Jim: Jeder steht unter Verdacht!«

»Aber doch nicht Nigel und George! Warum verdächtigen Sie dann nicht gleich auch Len, Carmen oder Lucia?«

»Zwei von diesen dreien scheinen als Täter ausgeschlossen zu sein: Miss Field war gerade erst eingetroffen, und nichts deutet darauf hin, daß sie Davis von früher kannte. Und Miss Mills, oder Carmen, wie Sie sie nennen – ist das eigentlich wirklich ihr Name? Es gibt schon komische Leute auf der Welt, und man kann so manchen nicht dafür haftbar machen, was seinen Eltern bei der Geburt eingefallen ist! –, war in der bewußten Nacht gar nicht da, und sie kehrte erst am folgenden Nachmittag aus der Stadt heim; daran ist nicht zu zweifeln – ich habe die Liste der Buspassagiere geprüft. Len hingegen ...«

»Len? Auf keinen Fall!«

»Lieber Jim, ich bin lange genug im Beruf, um gerade den Leuten zu mißtrauen, von denen man dies sagt! Auf alle Fälle wollen wir Len im Auge behalten. Vielleicht schlief er wirklich fest in seinem Bett – aber genau weiß man nie! Das ist es ja gerade: Man weiß nie Genaues – über niemanden! Deshalb sehen Sie nur zu, daß Ihre Frau so weit wie möglich aus der ganzen Sache herausbleibt!«

»Wenn ich auch nur eine Sekunde lang glaubte, der Mörder sei einer von unseren Bekannten, dann würde ich sofort meine Stelle und sogar ›Raubritter‹ aufgeben und Annabel wegbringen.«

»Wieso? Ich wüßte nicht, inwiefern sie in Gefahr schweben könnte!«

»Tatsächlich schwebt sie ja auch nicht in Gefahr – weil Sie nämlich auf dem Holzweg sind!«

»Vielleicht! Dennoch dürfen wir keine Möglichkeit auslassen!«

Damit hatte sich Wright verabschiedet, um in die Stadt zurückzukehren. Natürlich bliebe er in Verbindung mit Ross, hatte er Jim versichert.

Erst nach Mitternacht riß Jim sich los und fuhr langsam zum Gestüt hinauf. Es war ein gelungener Abend gewesen, auch wenn Mrs. Whartons Eintreffen der Ungezwungenheit nicht eben förderlich gewesen war. George und Nigel waren nette Kerle, und Annabel war in guten Händen. Unsinn, die beiden ernsthaft zu verdächtigen! Und nur gut, daß er Annabel nichts von Wrights Verdacht verraten hatte! Dennoch war es Jim schrecklich, daß er vor seiner Frau Geheimnisse haben mußte.

Vor dem Tor der Stallung erwartete ihn ein fremder Wagen. Während Jim verblüfft hinüberstarrte, stieg Ross aus und kam auf ihn zu.

»Entschuldigen Sie, daß ich Sie zu so später Stunde störe! Aber ich hielt es für besser, lieber hier oben auf Sie zu warten und Sie nicht gleich nach dem Fest anzusprechen.«

»Sie haben eine bewundernswerte Geduld! Ich dachte, Sie lägen schon längst im Bett. Kommen Sie nur herein!«

In der kleinen Küche musterten sich die beiden Männer stumm eine ganze Weile. Endlich brach Ross das Schweigen. »Der Inspektor sagte mir, ich dürfe Ihnen unbedingt vertrauen. Ich brauche Hilfe – von jemandem, der sich hier in der Gegend und unter den Einheimischen etwas auskennt.« – »Ich bin aber erst knapp zwei Monate hier: Worum geht es denn? Haben Sie etwa, wie Wright, die komische Idee, der Mörder sei unter uns?«

»Ich weiß nicht recht«, meinte Ross nachdenklich. »Ich muß noch viel herausfinden, ehe ich nur im leisesten sicher sein kann ... Nun, ich habe mich einen ganzen Nachmittag lang mit Davis beschäftigt und dabei alle seine Bankauszüge, Quittungen und so weiter durchgesehen. Er hat laufend Geld bekommen, niemals große Beträge auf einmal zwar, insgesamt aber doch allerlei, jedoch nicht etwa fürs Austragen der Post. Er konnte sich einen teuren Wagen leisten und hatte sich außerdem ein ganz hübsches Sümmchen auf die hohe Kante gelegt. Ich neige zu der Ansicht, daß Davis manche Quelle anzuzapfen wußte und daß sein eigentlicher Beruf der des Erpressers war!«

NEUNTES KAPITEL

»Wenn möglich, Len, möchte ich jetzt eine Weile nicht gestört werden!« verkündete Lucia am folgenden Morgen mit allen Anzeichen der Aufregung. »Ich bekomme nämlich Besuch und möchte einen Kuchen backen.«

»Sie können Kuchen backen?« Die Frage war mit dem schuldigen Respekt, jedoch nicht ohne Zweifel gestellt.

»Oft tue ich es allerdings nicht«, gab das Mädchen zu. »Überhaupt kenne ich mich in der Küche nicht besonders gut aus – ich habe das Mrs. Middleton gestern ganz ehrlich gesagt. Aber einen Kuchen wird man doch zusammenbringen! Hier auf der Packung steht das Rezept für einen Königskuchen. Es klingt ganz einfach, und ich will es versuchen.«

»Ein Königskuchen ist etwas Feines!« meinte Len aufmunternd. »Also werde ich Sie nicht hinunterrufen – nicht einmal, falls der bedeutende Mr. Ross kommen sollte.«

Eine halbe Stunde später jedoch geschah es: Lucia blickte aus dem Fenster, stellte erleichtert fest, daß Len gerade nichts zu tun hatte – und winkte SOS. Sofort kam er heraufgelaufen. »Sind Sie in Not, Luce?«

Als Antwort deutete sie kläglich auf den Küchentisch. Dort stand ein Etwas, das kaum den Namen Kuchen verdiente. In der Mitte brodelte es noch; die Kruste hingegen war kohlschwarz gebrannt.

»Das Ergebnis all meiner Bemühungen!« jammerte Lucia. »Was habe ich nur falsch gemacht?«

Vorsichtig untersuchte Len das Machwerk, dann schüttelte er betrübt den Kopf. »Das weiß ich auch nicht. Jedenfalls erinnert das Ding entfernt an einen Krater!« Als er den beleidigten Ausdruck in Lucias Gesicht erkannte, fügte er hastig hinzu: »Allerdings ist die Färbung schöner, aber ...«

»Was soll ich nur machen?« stöhnte das Mädchen. »Gewiß habe ich etwas Teegebäck, und vor Mrs. Middleton hätte ich überhaupt keine Angst ... Aber ihre Mutter ...«

»Ach so! Allerdings, eine Dame, die ernst genommen sein will! Und fürs Essen hat sie etwas übrig – ha, ein paar Kekse würden sie nicht schlecht empören! Hallo, Luce, ich hab's! Betreuen Sie mal eine Weile die Tankstelle – dann zaubere ich Ihnen schnell ein paar Waffeln hin!«

»*Sie* wollen Waffeln backen? Können Sie das denn?« Natürlich dachte sie sofort an den mißratenen ›hangi‹.

Aber Len nickte zuversichtlich. »Waffeln sind doch ganz einfach. Ein Eisen haben wir, und da wird die richtige Menge Teig hineingegossen, und dann klappt man schnell zu. Lassen Sie mich nur machen, Luce! Ich weiß schon, wo Peter alles hat.«

Dankbar gehorchte Lucia. Sie wagte nicht, große Hoffnungen auf Lens Kochkünste zu setzen. Eilig rannte sie zur Tankstelle hinunter; ein fremder Wagen war eben eingerollt, dessen Fahrer schon ungeduldig hupte. Auch wenn die Waffeln ungenießbar waren, schlimmer als ihr Königskuchen konnten sie nicht werden – und Rosie würde alles fressen, ohne mit der Wimper zu zucken!

Als sie eine Viertelstunde später neugierig nachzuschauen kam, stellte Len gerade einen ganzen Berg goldbrauner Waffeln warm. Daß er ihren besten Kittel als Topflappen benutzte, um damit die heiße Platte anzufassen, konnte ihre Dankbarkeit nicht im geringsten dämpfen.

»Len, Sie sind ein Prachtstück; Sie haben mir das Leben gerettet. Einfach herrlich sehen die Waffeln aus.«

Len kostete ein Stück, das er auf dem Tisch zurückgelassen hatte, und nickte mit Kennermiene. »Gut! Also habe ich doch das Backpulver erwischt! Ich hatte nämlich schon Angst, es sei etwas anderes. Ja, die Waffeln sind prima – unbedingt würdig der Dame, die so dicke Bücher schreibt. Aber verraten Sie auf keinen Fall, Luce, daß *ich* sie gebacken habe!«

»Warum denn nicht? Die Damen würden Sie für schrecklich klug und vielseitig halten.«

»Oder für weibisch! Und falls es gar noch Jim zu Ohren kommt, wird er sagen, wer Waffeln backen kann, sei im Sattel eines Rennpferdes fehl am Platze. Außerdem ist es ohnehin günstiger, wenn sie annnehmen, Sie hätten sie selbst gebacken.«

Lucia fand keine Zeit, die schwierige Frage weiter zu erörtern, denn in diesem Augenblick trafen die Besucherinnen ein.

»Jim kommt auch gleich!« teilte Annabel mit. »Er muß ohnehin in die Stadt und hat versprochen, kurz hereinzuschauen. Lucia, was für herrliche Waffeln!«

Mrs. Wharton war überschwenglichster Laune. Sie beglückwünschte Lucia zu dem originellen, ihren Sinn für Unabhängigkeit verratenden Entschluß, die Tankstelle zu übernehmen.

»Gewiß ist es ein ungewöhnlicher Beruf für ein alleinstehendes Mädchen. Ein wahrer Jammer, daß Sie keine schriftstellerische Ader haben: Was für ein einmaliges, hinreißendes Buch Sie schreiben könnten! Der Strudel der Sie umgebenden Charaktere, das geheime Leben Ihrer Kunden voll hintergründiger Leidenschaften und abgefeimter Intrigen.«

Lucia fand ihren Bedarf an Geheimnissen und Hintergründigkeiten reichlich gedeckt, nachdem immerhin ein Mörder unter ihren Kunden vermutet wurde und Ross auf der Pirsch war – aber laut erklärte sie höflich, ein solcher Roman verlange eine begnadete Feder wie die der verehrten Mrs. Wharton, wozu Augusta freundlich und gönnerhaft lächelte.

Eben wollte Lucia den Kaffee einschenken, als ein Wagen, den sie inzwischen nur zu gut kannte, am Tank vorfuhr. Wieder einmal Ross! Er stieg aus und plauderte mit Len, aber sein müßiges Gehabe konnte Lucia nicht mehr täuschen. Natürlich versuchte er, doch noch etwas Wichtiges aus dem Jungen herauszubekommen.

Ganz plötzlich hatte Lucia Lust, es ihm heimzuzahlen, daß er gestern abend Nigel geopfert hatte, um sich Mrs. Wharton zu entziehen. Nun sollte er selbst einmal sehen, wie so etwas war! Sie stellte die Kanne hin, öffnete das Fenster und rief laut: »Guten Morgen! Darf ich Sie zu einer Tassee Kaffee einladen?« Boshaft lächelnd weidete sie sich an der freudigen Überraschung, die sich in seinem Gesicht abmalte. Er ahnte ja nicht, was ihm blühte! Das Lachen würde ihm vergehen, wenn er neben der bedeutenden Dichterin würde Platz nehmen müssen!

Aber wieder einmal enttäuschte er sie. Mit einem höflichen Dankeswort trat er ein, begrüßte Annabel unbefangen herzlich – und zuckte nicht mit der Wimper, als Augusta sacht auf den Stuhl neben sich klopfte, damit gnädig andeutend, wohin er sich zu setzen hatte. – »Guten Morgen! Hoffentlich hatten Sie nach Ihrer langen Reise eine ungestörte Nachtruhe!«

»Freude und Ruhe umgaben mich, hüllten mich ein. Das war alles, was ich brauchte!«

»Wenigstens hat man nicht auch zu Ihrer Begrüßung ein Erdbeben arrangiert, wie es bei der Ankunft von Miss Field geschah!«

»Das hätte mir nicht viel ausgemacht – ich schlummere ohnehin stets nur mit langen Unterbrechungen«, prahlte Mrs. Wharton, wobei aus ihrer Stimme Verachtung für alle jene gröber angelegten Geister schwang, die fest zu schlafen pflegten. »Mein Geist ist viel zu lebendig, um sich völlig auslöschen zu lassen.«

Wieder stellte Lucia fest, wie unmöglich es war, auf zahlreiche Äußerungen der Dame etwas zu erwidern – ein Umstand, der geradezu ein soziales Problem darstellte!

Aber Ross ließ sich nicht entmutigen. Auf völlig unbefangene Art setzte er das Gespräch fort und lauschte sichtlich ergriffen den Offenbarungen verschiedenster Schwierigkeiten, denen ein schöpferischer Geist ausgesetzt ist.

»Lucia, die Waffeln sind einfach erstklassig!« schwärmte Annabel endlich in eine kurze Pause hinein. »Und Sie tun immer, als verständen Sie nichts von der Küche!«

Augusta, die sich soeben zum drittenmal reichlich bediente, fügte würdevoll hinzu, zwar habe sie selbst sich nie zu häuslichen Tätigkeiten herabgelassen, jedoch erkenne auch sie Kochen und Backen als ein höchst nützliches Tun an.

»Und zwar als eine, die auch dem Mann Hochachtung abnötigt«, pflichtete Ross ernsthaft bei. »Mit einer Hand Waffeln zu backen, während man mit der andern Benzin einfüllt, ist eine beachtliche Leistung!«

Nur kurz zauderte Lucia. Dann aber dachte sie wieder an ihren jämmerlichen Königskuchen – und setzte sich über Lens Bitte hinweg. Die Ehre sollte dem werden, dem sie gebührte!

»Ich habe sie ja gar nicht gebacken!« beichtete sie. »Ich habe versucht, einen Kuchen zu backen – aber den hätten Sie sehen sollen! Außen schwarz und innen brodelnd – wie ein Krater, meinte Len. Immerhin hat Rosie ihn gegessen, und er scheint ihr wider Erwarten bekommen zu sein! Ach, leider bin ich wohl am Tank besser zu gebrauchen als in der Küche – sogar dann, wenn ich in Wagen unbekannten Typs Öl einfüllen muß!«

»Aber wer hat sie denn dann gebacken?« rief Annabel erstaunt. »Sie sind jedenfalls vorzüglich.«

»Len!« erklärte Lucia. »Nach einem mitleidigen Blick auf meinen Kuchen forderte er mich auf, ihn gewähren zu lassen. Und da sehen Sie das Ergebnis!«

»Ein vielseitig begabter Junge, dieser Len«, urteilte Ross nachdenklich, während Mrs. Wharton erläuterte, Menschen mit Maori-Blut in den Adern verfügten, wie sie selbst in ihren Romanen schon mehrfach dargestellt habe, über mancherlei Begabungen. »Erst vorgestern abend war in einer Buchbesprechung im Radio von dem

Maori-Mechaniker in meinem jüngsten Buch die Rede! Haben Sie es gehört?« fragte sie Lucia mit einem Blick, unter dem das Mädchen errötete.

»Leider nicht«, gab sie zerknirscht zu und ließ impulsiv die Erklärung folgen: »Onkel Peters Apparat ging nämlich während des Erdbebens zu Bruch, und vorgestern hatte mir Nigel seinen Transistor noch nicht geliehen.«

»Wie funktioniert er eigentlich?« fragte Annabel.

»Großartig! Ich kann mir kaum vorstellen, daß es wirklich ein alter Apparat ist, wie Nigel behauptet hat: Er sieht funkelnagelneu aus.«

Ross war aufgestanden und musterte das kleine Gerät mit völlig überflüssigem Interesse. »Ein Typ, den ich noch gar nicht kenne!« murmelte er, und dann wandte er sich zu Lucia um. »Er stammt also vom Campingplatz?«

»Allerdings. War es nicht nett von Nigel, ihn mir zur Verfügung zu stellen?« fragte sie boshaft.

»Ungemein liebenswürdig«, gab er steif zu, ließ aber noch immer kein Auge von dem Apparat. »Eine feine Erfindung, nicht wahr? Übrigens setzen sich diese Transistoren immer mehr durch. Hallo, da kommt ein neuer Kunde – und er kündigt sich bemerkenswert munter an!«

Es war Michael Kelly, der hupend einfuhr. Lucia lehnte sich aus dem Fenster und lud ihn zu einer Tasse Kaffee ein. Ohne Zögern lehnte er jedoch ab. »Herzlichen Dank, Miss Field; aber ich bin ohnehin reichlich spät dran. Im Gegensatz zu müßigen Jägersmännern muß ich nämlich für meinen Lebensunterhalt sorgen!« Er winkte ihr und Ross, der neben Lucia ans Fenster getreten war, fröhlich zu und teilte Len seine Wünsche mit.

Auch Mrs. Wharton war ans Fenster getreten. Plötzlich fuhr sie sich mit der Hand an die Stirn. »Ha, endlich dämmert es mir! Jawohl, schon gestern abend war ich sicher, ihn zu kennen, aber woher, darauf kam ich nicht. Dabei vergesse ich ein Gesicht mein Leben lang nicht!«

Niemand zollte dieser bemerkenswerten Begabung im Augenblick Beifall, denn soeben traf Jim ein, und Lucia machte sich daran, frischen Kaffee aufzugießen, während Annabel sich bemühte, die Begeisterung der Kinder beim Anblick des Vaters in angemessenen

Grenzen zu halten. Nachdem endlich wieder Ruhe eintrat, brachte Ross das Gespräch behutsam auf Michael Kelly zurück.

»Sie sagten vorhin, Mrs. Wharton«, begann er sacht, »daß Sie zu jenen begnadeten Menschen gehören, die ein einmal gesehenes Gesicht nie wieder vergessen. Ach, wie gern möchte auch ich das von mir behaupten können! Sie haben den Vormann also schon früher gesehen?«

»Allerdings! Und es hatte mit seiner Frau zu tun, mit diesem Weibsbild, das ich nicht ausstehen konnte. Vor ein paar Minuten erst ist es mir wieder eingefallen ... jawohl, es war diese Judith Kelly. Erinnerst du dich nicht mehr, Annabel, daß ich von ihr erzählt habe? Es war zu der Zeit, als du im Pensionat warst.«

»Ganz schwach erinnere ich mich«, bestätigte Annabel bedächtig. »Sie war als Sekretärin bei dir tätig, nicht wahr? War sie nicht sehr hübsch? Ich meine sogar, sie einmal gesehen zu haben.«

»Hübsch war sie allerdings, aber dabei hart und kalt. Ein herrschsüchtiger Typ, der sich ständig zur Sittenrichterin über die Mitmenschen aufwarf. Und eine Fanatikerin war sie obendrein – gehörte irgendeiner seltsamen Sekte an, die gegen alles und jedes war. Einen Monat lang wohnte sie bei mir im Haus, um ein Manuskript zu schreiben, auf das der Verleger dringend wartete. Aber sie war mir unausstehlich, und so entließ ich sie bald wieder.«

»Ich weiß noch, daß du sie nicht leiden konntest. Hing das nicht auch mit dem Buch zusammen?«

»Sehr richtig! So unglaublich es klingt: Sie maßte sich ein Urteil über mein Buch an; sie hatte die Unverschämtheit, mich unter Berufung auf die Moral zur Rede zu stellen! Ich übte schlechten Einfluß aus! warf sie mir vor. Ich! Natürlich wies ich sie zurecht, kleine Geister und armselige Dummköpfe hätten darüber nicht zu befinden. Und da ging sie.«

»Das kann ich mir vorstellen!« stieß Jim mit kaum unterdrücktem Lachen hervor. ›Wie brachte er es nur fertig, daß seine Schwiegermutter ihm diesen unbotmäßigen Ton nicht übelnahm?‹ fragte sich Lucia. Vielleicht aber war dies der einzige Ton, in dem man überhaupt mit ihr fertig wurde. Sie selbst hätte das jedoch niemals geschafft.

»Und diese unverschämte Person war also Kellys Schwester?«

Ganz beiläufig kam die Frage von Ross, aber Lucia duckte sich voller Unbehagen. Warum ging ihr dieser ruhige Ton neuerdings derart auf die Nerven? Sicherlich bildete sie sich den peinlichen Beiklang nur ein!

»Nein, nicht seine Schwester!« widersprach Augusta. »Seine Frau. Seine verlassene Frau – so jedenfalls betonte sie immer wieder. Natürlich hatte der Mann sie im Stich gelassen, und natürlich erhob sie schwere Vorwürfe gegen ihn. Dabei hatte aller Wahrscheinlichkeit nach sie ihm das Leben unerträglich gemacht! Ich jedenfalls konnte es ihm nicht verdenken, daß er sich davongestohlen hatte!«

»Wenn sie aber getrennt lebten, wie bekamen Sie ihn dann überhaupt zu Gesicht? Und wie konnten Sie ihn gestern wiedererkennen?« Verblüfft stellte Lucia fest, daß anscheinend keiner der andern bemerkte, daß hier ein wahres Verhör im Gange war. Hinter allen mußte er herschnüffeln, sogar hinter dem netten Kelly und seinem lieben, verkrüppelten Frauchen! Seine Frau! Lucia verschlug es für einen Augenblick den Atem. Aber ja, warum denn nicht? Eine Scheidung war schließlich kein Verbrechen.

»Sie zeigte mir sein Bild, während sie mir eingehend alle seine Missetaten schilderte. Tatsächlich: Obwohl diese Person immer wieder versicherte, sie könne ihn nicht leiden, stellte sie sein Bild auf den Tisch, so daß ich es sehen mußte, wenn ich ihr Zimmer betrat. Der arme Kerl! Sein einziges Verbrechen bestand wohl darin, daß er etwas vom Leben haben wollte, daß er sich mit Freunden traf, ein frohes Glas kippte und zum Pferderennen ging. Sie muß ihm das Dasein unerträglich gemacht haben!«

»Und da verließ er sie endlich, und sie wurden geschieden?« Ganz gleichmütig klang Ross' Frage, aber Lucia bemerkte den unbehaglichen Blick, den Jim ihm zuwarf.

»Geschieden? Das kam für sie nicht in Frage. Er bat sie wohl um die Scheidung, schrieb ihr erneut deswegen, während sie bei mir wohnte – aber sie blieb unerbittlich. Jede Scheidung, erklärte sie, sei des Teufels – eine Bemerkung, die mir um so unerträglicher war, als sie dem Grundgedanken meines Buches direkt widersprach: Dort nämlich bot eine Scheidung den einzigen Ausweg für meine unglücklich Liebenden!«

»Aber schließlich muß sie doch eingewilligt haben, denn die gegenwärtige Mrs. Kelly ist zweifellos nicht die Frau, die Sie gekannt haben«, meinte Ross ganz ruhig – und dann wechselte er das Thema.

Lucia hatte allen Spaß an ihrem Besuch verloren. Plötzlich knisterte es eisig in der Luft, etwas Düsteres hing drohend über allen Anwesenden, etwas Unbegreifliches. Immer wieder wanderten Lucias Gedanken zu Moll Kelly mit dem lieben Gesicht, die so vollkommen von ihrem schmucken Manne abhängig war – von diesem Manne, der sie anbetete und behütete, und an dem sie mit einem Vertrauen hing, das Lucias ungewollten Neid erregt hatte. Sollte dieses Glück von nun an bedroht sein? – Und dann plötzlich überfiel Lucia der Gedanke: Wieder steckte Philipp Ross dahinter!

Alle Gäste schienen zu spüren, daß etwas Lastendes sich auf sie gesenkt hatte. Annabel begriff offensichtlich nicht, worum es ging, Jim hingegen machte einen tief bekümmerten Eindruck. Mrs. Wharton, die mehrmals vergeblich versucht hatte, von neuem auf die Buchbesprechung im Radio zurückzukommen, versank schließlich in ein Schweigen, das man an einer weniger bedeutsamen Dame als knurrig bezeichnet hätte, und suchte Trost bei einer vierten Portion Waffeln. Lucia war ihr dankbar, als sie sich endlich majestätisch erhob und der Tochter zuwinkte, nun sei es Zeit zur Heimkehr.

Während des allgemeinen Aufbruchs blieb Annabel kurz zurück und nahm Lucia beiseite. »Es war nett von Ihnen, uns so gastfrei zu bewirten, und Lens Waffeln waren hervorragend. Aber was ist nur mit uns allen los? Warum soll Kelly nicht geschieden sein? Und warum macht Jim ein so bedrücktes Gesicht? Lucia, ich bin nicht wie Mutter, ich bin nicht mißtrauisch: Aber heute spüre ich doch so etwas wie Unheil über uns hängen ... Ach, schon gut. Es ist ja alles Blödsinn! Vielen Dank für den Kaffee! Kommen Sie doch bald mal wieder zu uns herüber! Ich bin immer schrecklich froh, wenn Sie bei mir sind!«

Nachdem Lucia allen zum Abschied nachgewinkt hatte, bemerkte sie, daß Ross noch immer nicht gegangen war. Wortlos stand er da, schaute liebenswürdig lächelnd zu ihr herunter, und schon spürte sie, wie sie wieder einmal wütend auf ihn wurde: auf seinen unerschütterlichen Gleichmut. Wut empfand sie ... und noch etwas; etwas sehr Unvernünftiges. Hastig stieß sie hervor: »Nun, das war mal wieder ein ergiebiger Vormittag, nicht wahr?«

»Vor allem ein vergnüglicher. Ich bin entzückt von Ihrem Kaffee und von Lens Waffeln. Ach, dazu muß ich ihn ja noch beglückwünschen.«

»Um Gottes willen, nein! Kein Wort davon! Eigentlich sollte ich niemandem verraten, wer sie gebacken hat, aber ...«

»Aber dann brachten Sie es doch nicht übers Herz, sich mit fremden Federn zu schmücken, nicht wahr? Es ist schon ein Elend, wenn man nicht anders als ehrlich sein kann!«

Neue Empörung über seinen spöttischen Ton wallte in ihr auf. »Anscheinend gibt es Leute, die sich gern hinter fremden Federn verstecken!« fuhr sie ihn an.

Das rätselhafte Lächeln erlosch, und wäre ihr der bloße Gedanke nicht unglaublich vorgekommen, so hätte sie gemeint, er sei verletzt. Aber er sagte nur: »Wer tut so etwas wohl gern? Es gibt eben Leute, die es zuweilen nicht vermeiden können!«

Sie fühlte sich ein wenig beschämt. »Aber warum verstellen Sie sich auch vor Annabel, Howard und Owens? Ihnen dürften Sie doch wohl vertrauen!«

»Bei einem Mordfall vertraue ich niemandem.«

»Dann werde ich also auch beobachtet? Deshalb tauchen Sie immer wieder hier auf?«

Bedächtig, abwägend schaute er sie an. »Wieder falsch geraten! So seltsam es klingen mag: Tatsächlich komme ich nicht aus diesem Grunde. Ich gebe unumwunden zu, daß Sie mit dem Fall nichts zu tun haben. Das ist zwar schade, jedoch kann ich es nicht ändern Es wäre schon ein reichlich starkes Stück gewesen – gleich in der allerersten Nacht nach Ihrer Ankunft einen Mord zu begehen!«

»Ich hätte doch eigens mit dieser Absicht herkommen können!«

»Der Gedanke hat etwas für sich. Aber ich kann mir nicht vorstellen, daß Sie in Ihrer dunklen Vergangenheit mit Davis zusammengetroffen sind.«

Er lachte sie an, und zu ihrer eigenen Überraschung freute sie sich darüber. Sogleich aber rief sie sich zur Ordnung. Mit einem solchen Manne flirtete man doch nicht leichthin! Unter der Tünche fröhlicher Unbekümmertheit blitzte immer wieder ein stählerner Panzer durch, der ihr unbehaglich war. Ganz ernst erwiderte sie: »Nein, Davis' Namen habe ich zum erstenmal am Morgen nach seiner Ermordung gehört!« Dann aber konnte sie nicht länger an sich halten: »Warum aber sollten Sie mir das glauben? Vermutlich tun Sie es auch gar nicht.«

»Leider muß ich Sie enttäuschen: Ich glaube Ihnen.«

»Wenn Sie es aber nicht täten, dann hätten Sie ebenso herumgeschnüffelt, mich beobachtet, still alles mit angehört – genau das also, was Sie heute vormittag wirklich getan haben. Warum übrigens haben Sie sich so für die Geschichte mit Michael Kelly und seiner Frau interessiert? Halten Sie eine Scheidung für so furchtbar?«

»Keineswegs. Scheidungen sind so alltäglich, daß sie geradezu langweilig wirken.«

Sie merkte deutlich, daß er ihr auswich, und ohne Ursache entfuhr ihr:

»Warum müssen Sie uns allen alle Freude verderben? Ich bin hergekommen, um froh zu sein, um zu vergessen – um allerlei Ärgerliches, Schlimmes zu vergessen.«

»Und Sie tapsen mitten in einen Mordfall hinein! So ein Pech! Übrigens: was für Schlimmes wollten Sie denn vergessen ... War er wirklich so schlimm?«

Sie hätte sich selbst ohrfeigen mögen, aber sie konnte es nicht verhindern, daß sie rot wurde. »Wie abscheulich Sie doch sein können! Meine Vergangenheit geht Sie nun wirklich nichts an!«

»Sie haben also kein Strafregister? Nun, sogar ein Kriminalschnüffler darf private Neigungen verraten. Allerdings ist jetzt wohl nicht Zeit und Ort, darüber zu reden. Ich muß telefonieren.«

»Wir haben einen Apparat hier. Wenn Sie es eilig haben, dürfen Sie ihn benutzen.«

»Sie haben doch einen Sammelanschluß! Und Polizisten pflegen ihr Herz über solche Gemeinschaftsleistungen nicht auszuschütten. Deshalb muß ich zum Postamt.«

»Und telefonisch anfragen, ob die arme kleine Frau Kelly gültig verheiratet ist? Finden Sie das nicht ausgesprochen albern? Was macht es denn schon aus, ob Moll Kelly verheiratet ist oder nicht? Warum lassen Sie sie nicht in Frieden? Warum lassen Sie den Leuten nicht ihr kleines Glück?«

»Ja, warum nicht? Finden Sie einen Mann, der mit zwei Frauen verheiratet ist, etwa nicht widerlich?«

»Nicht halb so widerlich wie einen, der immerzu die Leute aushorcht, in Geheimnisse eindringt und Unfrieden stiftet.«

Wieder glaubte sie seinen Panzer durchbohrt zu haben, aber auch diesen Pfeil schüttelte er ab. »Jeder hat eben seine Aufgabe! Und im Augenblick habe ich die Aufgabe, einem Mörder nachzuspüren.

Vielen Dank, daß Sie mein Geheimnis gewahrt haben. Leider muß ich Sie bitten, es auch weiterhin zu tun.«

Sie schämte sich ihrer Unvernunft. Er ging ja wirklich nur seinem Beruf nach! Tapfer unternahm sie den Versuch, ihm aufrichtig ihr Mitgefühl auszudrücken; er erfülle ja nur seine Pflicht, die ihm selbst gewiß widerlich sei. Aber er schnitt ihr kurz das Wort ab. »Es ist nett von Ihnen, daß Sie das sagen. Aber bestimmt hätte ich diesen Beruf nicht ergriffen, wenn ich nicht mit ihm zufrieden wäre.«

»Zufrieden? Aber verlangt er nicht immer wieder Fürchterliches von Ihnen?«

»Ich bin mit meinem Beruf zufrieden, weil ich an die Gerechtigkeit glaube, Miss Field! Guten Morgen – und vielen Dank für den Kaffee, und für Lens Waffeln!« Dann war er fort, und sie schaute ein wenig nachdenklich und völlig verwirrt ins Leere.

›Du bist eben eine sentimentale Gans, mein Kind!‹ schalt sie sich selbst. ›Vor drei Monaten noch war dir die ganze Welt untergegangen, weil Wayne Norton dich verlassen hatte. Vor zehn Tagen machte der hübsche Nigel gleich beim ersten Zusammentreffen reichlich starken Eindruck auf dich ... Ich finde, du bist noch gar nicht gefestigt genug, um allein auf weiter Flur zu stehen – schon gar nicht als Besitzerin einer Tankstelle.‹

In diesem Augenblick wurde sie von Len unterbrochen, der fröhlich aus der Werkstatt herüberrief: »Wie war es denn, Luce? Meine Waffeln waren doch prima, wie? Ich wette, die alte Dame hat sich üppig bedient. Leider hat sich übrigens Rosie doch den Magen verdorben! Ihr Kuchen war auch nicht viel besser als mein ›hangi‹, möchte ich behaupten!«

ZEHNTES KAPITEL

Am frühen Nachmittag des folgenden Tages fuhr Philipp Ross durchs Tor des Trainingsgestüts. Jim war gerade in der Geschirrkammer damit beschäftigt, das Zaumzeug zu putzen, und ›Raubritter‹ steckte neugierig den Kopf herein, um sich ja keine Bewegung entgehen zu lassen. Kaum verriet der erste Laut das Nahen eines Fremden, da legte er die Ohren zurück und fuhr mit einem Ruck herum. Mit scharfem Zuruf sprang Jim auf und lief heraus, um mögliches Unheil zu verhüten.

»Guten Tag. Ich habe Sie fast erwartet. Ich schließe nur schnell das Pferd ein, und dann gehen wir ins Haus!«

Bald saßen die beiden Männer sich in der kleinen Küche gegenüber. Jim schaute den Besucher herausfordernd an. »Was sollte das ganze Gerede um Kelly? Warum haben Sie meine Schwiegermutter über seine Vergangenheit ausgequetscht? Wen geht seine Scheidung überhaupt etwas an?«

Ross stieß einen Seufzer aus. »Man meint, Miss Field zu hören! Sie hat sich gestern in eine ganz ansehnliche Wut über mein Benehmen hineingesteigert. Bei ihr mag so etwas nur natürlich sein, aber von Ihnen, Jim, hätte ich doch ein bißchen mehr Verständnis erwartet – nach all Ihren Erfahrungen vom vorigen Jahr, und nach allem, was Wright mir von Ihnen erzählt hat. Sehen Sie denn nicht ein, daß in einem Fall, in dem Erpressung eine Rolle spielt, die Vergangenheit keines Menschen nur mehr ihn allein angeht?«

»Aber Mick Kelly! Welche Verbindung zwischen ihm und diesem Davis wäre auch nur denkbar?«

»Offenbar doch die eine oder andere. Ich bin gekommen, Jim, um mich darüber mit Ihnen in aller Ruhe zu unterhalten. Sie wissen, daß wir uns gründlich in das gesamte Geschäftsgebaren von Davis versenkt und seine verschiedenen Einkommensquellen erforscht haben. Da ein Mord vorliegt, hatten wir sogar Zugang zu seinem Bankkonto. Nun, schwarz auf weiß haben wir kaum etwas gefunden; er war vorsichtiger als der durchschnittliche Erpresser im Kriminalroman. Keinerlei Listen. Keine Daten mit den Anfangsbuchstaben von Namen. Aber ein wenig Bargeld war da, und darunter eine Zehnpfundnote.«

»Na und? Sogar ich habe manchmal einen Zehner – obwohl er es nie lange bei mir aushält.«

»Die Note war anders als die meisten ihrer Art. Man hatte sie nämlich auf der Bank ausgebessert. Der Kassierer stellte mir die Sache genau dar; Sie wissen ja, daß es nur eine kleine Filiale ist, wo auch Kleinigkeiten auffallen. Die Bank also zahlt den Männern im Brückenbaulager wöchentlich die Löhne aus. Der einzelne Betrag kommt in einen Umschlag, auf dem außen der Name des Empfängers steht. Vor vierzehn Tagen nun hatte man nicht genügend

Fünfer, und so nahm der Kassierer den Zehner, den er kurz vorher zerrissen eingenommen und neu zusammengeklebt hatte. Er tat ihn in Kellys Umschlag, weil er meinte, der Vormann könnte einen großen Schein am ehesten verwerten. Deshalb ist der Kassierer bereit zu beschwören, daß die Note, die in Davis' Geldschrank gefunden wurde, die ist, die er Kelly in die Lohntüte getan hatte.«

»Teufel! Aber warten Sie! Warum soll Kelly ihm den Schein nicht für etwas gegeben haben, das Davis ihm besorgt hatte?«

»Davis erledigte keine Besorgungen für andere. Solche Belästigungen lehnte er stets rundweg ab. Es ist kein einziger Fall einer derartigen Transaktion bekannt, seit das Montagelager besteht.«

»Trotzdem! Sie meinen also, Davis habe Kelly erpreßt, und das schließen Sie aus dem, was meine Schwiegermutter gestern geschwafelt hat. Dazu muß ich Ihnen sagen, daß sie vollkommen unzuverlässig ist. Sie hat ein vorzügliches Gedächtnis für Gesichter; aber Fakten bedeuten ihr überhaupt nichts!«

»Diesmal stimmen die Fakten aber einwandfrei. Gleich gestern abend habe ich auf dem Präsidium angerufen, und heute früh wurde mir bestätigt, daß Michael Kelly vor fünfzehn Jahren die Ehe mit Judith Sims eingegangen ist.«

»Nun, eine Scheidung ist kein Verbrechen.«

»Von einer Scheidung ist ja gar nichts bekannt. Es hieß, Judith Kelly sei vor sieben Jahren bei einem Verkehrsunfall ums Leben gekommen. Und einen Monat, nachdem diese Nachricht in den Zeitungen gestanden hatte, heiratete Kelly eine gewisse Mollie Moore.«

»Na also! Dann ist doch für Kelly alles in Ordnung.«

»Sachte! Leider hatte die Frau, die damals das Leben verlor, mit der Judith Kelly, auf die es Mick ankam, nichts zu tun. Offenbar hat Kellys erste Frau ihren Mädchennamen angenommen und war noch am Leben, als er zum zweitenmal heiratete.«

»So ein unglückseliger Irrtum. Der Name ist ja nicht gerade selten; Mick hatte sie sicherlich aus den Augen verloren und dachte deshalb, der Unfall habe ihn von seiner Fessel befreit. Der arme Kerl!«

»Das ist der richtige Ausdruck: Der arme Kerl! Natürlich hätte er sich genau erkundigen müssen, aber einen schweren Vorwurf kann man ihm bestimmt nicht machen. Tatsache bleibt jedoch, daß er mit der zweiten Ehe Bigamie beging und daß deshalb die zweite Ehe nicht gültig ist.«

»Und nun meinen Sie, Davis sei irgendwie dahintergekommen und habe Kelly erpreßt?«

»Allerdings. Aber natürlich ist das nichts als Theorie. Fest steht jedoch, daß Kelly ein Geheimnis zu verbergen hatte, und ich kann mir vorstellen, daß er manches tun würde, die Frau, die wir neulich kennengelernt haben, zu schützen – und sie oder jemand anderen daran zu hindern, die Wahrheit herauszufinden. Das Groteske daran ist, daß gar kein Anlaß bestand, sich erpressen zu lassen – oder den Erpresser zum Schweigen zu bringen, falls er es wirklich getan haben sollte. Die Judith Kelly, die er geheiratet hatte und die sich später wieder Judith Sims nannte, ist tatsächlich vor zwei Jahren gestorben. Kelly brauchte also nichts weiter zu tun, als seiner zweiten Frau die Wahrheit zu sagen und die Verbindung zu legalisieren.«

»Aber davon wußte er wohl nichts?«

»Vom Tode der Frau kann er nichts gewußt haben. Hätte er sonst Davis Schweigegeld bezahlt?«

»Es hat ihn wirklich schwer erwischt. Trotzdem kann ich mir einfach nicht vorstellen, daß der gute Mick etwas mit dem Mord zu tun hat. Er ist ganz und gar nicht der Typ!«

»Gibt es einen Typ des Mörders? Ich selbst möchte den kennenlernen, der diesen Typ verkörpert, obwohl ich schon mehr Mörder verhaftet habe, als mir lieb ist. Ob Kelly nun den Mord beging oder nicht: in jedem Fall müssen wir ihn auf die Liste der Verdächtigen setzen.«

»Eine Liste? Haben Sie es schon zu einer ganzen Liste gebracht?«

»Nun, sehr lang ist sie noch nicht. Aber jedenfalls stellen wir Untersuchungen über jeden an, der hier ansässig ist. Was wissen Sie, Jim, von den Leuten vom Campingplatz?«

»Die Besitzer meinen Sie? George Owens und Nigel Howard? Mein Gott, die werden Sie doch nicht auf Ihre Liste setzen wollen? Die beiden kommen ja noch weniger in Frage als Kelly.«

»Das mag sein. Dennoch wäre ich froh, wenn Sie mir etwas über sie sagen könnten.«

»Ich weiß wahrhaftig nichts. Ich kenne sie erst, seit ich hier oben bin. Als ich den Posten annahm, sagte mir Purdy, ganz in der Nähe wäre ein Ferienlager, wo Annabel vermutlich wohnen könne. Ich besuchte die beiden also, als ich zum erstenmal die Stallungen hier oben besichtigte, ehe ich mich endgültig entschied. Sie gefielen mir auf den ersten Blick. Sie waren keineswegs begeistert von dem Gedanken, außerhalb der Saison eine Frau mit zwei kleinen Kindern aufzunehmen, aber sie hatten doch Verständnis für meine Lage und begriffen, daß hier oben beim besten Willen kein Platz war. Ja, sie sind wirklich grundanständige Burschen. Jedenfalls gewann ich damals diesen Eindruck, und ich habe bisher keinerlei Anlaß gesehen, ihn zu korrigieren.«

Seine Worte hatten ein wenig vorwurfsvoll geklungen, und Ross seufzte auf. Sogar Jim schien trotz seiner Erfahrungen nicht in der Lage, seine persönlichen Gefühle hintanzustellen und in jedem, der irgendwie Beziehungen zu der hiesigen Gegend hatte, einen Verdächtigen zu sehen. »Ich bin ganz Ihrer Meinung«, murmelte er. »Aber ...«

»Was aber? Haben die beiden etwa eine zweifelhafte Vergangenheit? Ich kenne George als schweigsamen Menschen, still und vielleicht sogar etwas verschlossen, nicht so frank und frei jedenfalls wie Nigel Howard. Aber trotzdem möchte ich meine Hand für ihn ins Feuer legen. Er ist grundanständig.«

»Unter ›anständig‹ verstehen nicht alle Leute genau dasselbe. Jemand, der zum Beispiel nicht im Traum daran denken würde, seinen Nachbarn zu betrügen, betrügt den Staat bei jeder denkbaren Gelegenheit – und ist noch stolz darauf!«

»Bei der Steuererklärung und so, meinen Sie?«

»Bei der Steuer, jawohl. Und beim Schmuggeln! Viele Leute schaffen mit größtem Vergnügen etwas über die Grenze, ohne Zoll zu zahlen; so schlimm wie heute scheint es in dieser Hinsicht noch nie gewesen zu sein: Transistorradios, Uhren, Rauschgift, alles kann man mit Hilfe von Seeleuten hereinschmuggeln und ein Heidengeld am Weiterverkauf verdienen.«

»Ich möchte darauf schwören, daß Nigel oder George niemals etwas so Gemeines wie Rauschgift anrühren würden.«

»Vielleicht nicht. Aber zweifellos sähen sie nichts Verwerfliches darin, zum Beispiel einen kleinen Handel mit Radioapparaten zu betreiben.«

»Radios? Mein Gott, war dies der Grund dafür, daß Sie sich gestern Lucias Apparat so eingehend betrachtet haben?«

»Richtig! Und es war auch der Grund dafür, daß ich mich mit

zwei weiteren Geräten befaßt habe, die Nigel Howard zwei Brükkenbauern besorgt hatte. Und siehe da, es fügt sich alles herrlich zusammen: auch Nigels Flüge nach Forest Harbour. Alle Welt weiß doch, daß dieser Hafen einer der Hauptumschlagplätze für Schmugglerware ist. Kein Wunder, daß sich Howard ein Flugzeug leisten kann.«

»Aber Sie haben sich das alles doch nur ausgedacht!«

»Es ist keine reine Gedankenspielerei. Die Polizei von Forest Harbour hat sich ebenfalls schon Gedanken über das praktische kleine Flugzeug gemacht. Gewiß beruht bisher alles auf bloßem Verdacht, es gibt keinerlei Beweise, aber ...«

»Und wenn schon. Wie sollte das mit Davis zusammenhängen?«

»Nun, falls er irgendwie dahinterkam, hat er vielleicht auch Howard und Owens unter Druck gesetzt.«

»Sie wollen mir doch nicht weismachen, daß Sie selbst glauben, jemand könne wegen einiger geschmuggelter Radioapparate einen Mord begehen! Und wie hätte Davis etwas davon erfahren sollen?«

»Der Himmel allein weiß, wie Erpresser zu ihrem Wissen kommen, aber Sie werden zugeben, daß Davis in gar nicht ungünstiger Lage war. Ein Briefträger ohne Gewissen kann allerlei in Erfahrung bringen. Es besteht ja gar kein Anlaß dazu, jeden Brief gleich am Tage des Eintreffens zuzustellen. Warum soll er ihn nicht mit heimnehmen und über den alterprobten Wasserkessel halten? Eines jedenfalls haben wir einwandfrei festgestellt: Davis war Erpresser. Und deshalb ist jeder Bewohner der hiesigen Gegend, der etwas zu verbergen hat, der Tat verdächtig.«

»Woher nehmen Sie aber diese Sicherheit? Sie sagen doch selbst, daß Sie keine Liste gefunden haben.«

»Nein, aber seinen Bankauszügen läßt sich einiges entnehmen. Zwei Jahre lang hat Davis mit ganz auffallender Regelmäßigkeit Beträge eingezahlt. Dabei können wir keinerlei Quellen seines Einkommens außer der Vergütung für das Austragen der Post feststellen – und sie reichte ganz gewiß nicht zur Finanzierung des feinen neuen Wagens aus, auf den er so stolz war. Nein, die Bankauszüge sprechen eindeutig dafür, daß Davis ein Erpresser war. Er machte es sehr geschickt, aber wie so viele Erpresser übertrieb er es schließlich doch.«

»Haben Sie viele Einzahlungen dieser Art festgestellt?«

»Zunächst zehn Pfund alle vierzehn Tage – offenbar Kellys Beitrag. In einem der alten Auszüge, den er sich anscheinend neuerdings noch einmal herausgesucht hatte, fanden wir ein winziges K neben der Einzahlung von zehn Pfund. Dann ist da noch ein großer Betrag, mit dem wir bisher nichts anzufangen wissen: fünfzig Pfund monatlich, ein ganz schöner Batzen. Alles andere sind kleine Summen: Ein Fünf-Pfund-Betrag taucht ganz regelmäßig jeden Monat auf, und noch einmal fünf Pfund alle vierzehn Tage. Einer dieser beiden Beträge könnte durchaus von den Besitzern des Campingplatzes stammen – und zwar vermutlich der häufiger auftretende!«

»Und der andere?«

»Das weiß ich beim besten Willen nicht. Vielleicht stammte er ebenso wie ein paar andere kleine Beträge von Auswärtigen, von Leuten, die Davis schon gekannt hatten, ehe er herkam, und die er noch immer ausnahm. Gewiß waren sie nicht so groß, daß man deswegen jemandem einen Mord zutrauen möchte – aber es sind doch schon Leute wegen weniger als fünf Pfund ermordet worden.«

»Ein Erpresser hat nichts Besseres als den Tod verdient!«

»Zugegeben! Trotz allem bleibt es Mord. Der Täter mag ein Außenseiter sein, jemand, den Davis zu oft und zu hart angegangen hatte, gewiß – aber mir kommt das unwahrscheinlich vor. Niemand hat einen fremden Wagen hier gesehen, und es steht fest, daß der Mörder recht genau über Davis' Lebensgewohnheiten Bescheid wußte. So wußte er zum Beispiel, daß er am Dienstag immer spät heimkam und jedesmal die Motorhaube öffnete und am Motor herumbastelte, ehe er die Garage verließ. Er wußte auch, daß niemand sonst auf dem ganzen Anwesen sein würde. Nein, die Möglichkeit, daß es ein Fremder war, scheint mir außerordentlich gering.«

»Wenn Sie recht haben«, fuhr Jim auf, »dann muß ich vor allem eines tun: Annabel und die Kinder von hier fortschaffen, und zwar auf der Stelle. Sie darf unter keinen Umständen weiterhin im Lager wohnen, solange Sie Howard und Owens ernsthaft verdächtigen.«

»Wenigstens hegen *Sie* keinen Verdacht gegen die beiden! Sie haben doch eben gesagt, Sie könnten es sich von keinem der beiden vorstellen!«

»Das kann ich auch nicht! Dennoch möchte ich jetzt nichts mehr riskieren. Warten Sie – da läutet gerade das Telefon. Vermutlich ruft Annabel aus dem Lager an.«

Aber er täuschte sich. Inspektor Ross wurde aus der Stadt verlangt. Wright hatte versucht, ihn unten im Lager zu erreichen, und sich dann mit der Stallung verbinden lassen. Das Gespräch dauerte ein paar Minuten, und dann kam Ross mit ernstem Gesicht zurück. »Es handelt sich um Howard und Owens«, berichtete er.

Jim schaute ihn verdutzt an. »Was soll denn mit den beiden sein? Ross, Sie müssen mir reinen Wein einschenken! Mir geht es doch um Annabel!«

»Ich habe auch gar nicht vor, Sie im unklaren zu lassen. Schließlich besagt doch unsere Abmachung, daß Sie mir nach Kräften helfen, während ich meinerseits Sie auf dem laufenden halte. Nun, Sie haben Ihre Sache gut gemacht. Niemand außer Lucia Field weiß, wer ich in Wirklichkeit bin.«

»Schon gut! Ich möchte aber im Augenblick wissen, was Sie gerade erfahren haben.«

»Die Beamten des Präsidiums haben sich mit dem Anwalt von Bert Davis in Verbindung gesetzt und erfahren, daß er Verhandlungen über den Erwerb des Geländes, auf dem sich das Ferienlager befindet, nahezu abgeschlossen hatte. Auch hatte er den beiden Inhabern des Lagers mitgeteilt, als Eigentümer würde er von ihnen erhebliche Miete verlangen, und wenn sie die nicht bezahlen wollten, müßten sie seinen Grund verlassen.«

»Donnerwetter, der Kerl war eine richtige Spinne: überall hatte er sein Netz.«

»Auch das ist ein ausreichendes Motiv für einen Mord. Als ich von ein paar Transistoren und sonstiger Schmuggelware sprach, haben Sie gelacht; aber nun sieht alles doch ganz anders aus! Das Lager am See bedeutet den beiden Männern alles, denn sie haben ihr gesamtes Hab und Gut hineingesteckt. Und sie hängen voller Stolz daran. Plötzlich aber mußten sie damit rechnen, alles aufgeben zu müssen. Die Miete jedenfalls, die Davis gefordert haben würde, hätten sie nie im Leben aufbringen können. Ebensowenig konnten sie genügend Kapital beschaffen, um den Grund selbst zu erwerben. Sie befanden sich also in einer verzweifelten Lage!«

»Dieser Halunke! Ein Glück, daß er nicht mehr lebt!«

»Ich habe Ihnen schon zugegeben, daß ich ebenso denke. Aber damit kommen wir nicht weiter. Er ist ermordet worden, und wir müssen den Mörder finden.«

»Ich gebe zu, daß es Ihnen gelungen ist, ein recht gewichtiges Motiv für Nigel und George auszugraben; aber schließlich ist das Motiv nicht alles – und ich glaube nach wie vor nicht, daß die beiden es getan haben.«

»Sie glauben nicht, daß sie ihn ermordet haben – dennoch wollen Sie Ihre Frau aus ihrer Nähe bringen. Finden Sie das konsequent, Jim?«

Jim ließ ein wütendes Knurren hören und wandte sich ab. Eine andere Antwort auf diese Frage fiel ihm nicht ein.

Ross schaute ihn mit neu erwachtem Mitgefühl an. »An Ihrer Stelle würde ich mir um Ihre Frau keine Sorgen machen. Ich wüßte wirklich nicht, inwiefern sie auch nur im geringsten in die Sache verwickelt werden könnte. Mag geschehen sein, was will: Ich bin der Überzeugung, daß Ihre Frau dort, wo sie jetzt wohnt, gut aufgehoben ist.«

»Es ist schrecklich schwierig! Schließlich habe ich meinen Posten vor allem angenommen, um ihr Ausspannung und Erholung zu ermöglichen. Ich kann aber Purdy nicht gut bitten, mich gehen zu lassen – andererseits möchte ich Annabel nicht allein heimschicken. Gewiß, Hawkins sind da; sie könnten sich ein bißchen um sie kümmern ... Aber, zum Donnerwetter: Gerade fängt sie an, die günstige Wirkung der Luftveränderung zu spüren!«

»Na also! Ich wüßte auch wirklich nicht, warum Sie ihre Erholung einfach so abbrechen müßten. In welcher Gefahr sollte sie auf dem Campingplatz schon schweben? Sie weiß nichts; sie ahnt nicht einmal, daß ich von der Polizei bin. Und was auch geschehen sein mag: Die beiden Männer haben sie gern und werden ihr bestimmt kein Haar krümmen!«

»Daran glaube ich noch fester als Sie; aber ...«

»Ich kann mir vorstellen, wie Ihnen zumute ist, Jim; aber ganz bestimmt machen Sie sich unnötigen Kummer. In jedem Falle möchte ich Sie um eines bitten: Wenn Sie darauf bestehen, Ihre Frau abreisen zu lassen, dann müssen Sie es sehr vorsichtig tun. Unter keinen Umständen möchte ich jetzt jemand aufschrecken.«

Knurriger denn je schaute Jim den Kriminalbeamten an.

»Meinen Sie etwa, ich würde herumlaufen und den Leuten auf die Nase binden, Sie verdächtigten Nigel des Mordes an Davis? Aber Annabel muß ich schließlich irgend etwas sagen. Was wohl?«

»Sie tun mir aufrichtig leid, Jim. Ich kann mich in Ihre Lage versetzen.« Plötzlich kam ihm ein Gedanke. »Wollen Sie nicht einmal mit Lucia Field reden? Sie ist der einzige Mensch, der außer uns beiden weiß, wer ich bin. Und sie ist mit Annabel befreundet. Vielleicht weiß sie einen Vorschlag zu machen.«

Wie nach einem Strohhalm griff Jim nach der Anregung. »Auf der Stelle fahre ich zu ihr. Lucia ist ein vernünftiges Mädchen. Bestimmt wird auch sie den Gedanken, Nigel habe mit dem Mord zu schaffen, lächerlich finden. Hm, womöglich wird sie vielleicht gar noch böse auf Sie! Annabel meinte nämlich, sie und Nigel ...«

Ross schaute auf; seine Stimme wurde scharf. »Auf keinen Fall dürfen Sie ihr sagen, weshalb Sie die Abreise Ihrer Frau wünschen. Keinerlei Verdacht darf laut werden. Sagen Sie einfach, die ganze Atmosphäre sei Ihnen unerträglich geworden. Auch das halte ich zwar nach wie vor für völlig unnötig, aber wenn Sie nun einmal entschlossen sind ...«

»Na schön! Allerdings meine ich, daß Sie Lucia etwas mehr vertrauen könnten. Sie mag von Nigel halten, wieviel sie will – bestimmt würde sie nichts verraten. Dabei würde sie natürlich nicht eine Sekunde lang an seine Schuld glauben. Nigel ist nämlich ein recht charmanter Bursche, und ...«

»Ja, gewiß. Wie wäre es, wenn Sie nun führen? Am besten nehmen Sie Ihren eigenen Wagen. Vielleicht muß ich mit meinem schnell weg, falls sich Neues ergibt. Aber erst begleite ich Sie zu Miss Field.«

Am liebsten hätte Jim ärgerlich widersprochen. Er ließ sich nicht gern gängeln. Ross hätte ihm ruhig ein bißchen mehr vertrauen dürfen! Plötzlich fielen ihm Annabels Worte ein: ›Hoffentlich verliert Lucia ihr Herz nicht zu sehr an Nigel. Er sieht blendend aus, hat viel Charme, aber ein wenig erinnert er mich doch an einen Playboy. Da ist dein Freund Ross doch erheblich seriöser. Wie? Hast du wirklich noch nicht gemerkt, daß auch er im Rennen liegt?‹

So also standen die Dinge. Kein Wunder, daß Philipp zugeschnappt hatte, als der Name Nigel fiel. Kein Wunder, daß er sich immer wieder in der Umgebung der Tankstelle herumdrückte und auch jetzt wieder nur zu gern die Gelegenheit zu vertraulicher Unterhaltung mit Lucia beim Schopfe packte! Verständnisvoll lächelnd holte Jim seinen kleinen Wagen aus der Garage.

»Ich mache mir Sorgen, Lucia«, begann er zehn Minuten später, als er mit Ross bei Lucia saß, die in ihrem Zimmer Rechnungen geschrieben hatte. »Sorgen um Annabel. Schon einmal hatte sie mit einem Mordfall zu tun, und es dauerte lange, bis sie alles verwinden konnte. Deshalb meine ich, es täte ihr jetzt besser, wenn sie das Lager verließe; und ich wollte Sie bitten, mir zu helfen: Könnten Sie sie wohl davon zu überzeugen suchen, daß es am besten wäre, sofort heimzufahren?«

»Aber weshalb denn, Jim? Sie ist doch denkbar gut im Lager aufgehoben, und Nigel paßt bestimmt auf sie auf.«

Jim zögerte, biß sich auf die Lippen und warf Ross einen Blick zu. Das Gesicht des Inspektors war grimmiger denn je, aber die Stimme klang verblüffend unbewegt.

»Gewiß wäre Nigel ein zuverlässiger Beschützer. Aber Annabel ist nun einmal Jims Frau, und er scheint sich seinen Entschluß reiflich überlegt zu haben.«

»Warum fragen Sie mich dann erst um Rat!« gab Lucia schnippisch zurück. Aber unter Jims gequältem Blick wurde sie sofort wieder verträglich. »Armer Jim!« sagte sie. »Alle Ihre Pläne sollen zunichte werden, und gerade in dem Augenblick, wo es Annabel so viel besser geht! Und wenn sie nun absolut nicht abreisen will? Was wollen Sie ihr denn sagen? Etwa, daß Mr. Ross Kriminalbeamter und deshalb das ganze Lager gefährdet ist? Oder daß George ein Typ ist, dem man einen Mord wohl zutrauen könne? Das alles ist doch einfach lächerlich! Demnächst werden Sie auch noch Nigel verdächtigen!«

»Ich gebe ja zu, Lucia, daß es lächerlich ist«, brachte Jim elend hervor. »Trotzdem möchte ich, daß Annabel das Lager verläßt. Und ins Gestüt kann ich sie nicht hinaufholen. Dort gibt es nur ein winziges Schlafzimmerchen, und James kann man bei Pferden nicht ohne Aufsicht lassen. Deshalb muß Annabel nach Haus, und Sie müssen sich etwas einfallen lassen, wie es sich bewerkstelligen läßt.«

»Ich denke nicht daran! Männer, die selbstherrlich glauben, ihre kleine Frau herumkommandieren zu können, mag ich gerade leiden!«

»Lucia, hören Sie doch! So ist es ja überhaupt nicht! Trauen Sie mir wirklich zu, daß ich Annabel tyrannisieren möchte? Meinen Sie, ich wollte sie freiwillig wegschicken? Der Gedanke ist mir selbst scheußlich, aber ...«

»Halt, machen Sie Schluß: Ich kann Helden nicht weinen sehen! Warten Sie – mir fällt etwas ein! Falls Mr. Ross sie aus dem Campingplatz haben möchte, damit er freies Schußfeld hat, damit er weiter alle Welt verdächtigen und überall Unbehagen verbreiten kann ... – »Nur ungern unterbreche ich Ihren empörten Wortschwall«, fiel Ross ihr milde ins Wort. »Aber ich muß darauf hinweisen, daß ich nicht im mindesten den Wunsch habe, Mrs. Middleton aus ihrem Ferienheim zu drängen. Ich habe Jim eindeutig zu verstehen gegeben, daß ich dies für vollkommen überflüssig halte.«

Lucia warf ihm einen kurzen und äußerst verwirrenden Blick zu und wandte sich dann wieder an Jim. »Warum sollte Annabel nicht mit den Kindern zu mir ziehen? Ich habe ein hinreichend großes Zimmer für sie und Eve, und James kann dort auf dem Sofa schlafen. Ich würde mich über die Einquartierung herzlich freuen. Bitte, bringen Sie sie mir!«

Jims Gesicht strahlte auf, und mit aufrichtiger Bewunderung schaute er das Mädchen an. Großartig! Hier würde Annabel vollkommen sicher sein. Hier konnte sie abwarten, bis all das Schreckliche ausgestanden und Nigels und Georges Unschuld sich erwiesen hatte. Nun brauchte sie ihre Erholung nicht abzubrechen, sie würde es sogar von hier aus näher zu den Stallungen haben als vom Lager am See. Und die beiden Freundinnen brauchten unter Lens und Rosies Schutz nichts zu befürchten. Len? Einen Augenblick lang stutzte Jim: Stand Len eigentlich nicht unter Verdacht? Ja oder nein? Jim rauchte der Kopf. Er wollte ganz gewiß niemanden anschwärzen. Aber schließlich lag es nicht ferner, den jungen Mann zu verdächtigen, als Nigel oder Kelly – mochte Ross auch sagen, was immer er wollte!

»Sie sind großartig, Lucia!« rief er begeistert. »Würden Sie das wirklich tun? Natürlich nur für ein paar Tage! Aber macht es Ihnen nicht zu viel Umstände? Immerhin kennen Sie Annabel erst knapp vierzehn Tage. Meinen Sie tatsächlich, daß Sie auch die beiden Kleinen ertragen könnten? James kann ein kleiner Satan sein!«

»Ertragen? Was glauben Sie von mir! Ich wäre glücklich. James wird sich bei Len wohl fühlen; und da ist ja noch Rosie, die ihm der beste Spielkamerad sein wird. Und Eve ist doch so süß! Ich wäre richtig froh, wenn Annabel käme, Jim. Deshalb fahren Sie schnell zu ihr und sagen Sie ihr, sie solle packen und herkommen!«

Plötzlich aber schaute Jim von neuem betreten drein. »Was soll ich ihr eigentlich sagen? Sie weiß ja nicht einmal, wer Philipp ist. Und er will auch unter keinen Umständen, daß sie es erfährt. Wie könnte ich ihr plausibel machen, daß sie ihren Wigwam räumen soll?«

Lucia wußte Rat. »Sagen Sie ihr doch einfach, ich bekäme es mit der Angst zu tun und das ganze Getue mit dem Mord ginge mir auf die Nerven. Ich sei halt ein dummes Stadtmädchen, das die schreckliche Einsamkeit hier schlecht vertragen könne. Sagen Sie, ich fürchtete mich vor dem plötzlichen Auftauchen von Kriminalbeamten, weil ich alle Polizisten gräßlich fände!« Ihr Gesicht zeigte jenen herausfordernden Ausdruck, der Inspektor Wright so amüsiert hatte.

Auch Jim fiel dieser Blick auf, und er dachte: ›Donnerwetter, vielleicht ist es doch gar nicht Nigel!‹ Laut aber erklärte er voller Dankbarkeit: »Gut. Ich werde ihr also sagen, Sie fühlten sich zu allein hier, und Sie hätten Angst. Annabel solle doch für ein paar Tage, bis zur Entlarvung des Mörders, zu Ihnen ziehen. Eine ausgezeichnete Idee! Vielen herzlichen Dank, Lucia!«

»Nichts zu danken! Ich freue mich schrecklich. Ein Glück allerdings, daß Mrs. Wharton heute abreist; sie wäre doch ein bißchen im Wege gewesen!«

ELFTES KAPITEL

»Es ist reizend von Ihnen, liebe Lucia!« versicherte Annabel eine halbe Stunde später mit einiger Verblüffung in der Stimme. »Und wenn Ihnen so zumute ist, dann ... Aber ich hätte doch nie erwartet, daß Sie so ängstlich sind. Haben Sie nicht einmal behauptet, Sie wüßten gar nicht, was Angst überhaupt sei?«

»Habe ich das gesagt? Dann war es ja pure Angabe!« gab Lucia mit fester Stimme zurück. »Vielleicht verliere ich aber auch nur die Nerven, weil die Polizei keine Fortschritte macht. Eigentlich hätte man doch erwarten dürfen, daß der Verbrecher inzwischen hinter Schloß und Riegel säße. Ich möchte doch wissen, wie das weitergehen soll.«

Bei diesen Worten warf Jim einen unbehaglichen Blick auf Ross, der ganz in den Ausblick auf den See versunken schien. »Vermutlich hat die Polizei ihre eigenen Methoden!« erklärte er hastig. »Bestimmt kann man sich auf sie verlassen. Passen Sie auf: Eines Morgens wachen Sie auf und stellen fest, daß der ganze Fall gelöst ist!«

»Da bin ich aber gespannt!« Sofort kehrte Lucia zum Ausgangspunkt der Unterhaltung zurück. »Sollte es einmal so weit sein, dann werde ich mich bestimmt wieder beruhigen – aber ich wäre doch sehr froh, Annabel, wenn Sie bis dahin ein paar Tage herüberkämen. Das Häuschen ist gar nicht so übel, und ich kann Ihnen ein ausreichend großes Zimmer einrichten. Außerdem haben wir Len und Rosie, die auf uns aufpassen werden.«

»Ein bewundernswerter Einfall!« posaunte Mrs. Wharton heraus, die nun länger, als sie es gewohnt war, von der Unterhaltung ausgeschlossen gewesen war. »Der Lagerplatz hier ist für mein Empfinden recht einsam. Es gab Zeiten, da habe sogar ich den ungünstigen Einfluß auf meine Arbeitskraft gespürt.«

»Aber Mutter!« rief Annabel erschüttert aus. »Wie kannst du so etwas sagen? Alle sind doch so nett und freundlich.«

»Ich weiß nicht recht«, stieß Lucia mit lausbübischer Freude nach. »Ich möchte Mrs. Wharton nicht so ganz unrecht geben. Mir ist ganz genau wie ihr zumute; als streiche jemand umher, der unter allen Umständen Unruhe stiften wolle. Jemand, der niemandem seinen Frieden läßt, der ...«

In diesem Augenblick wurde Jim von einem so heftigen Hustenanfall gepackt, daß Annabel ihn besorgt anstarrte und der Befürchtung Ausdruck gab, er habe sich wohl schwer erkältet. Trotzdem würde er natürlich nicht daran denken, sich zu pflegen, sondern es sich nicht nehmen lassen, auch mitten in der Nacht nach seinen dummen Pferden zu schauen, damit ja nicht etwa jemand Gelegenheit hätte, sie zu vergiften oder die Stallung niederzubrennen.

Dann erst begriff sie voller Schrecken, was die Ursache dafür war, und sie fuhr hastig fort: »Also schön, Lucia: Wenn Sie ehrlich Wert darauf legen, uns ein paar Tage zu beherbergen, dann packe ich jetzt sofort. Aber vor dem Aufbruch muß ich noch mit Nigel und George sprechen: Ich möchte das Häuschen weiter mieten, denn ich komme bestimmt wieder zurück. Die beiden waren immer so nett zu den Kindern und mir, so richtig lieb und gut.«

»Lieb und gut wie Lämmer, wie?« knurrte Augusta. »Aber es

gibt Wölfe, die sich in Schafspelze hüllen! Ich jedenfalls bleibe dabei, daß hier etwas unheimlich ist!«

Annabel brach in ganz respektloses Gelächter aus. »Köstlich, Mutter, einfach wundervoll! Wer mag wohl der Wolf sein? Der gutmütige, reizende Nigel, oder der liebe knurrige George?«

»Keiner von beiden, möchte ich sagen«, warf Lucia mit einem Seitenblick auf Philipp Ross ein. »Trotzdem ...«

Mit einem Ruck stand Ross auf und erklärte, er müsse dringend nach Lakeville fahren. Jim begleitete ihn hinaus. Ohne Überraschung hörte er den Kriminalbeamten vor sich hinknurren: »Dieses Mädel! Immerzu muß es hart an der Grenze des Erlaubten dahinreden! Gewiß hat sie nichts verraten – aber manchmal wurde das Eis doch verdammt dünn!«

Jim konnte ihm nicht widersprechen. Lucia übertrieb die Rolle der mutwilligen Zofe doch ein wenig. Er hatte den Eindruck, daß Annabel Verdacht schöpfte.

Inzwischen war Annabel dabei, die Koffer zu packen. »Ich brauche nicht viel. Denn ich denke nicht daran, mich mit meiner schrecklichen Familie auf ewig bei Ihnen einzunisten. Sobald die Luft wieder rein ist, kehre ich hierher zurück. So, und nun sage ich noch schnell Nigel Bescheid.«

Aber sie wurde in ihrem Vorhaben unterbrochen. Gleich einer Tragödin rauschte Mrs. Wharton herein. Ihre eigene Abreise war doch tatsächlich ganz in Vergessenheit geraten! Das Jungvolk amüsierte sich, und die eigene Tochter dachte nicht mehr daran, daß nun der Abschied von der leiblichen Mutter bevorstand! In empörten Worten drückte sie ihre scharfe Mißbilligung solchen Betragens aus, und pflichtschuldigst bemühte sich Annabel, ein zerknirschtes Gesicht aufzusetzen, während sie Lucia zuflüsterte: »Helfen Sie mir! Sprechen Sie von ihren Büchern!«

Qualvolle zehn Minuten folgten, während deren sich Lucia bemüßigt sah, um Autogramme in drei Romane, die sie allesamt nicht gelesen hatte, zu bitten. Keinen davon besaß sie, aber als Augusta Wharton sie rundweg aufforderte, ihr die Exemplare baldigst zuzusenden, da sah sie bedrückt ein, daß sie sie wirklich würde kaufen müssen.

»Armes Kind!« murmelte Annabel boshaft, während sie die

Koffer der Mutter zum Auto schleppten. »Es ist ein teurer Spaß, Mutter zu besänftigen. Aber ich habe noch ein paar Bücher von ihr in Reserve und kann Sie entlasten!«

Die gefeierte Schriftstellerin war längst besänftigt und saß huldvoll lächelnd hinter dem Steuer, von wo aus sie all und jedem einen majestätischen Abschiedsgruß zuwinkte. Voll ruhiger Sicherheit betätigte sie den Anlasser ihres Straßenkreuzers und schob den Gang ein. Ein dumpfes Brummen folgte – aber das Auto bewegte sich nicht von der Stelle.

»Was ist denn nun los?« brauste Augusta in heller Empörung auf.

Jim, der soeben aufgebrochen war, um Nigel zu suchen, kam eilig zurück und öffnete mit kundigem Blick die Motorhaube, was Annabel zu der boshaften Bemerkung veranlaßte: »Aber, Liebster, du weißt doch ganz genau, daß du in dieser Hinsicht hoffnungslos unbegabt bist. Ja, wenn es ein Pferd wäre, dann hättest du es bestimmt schnell wieder flott!«

Ungebrochen würdevoll machte Jim dem soeben herantretenden Nigel Platz; das Lärmen des Motors, der unter Augustas erregten Griffen empört aufbrüllte, hatte ihn herbeigerufen. Während er sich über den Motor beugte, schoß Annabel den nächsten Pfeil auf ihren Mann ab: »Das ist gleich etwas ganz anderes; Nigel versteht sich halt auf Motoren. Aber seltsam, liebste Mutter! Was mag deinem schönen neuen Wagen nur fehlen?«

Mrs. Wharton litt sämtliche Qualen tödlicher Beleidigung eines Menschen, der einen Haufen Geld für einen neuen Wagen bezahlt hat und nun zu der Überzeugung kommt, daß man ihn ungeheuerlich hereingelegt hat.

Sie begann, wie jede Frau in einer solchen Lage zu beginnen pflegt: »Noch niemals hat er mich im Stich gelassen, nicht ein einziges Mal ausgesetzt! Ich begreife gar nicht, was los ist! Ich sagte ja: Etwas Unheimliches ...«

»Ganz bestimmt«, fiel ihr Annabel mit übermäßig lauter Stimme ins Wort, während sie der Mutter aufgeregt ein Zeichen gab und zu Nigel hinübernickte, »ist es nur eine Kleinigkeit, die Nigel schnell finden wird. Er kennt sich mit Motoren aus. Außerdem haben wir ja auch noch Len in Reserve. Er wird mit jedem Schaden fertig. Haben Sie etwas gefunden, Nigel?«

Howard schüttelte den Kopf. »Leider nicht. Ich glaube, am besten lassen wir Len einmal nachschauen. Wenn es Ihnen recht ist, Mrs. Wharton, dann schleppe ich Sie schnell zur Tankstelle hinüber.«

»Das ist lieb von Ihnen«, erklärte Annabel hastig, während sie die Mutter mit einem vorwurfsvollen Blick im Schach hielt. »Das wäre wohl das beste: Unser Wagen ist nicht sehr stark, und der von Lucia auch nicht. Außerdem möchten wir ja auch noch Eves Kinderwagen mitnehmen. Jim hat Ihnen bestimmt schon gesagt, Nigel, daß ich für ein paar Tage zu Lucia ziehe, bis der gräßliche Mörder gefaßt ist. Sie wohnt drüben sehr allein und ist ein bißchen nervös.«

»Kein Wunder!« erwiderte Howard verständnisvoll. »Auch ich finde, daß ein junges Mädchen nicht ganz allein bleiben sollte, nicht einmal in Lens Nähe; erst mag die Polizei endlich aufwachen und die Luft hier wieder reinigen.«

»Glauben Sie nicht«, warf Lucia ein, »daß die Polizei ziemlich fest davon überzeugt ist, der Mord sei von jemandem verübt worden, der inzwischen über alle Berge ist? Mir jedenfalls leuchtet dies am allermeisten ein.«

»Das ist auch meine Meinung«, stimmte Annabel besänftigend zu. »Niemand hier aus der Gegend wäre einer solchen Tat fähig. Bestimmt zieht man schon das Netz um jemanden in der Stadt zusammen, und deshalb läßt man uns hier in Ruhe. Ich bin sicher, daß die Polizei inzwischen schon ganz klarsieht.«

Jim wich Lucias Augen aus, und seine Stimme klang sehr laut: »Der Gedanke ist recht tröstlich. Trotzdem ist es besser, wenn du während der nächsten Tage bei Lucia bleibst. Aber nun wollen wir aufbrechen, mein Kind. Ich muß zum Gestüt hinauf; ›Raubritter‹ ist auf der Koppel.«

»Da muß ich mich allerdings beeilen! Sie sehen, Lucia, wie gut ich meinen Platz kenne: Ich rangiere erst ein ganzes Stück hinter den Pferden!« Sie lachte Jim ins beleidigte Gesicht und lief in die Hütte zurück.

Hilfsbereit holte Nigel seinen Wagen herbei, und bald setzte sich die Kolonne in Bewegung. Noch immer würdevoll, dabei jedoch nur um so empörter über das Versagen ihres Wagens, saß Mrs. Wharton gleich einer beleidigten Majestät hinter dem Steuer, und so wenig schenkte sie dem Zugseil Beachtung, daß sie es beim Bergabfahren überrollte. Beim ersten Ansteigen verhedderte es sich prompt. Mit endlos taktvollem Bemühen jedoch brachte Nigel es fertig, den Wagen wohlbehalten zur Tankstelle zu schleppen und Mrs. Wharton Len zu überantworten.

Als Lucia wenig später zusammen mit Jim und seiner Familie im eigenen Wagen eintraf, wischte sich der Tankwart gerade die Hände an einem schmutzigen Lappen ab und schüttelte bedauernd den Kopf.

»Es tut mir schrecklich leid«, erklärte er höflich, aber doch furchtsam unter Augustas befehlsgewohntem Auge. »Leider kann ich kaum etwas tun. Es liegt an der Kupplung. Wir werden morgen in Lakeville anrufen müssen, damit die dortige Werkstatt den Wagen abschleppen läßt!«

»Und was soll ich inzwischen tun?« fuhr Augusta ungehalten auf. »Nein, Lucia, ich denke nicht daran, in das gräßliche Lager zurückzukehren. Nach wie vor bin ich der Überzeugung, daß dort finstere Kräfte am Werk sind.«

»Aber, liebste Mutter, das ist doch der helle Wahnsinn!« wandte Annabel ein, froh darüber, daß Nigel bereits heimgekehrt war. »Wer sollte denn hinter derartigen Kräften stecken?«

»Der andere Mann, möchte ich annehmen!« erklärte Augusta überraschend. »George heißt er wohl. Als ich neulich einmal geräuschlos in Pantoffeln in die Küche kam, um mir heißes Wasser für die Wärmflasche zu holen, da flüsterte George, kaum daß er mich erblickte, Nigel deutlich hörbar zu, er solle den Mund halten – und zwar auf äußerst verdächtige Weise! Ich bin sicher, daß dort etwas Untergründiges im Gange ist!«

»Aber Mutter!« rief Annabel verzweifelt aus. »Was hat denn das mit deinem Wagen zu tun? Schließlich hat doch jedes Auto einmal eine Panne.«

»Meine Autos haben keine!« erklärte Augusta großartig, und Annabel warf ihrem Gatten einen verständnisinnigen Blick zu.

»Am besten wäre es aber vermutlich doch«, mischte Jim sich ein, »wenn du zum Campingplatz zurückführest. Lucia hat nur ein Zimmer frei, und sie kann dich beim besten Willen nicht mehr aufnehmen.«

»Allein in der Bude soll ich schlafen? Nicht im Traume fiele mir das ein! Wer garantiert mir, daß sich der Mörder nicht längst wieder im Lande befindet? Nein, ich bleibe hier!«

»Aber wie ...«, begann Jim von neuem, aber seine Schwiegermutter brachte ihn schnell zum Schweigen – mit der fürchterlichen Drohung, im Notfalle in das Häuschen neben den Stallungen oben auf dem Berg zu ziehen.

»Mutter!« schrie Annabel erschrocken auf. »Da gibt es doch nur ein winziges Schlafkämmerchen und eine Kochnische von der Größe eines Schrankes. Da hast du wirklich keinen Platz.«

»Schließlich ist ja auch noch der Stall da!« verkündete Augusta unbewegt. »Jim behauptet doch immer, seinen geliebten Pferden könne er gar nicht nahe genug sein!«

Inzwischen war es Lucia gelungen, einen drohenden Ausbruch hemmungslosen Lachens einigermaßen in die Gewalt zu bekommen, und sie erklärte: »Aber ich habe doch das Sofa dort, Mrs. Wharton! Darauf kann ich ohne weiteres schlafen, und Sie können mein Zimmer bekommen. James paßt vielleicht noch zu Ihnen ins Bett, Annabel, nicht wahr?«

Der Vorschlag fand jedoch keineswegs James' Zustimmung. Er wolle nicht bei Mutti schlafen, schrie er. Er schliefe bei Len!

Len schaute ziemlich zerschmettert drein. Aber sofort hellte sein Gesicht sich wieder auf, und er schlug höflich vor: »Sie brauchen sich keine Umstände zu machen, Luce! Auf dem Dachboden über der Garage steht ein Feldbett, in dem ich gut schlafen kann. Dann steht Mrs. Wharton mein Bett zur Verfügung!«

Augusta schnaubte auf, aber Annabel kam ihr zuvor: »Das ist aber reizend von Ihnen, Len. Bestimmt wird sich Mutter sehr wohl fühlen; ich weiß ja, wie nett Sie Ihr Zimmer halten. Komm, Mutter. Sieh es dir nur einmal an!«

Zaudernd ließ die gefeierte Dichterin sich in Lens Zimmer führen. Kaum war sie mit ihrer Tochter außer Hörweite der andern, da beklagte sie sich bitter: »Es ist mir nicht gerade angemessen, im Zimmer eines Bediensteten zu nächtigen! Warum zieht nicht deine Freundin Lucia um?«

»Das kommt nicht in Frage, Mutter!« stieß Annabel mit ungewohnter Entschiedenheit hervor. »Ich denke nicht daran, Lucia aus ihrem eigenen Haus zu vertreiben! Du kannst doch froh sein, daß du überhaupt ein Bett bekommst! Stell dir vor, dein Wagen hätte dich weit von hier entfernt auf der Landstraße im Stich gelassen!«

»Ich hätte mir zu helfen gewußt!« versicherte Augusta hoheitsvoll. »Der Geist des Pioniers in mir ist noch immer recht lebendig!«

»Dann hast du jetzt die rechte Gelegenheit, ihn zu beweisen! Übrigens: Sieh dir doch nur das Zimmerchen an, wie freundlich und sauber es ist! Und Bettzeug kann Lucia dir geben, soviel du willst!«

Augusta begutachtete den Raum, und ihr Gesicht hellte sich auf. Annabel nutzte die günstige Gelegenheit weidlich aus. »Und was für ein Romanstoff bietet sich dir da an: Übernachtung im Schatten der Tankstelle! Mutter, unbedingt mußt du die Heldin deines nächsten Buches in diese Lage bringen. Welche Abenteuer könnte sie hier erleben!«

Mrs. Wharton lächelte beglückt. »Abenteuer ... eine ganze Nacht hindurch.« Und sofort fügte sie ein wenig bedauernd hinzu: »Aber natürlich nicht mit Len. Sondern mit einem dunkelhaarigen Fremden!«

Alles andere klappte reibungslos. Mit liebenswürdiger Geste, wie sie ihr zuweilen ganz überraschend zu Gebote stand, ging Augusta zu Len zurück und dankte ihm herzlich dafür, daß er ihr sein Zimmer zur Verfügung stellte; in dankbarer Anerkennung erlaubte sie ihm, ihre drei ansehnlichen Schrankkoffer hinunterzuwuchten. Inzwischen kämpfte Annabel im Haus gegen das Ungestüm ihres Söhnchens.

»Nein, du darfst kein Benzin in das Auto füllen! Pumpen sind nichts für kleine Kinder! Nein, das Buch gehört Lucia; leg es sofort wieder hin! Nein, Rosie bekommt kein Schokoladenplätzchen; die habe ich Lucia mitgebracht!«

Endlich entwischte ihr der Junge, und Lucia berichtete später, daß er Len beim Säubern der Garage und beim Aufstellen des Feldbettes begeistert half. »Er ist gut aufgehoben. Len paßt schon auf ihn auf! Im Augenblick versenken sie sich gerade beide in einen ganzen Stapel alter Rennzeitschriften, die Len oben auf dem Dachboden gefunden hat. Offenbar hat Onkel Peter in seiner lotterhaften Jugend auch für Pferde geschwärmt!«

In der Garage schmökerte Len aufmerksam in einer alten Nummer einer englischen Turfzeitschrift, während James ihm gegenübersaß und seine Versunkenheit imitierte.

»Komisch!« murmelte Len plötzlich. »Ich möchte wetten, daß das Mr. Purdy ist, in jungen Jahren zwar, aber doch unverkennbar! Dabei hat er nie erzählt, daß er mal Jockei war, und auch von Ceylon hat er kein Wort gesagt!«

James sprang auf und schaute ernsthaft über Lens Schulter auf die ganzseitige Aufnahme eines großen, anscheinend mächtig stolzen Rennpferdes, das von einem schmächtigen Rennreiter am Zügel gehalten wurde. »Die Stute ›Martha‹, die in der vorigen Woche im Mittelpunkt eines Dopingskandals stand. Die Aufnahme wurde nach ihrem ersten Sieg im Rennen der Zweijährigen in Colombo gemacht«, las Len seinem kleinen Freund laut vor, der weise mit allen Anzeichen lebhaftesten Interesses nickte.

»Vor allem das Haar erinnert an ihn, mit den beiden Wirbeln, und der Ohransatz ist ebenfalls ganz der gleiche. Ich muß ihm das Bild einmal zeigen und ihn fragen, ob er es wirklich ist!«

»Da kommt Mutti!« rief James.

»Wie nett von Ihnen, Len, daß Sie meiner Mutter das Zimmer überlassen!« Annabel kam auf den jungen Mann zu. »Werden Sie es hier auch gemütlich genug haben?«

»Unbedingt, Mrs. Middleton. Und oben habe ich sogar einen dicken Stapel Zeitschriften gefunden, meist über Rennen und so! Das ist herrlich.«

»Da können Sie sich ja ein bißchen für Ihre Wetten anregen lassen!« Damit packte sie die zaudernde Hand ihres Sprößlings und zerrte ihn, ohne auf seine alsbald laut werdenden Protestrufe zu achten, aus der Garage.

Len ließ sich auf sein bereits halbfertig gemachtes Bett sinken und gab sich wieder seinen Studien hin. Als wenige Minuten später ein Wagen draußen hielt, erhob er sich nur zögernd. Kaum aber erkannte er den Mann hinterm Steuer, da rannte er eilig hinaus.

»Guten Tag, Mr. Purdy! Zwanzig Liter ...? Übrigens möchte ich Ihnen etwas zeigen!«

Nachdem der Tank gefüllt war, lief er das Wechselgeld holen und brachte die Zeitschrift mit dem Foto der Stute ›Martha‹ mit. Eifrig hielt er es Purdy hin.

»Sind das nicht Sie? Der Jockei sieht Ihnen ungemein ähnlich.«

Purdy schüttelte entschieden den Kopf.

»Das hat nichts mit mir zu tun. Ich bin nie im Leben in Ceylon gewesen.« – Enttäuscht ließ Len den Blick von der Zeitschrift zu Purdy und wieder zurück wandern.

»Komisch, wie? Hier, sehen Sie doch: Das Haar wächst genau wie Ihres!«

»Unsinn!« rief Purdy nachdrücklich. »Ich sage doch, daß ich nie im Leben außerhalb Neuseelands war; nur ein einziges Mal habe ich als Junge zwei Pferde nach Australien begleitet. Lassen Sie nur Ihre Einbildungskraft nicht mit Ihnen durchgehen, Len! Halten Sie sich lieber an Rennzeitschriften von heute!«

Len schien völlig verhagelt. Purdy machte sonst immer einen so fröhlichen Eindruck. Heute aber war er offenbar schlecht gelaunt.

»Nun, da habe ich mich also getäuscht. Aber der Mann sieht Ihnen wirklich schrecklich ähnlich, entschuldigen Sie, Mr. Purdy!«

Der Reiter blickte ihn etwas freundlicher an.

»Wo haben Sie denn die alten Dinger aufgestöbert?« fragte er in begütigendem Ton.

»Oben auf dem Dachboden über der Garage; eine ganze Kiste voller Zeitschriften steht da. Peter hat sie wohl gesammelt.«

»Hier sieht es ja ganz so aus, als hätten Sie heute nacht Hochbetrieb! All die vielen Wagen ...«

»Nun, Mrs. Whartons Wagen hat versagt, und deshalb muß sie noch bleiben. Und ihre Tochter, Mrs. Middleton, ist zu uns gezogen, weil Luce sich zu einsam fühlt. Sobald der Mörder gefaßt ist, zieht sie wieder aus.«

Purdy knallte die Tür seines Wagens zu. »Sobald er gefaßt ist .. Humbug! Die Polizisten werden im Leben niemanden erwischen, der sich hier im Busch verkriecht.«

»Meinen Sie, er hielte sich in der Nähe auf, Mr. Purdy? Das habe ich Luce gleich am ersten Tag versichert. Wenn er sich im Busch versteckt, dann finden sie ihn nie und nimmer, das glaube ich auch.«

»Ich meine überhaupt nichts in dieser Hinsicht!« Purdys alter Zorn flammte wieder auf. »Und ich habe keine Zeit, mich hier aufzuhalten und darüber zu schwatzen. Ich will zum Gestüt hinauf und habe es eilig.«

Ohne Abschiedsgruß und ohne den üblichen Renntip zum kommenden Wochenende warf er den Gang ein und fuhr mit hartem Ruck ab.

Bis tief in die Nacht hinein saßen Annabel und Lucia noch zusammen, lange nachdem Augusta sich in Lens Zimmer zurückgezogen hatte. Vertraulicher, als sie es je vorher getan hatten, tauschten sie ihre intimsten Geheimnisse aus.

»Da siehst du«, meinte Lucia endlich, »wie wenig ich von den Männern weiß!« Mit dieser knappen Zusammenfassung der Lehre, die sie aus den jüngsten Erfahrungen ihres kurzen Lebens gezogen hatte, sprang sie flink auf die Füße. »Aber nun wollen wir zu Bett gehen. Wir tragen James hier auf das Sofa, und dann wirst du mit Eve hoffentlich gut schlafen.«

Eine halbe Stunde später waren Haus und Tankstelle in Dunkelheit gehüllt. In Lens Zimmer schnarchte Augusta Wharton mit einer Hingabe, die an einer Frau, die angeblich stets schlecht schlief, höchst verwunderlich war, und auf seinem Feldbett in der Garage träumte Len von einem Ritt auf einem kurzatmigen Pferd, das unter rhythmischem Keuchen einer Ziellinie zustrebte, die sich ständig weiter entfernte.

Im Häuschen oben schlummerten die Kinder friedlich, und Annabel ruhte gelöst neben ihrem Töchterchen. Nur Lucia fand keinen Schlaf.

Die Unterhaltung mit Annabel hatte manche Erinnerung erweckt, und plötzlich kam ihr voll zum Bewußtsein, wie weit entfernt inzwischen das ganze frühere Leben im Elternhaus, wie weit auch die Bücherei und Wayne Norton zurück lagen. Sogar an Onkel Peter dachte sie nur im Zusammenhang mit der Garage. Wie eigensüchtig sie doch war! Aber sogleich sprang sie sich selbst verteidigend bei: ›Aber es geht ihm ja besser, als wir alle zu hoffen gewagt hatten, und erst vor zwei Tagen habe ich ihm einen ausführlichen Brief geschrieben und restlos alles berichtet.‹ Damit kehrten ihre Gedanken erneut zur unmittelbaren Gegenwart zurück.

Fast konnte sie selbst es nicht glauben, wie kurze Zeit sie erst hier oben war; erst vierzehn Tage waren vergangen, seit sie Nigel Howard kennengelernt hatte; erst zehn Tage, seit Philipp Ross die Tankstelle besucht und sie so überheblich behandelt hatte! Noch jetzt benahm er sich zuweilen arg hochnäsig. Erst heute nachmittag hatte er sie wieder durchdringend angesehen, als sie der Polizei durch die Blume die Meinung gesagt hatte. Alles in allem war er zweifellos ein unangenehmer Zeitgenosse, und doch ...

In diesem Augenblick knurrte Rosie leise, und Lucia setzte sich im Bett auf. Niemals meldete sich der Hund bei Nacht, und fast niemals rührte er sich überhaupt. Was war da los? Schon berührte Lucias Hand den Schalter, um Licht zu machen, dann aber zögerte sie. Mit drei flinken Schritten war das Mädchen am Fenster und schob den Vorhang beiseite. Einen Wagen konnte Lucia nicht entdecken, dennoch hatte sie den Eindruck, daß sich irgend etwas verstohlen bewegte. Sie ergriff die Taschenlampe und schaltete sie ein. Nun sah sie auch Rosie: Der Hund stand an der Tür und beschnupperte den Spalt darunter, während er mit gesträubten Nackenhaaren das seltsame, asthmatische Knurren hervorstieß. Ganz still war es im Haus, und auch draußen war kein Laut zu vernehmen. Vielleicht war alles nur pure Einbildung, und Rosie wollte nur die Aufmerksamkeit auf sich lenken. Leise öffnete Lucia die Tür, und sofort schoß der große Hund an ihr vorbei ins Freie. Niemals hätte das Mädchen ihm zugetraut, daß er sich so flink und geräuschlos bewegen konnte.

Und dann brach die Hölle los. Schreckliche Knurrlaute der wütenden Rosie erklangen von der Garage her, krachend knallte das Garagentor zu, und gellend schrie jemand um Hilfe.

Nur eine Sekunde zögerte Lucia, aber in dieser kurzen Zeit vernahm sie das Tapsen eiliger Füße und dann Rosies langsam in der Ferne verklingendes Bellen. Das gellende Schreien hörte nicht auf, und hin und wieder unterschied man jetzt sogar ein paar Wörter. »Hilfe! Mörder!« Eben wollte Lucia beherzt in die Finsternis springen, als hinter ihr Annabel auftauchte. Verschlafen und noch ganz benommen wimmerte sie: »Was ist denn los? Wer schreit da?« Dann aber erwachte sie plötzlich mit einem Ruck. »Lucia! Das war ja Mutter! Man hat ihr etwas angetan!« Und eilends rannten die beiden jungen Frauen barfüßig durchs taunasse Gras zur Tankstelle hinunter.

Noch immer waren die Schreie nicht verstummt. Mrs. Whartons Lungen waren erfreulich kräftig, und Lucia schloß daraus, daß die Dame bisher nicht ermordet war. Aber irgend jemand war bestimmt da, und anscheinend hatte der Betreffende sie angegriffen. War es denkbar, daß Rosie noch gerade zurechtgekommen war, um einen zweiten Mord zu verhindern?

Annabel beugte sich über ihre Mutter, die inzwischen das gellende Schreien eingestellt hatte und sich einem gedämpften, tragischen Stöhnen hingab. Endlich brachte sie ein paar Worte hervor – so dramatische Worte, daß die Tochter sich aufrichtete und Lucia zuflüsterte: »Alles in Ordnung! Sie ist nicht verletzt!«

»Bestimmt nicht?«

»Nein! Sie fängt bereits an, eine Szene zu spielen.«

»Zu Boden geworfen!« stöhnte die Dichterin. »Im Dunkeln niedergetreten. Eine entsetzliche Gegend. Mörder um und um!«

In diesem tragischen Augenblick kehrt Rosie bei bester Laune zurück, offenbar froh, daß sie wieder daheim war, wenngleich enttäuscht, weil sie ihr Wild im Finstern verloren hatte. Sie sprang Lucia an und warf sie fast um, und dann leckte sie Mrs. Wharton um Entschuldigung bittend die Wange. Das ging zu weit! Augusta setzte sich auf und bat in würdevoller Empörung, man möge ihr zu Bett helfen.

»Aber wie kamst du nur dazu, liebste Mutter, mitten in der Nacht, im Nachthemd, hier herumzuschleichen?« fragte Annabel unvorsichtigerweise, während sie ihrer Mutter auf die Füße half.

Die taktlose Bemerkung verfehlte ihre Wirkung nicht. Augusta schüttelte die Hand der Tochter ab, und ihre Stimme schwoll zu wahrem Theaterdonner an. »Herumschleichen! Ha! Sieht es mir ähnlich, bei Nacht herumzuschleichen? Zu euer aller Glück döste ich nur im Halbschlaf vor mich hin. Deshalb vernahm ich sogleich ein eigenartiges Schlurfen, und sofort wurde mir klar, daß neues Morden nahe war! Ohne die leiseste Angst zu haben, kam ich heraus, um euch zu beschützen. So, und nun sage noch einmal, ich sei geschlichen!« Theatralisch wankend schickte sie sich an, zu ihrem Bett zu schreiten. Zerknirscht lief Annabel ihr nach und ergriff ihren Arm. Lucia aber dachte: ›Quatsch, sie hat Angst bekommen und ist hinausgelaufen, um Len zu rufen!‹

Len? Plötzliches Erschrecken überfiel sie. Was mochte Len zugestoßen sein? Warum war er nicht längst zu Hilfe gekommen? Mit einem Schlage war Augusta vergessen, und Lucia stürmte auf das offenstehende Garagentor zu. »Len!« schrie sie. »Len! Ist Ihnen etwas?« Aber nichts als Stille war die Antwort.

Lucia knipste das Licht an; die Angst wollte ihr den Atem rauben. Und da erblickte sie Len: Bewegungslos lag er neben seinem Feldbett. Im ersten schrecklichen Augenblick fürchtete sie, Mrs. Wharton behielte tatsächlich recht und der Mörder habe erneut zugeschlagen. Und ausgerechnet Len sollte sein Opfer sein? Wer konnte Len etwas antun wollen?

Sie kniete neben dem Tankwart nieder und ergriff sein Handgelenk. Gott sei Dank, der Puls schlug. Der Junge war besinnungslos, aber die Ohnmacht war nicht tief. Kaum legte Lucia ihm die Hand auf die Stirn, wobei sie seinen Namen rief, da bewegte er sich und stöhnte auf.

Eilig rannte Lucia zur Küche zurück und füllte eine Tasse mit Wasser. Annabel, der es inzwischen gelungen war, ihre beleidigte Mutter gut und sicher ins Bett zurückzubringen, rief ihr zu: »Was ist denn? Wo bleibt Len? Ist ihm etwas zugestoßen?«

»Jemand hat ihn niedergeschlagen. Wie es dazu kam, weiß ich nicht. Aber er ist nicht ernsthaft verwundet. Komm und hilf mir!«

Als die beiden zurückkehrten, hatte Len sich aufgesetzt und rieb sich den schmerzenden Hinterkopf. Sogar ein verkniffenes Grinsen brachte er zuwege und murmelte: »Alles in Ordnung, Luce! Ich habe einen dicken Schädel!«

Gehorsam trank er das Wasser und blieb dann eine Weile ganz still sitzen, während Lucia ihn besorgt anschaute. Endlich ließ er sich von den beiden jungen Frauen auf die Beine helfen und wankte mit ihrer Unterstützung zum Feldbett, wo er sich schwer niedersetzte.

»Sie brauchen etwas Belebenderes als Wasser!« erklärte Lucia forsch. »Onkel Peter hat noch eine Flasche Branntwein im Schrank; ich hole sie sofort.«

Wenige Minuten später war sie zurück, und sie konnte beruhigend mitteilen, daß die Kinder fest schliefen. Len nahm einen Schluck aus dem Glas, das sie ihm an die Lippen hielt, und verzog das Gesicht. »Schnaps, Luce! Nicht mein Fall. Ich bin mehr für Bier!«

Das Wort ›Schnaps‹ war offenbar bis ins Nebenzimmer gedrungen, denn plötzlich begann Augusta von neuem zu stöhnen, so laut und jämmerlich, daß Len flüsterte: »Der alten Dame scheint es nicht gut zu gehen. Ist sie verwundet? Sie ist schwer gestürzt, wie? Geben Sie ihr den Branntwein, Luce. Für mich ist das nichts.«

»Nein, trinken Sie das Glas leer! Es wird Ihnen guttun!«

Mit doppelter Gewalt drangen die Seufzer von drüben, kläglicher denn je, und endlich gab Annabel nach. »Ich werde ihr auch etwas holen«, erklärte sie. »Vielleicht gelingt es uns dann, zu erfahren, was eigentlich geschehen ist!«

Nachdem Augustas Geist durch den Branntwein gestärkt und ihr verletzter Stolz besänftigt war, hatte die Dame doch dem, was sie bereits berichtet hatte, nicht viel hinzuzufügen. Sie hatte einen schleichenden Laut nebenan gehört und Angst bekommen – ›natürlich nur um meine Tochter und ihre unschuldigen Kindlein!‹ – und war hinausgeeilt. Offenbar war sie mit Rosie und dem Eindringling zusammengestoßen und niedergeschlagen worden – letzterer sei ›in ein Leichentuch gehüllt‹ gewesen, versicherte sie. Der Mann, den Mrs. Wharton unter keinen Umständen anders als den ›Mörder‹ bezeichnen wollte, war dann davongelaufen, wobei er zweifellos annahm, ›mich tot zurückzulassen!‹ Rosie war, anscheinend außer sich vor Freude über die Gelegenheit zu einer nächtlichen Verfolgungsjagd, über die am Boden liegende Gestalt gesprungen, und endlich – ›zu reichlich später Stunde!‹ – seien Lucia und Annabel aufgetaucht.

Len wußte der Erzählung kaum etwas hinzuzufügen. »Vermutlich war es ein Dieb, der es auf die Kasse abgesehen hatte. Ein Glück, daß ich zufällig hier schlief, Luce, denn das Türschloß ist nicht gerade das beste. Als er über irgend etwas stolperte, bin ich aufgewacht und sofort aufgesprungen und habe versucht, ihn zu packen. Aber er versetzte mir einen heftigen Stoß, und ich stürzte zu Boden und schlug hart mit dem Kopf auf – vermutlich auf die Werkbank, jedenfalls auf etwas sehr Solides. Dann verlor ich das Bewußtsein und hörte nichts weiter.«

»Hat er Sie niedergeschlagen, Len? Oder einfach gestoßen?«

»Ich glaube nicht, daß er geschlagen hat. Anscheinend wollte er mich nur eilig aus dem Weg haben und schob mich kräftig beiseite. Dumm von mir, deshalb gleich auf die Nase zu fallen; aber ich war noch gar nicht ganz wach. Nein, geschlagen hat er bestimmt nicht; er hatte nicht vor, Gewalt anzuwenden, möchte ich meinen. Aber nun wollen wir schnell nachschauen, Luce, ob er viel Geld mitgenommen hat. Hoffentlich hat er nicht die Kasse geleert!«

Lucias Überraschung war nicht minder groß als Lens Erleichterung, als sich die Kasse als unversehrt erwies. »Dann ist alles in

Ordnung, Luce! Ein Glück, daß ich mein Bett hier aufgeschlagen hatte. Gleich morgen mache ich ein neues Schloß an die Tür.«

»Keineswegs ist alles in Ordnung: Sie haben einen wüsten Hieb davongetragen, und bald wird eine mächtige Beule Ihren Kopf zieren!«

»Was ist schon dabei, Luce? Jetzt weiß ich wenigstens, worauf ich am kommenden Samstag wetten werde: auf die Stute ›Beulah‹!«

Zu ihrer eigenen Überraschung stiegen Lucia die Tränen in die Augen. Was für ein tapferer, fröhlicher Mensch war doch dieser Len! Er sorgte sich nur darum, daß ihr Geld in Sicherheit war. Und nun bemühte er sich, sie auch noch zu beruhigen.

»Haben Sie nur keine Angst, Luce. Diebe stöbern ständig in der Welt herum, und es war mein Fehler, daß ich das Schloß nicht längst ersetzt hatte. Aber Rosie hat sich wacker benommen, was? Ich sage ja immer: Sie ist ein vorzüglicher Wachhund. Fast hätte sie den Burschen erwischt! Da sehen Sie, was für ein kluges Tier sie ist.«

Plötzlich lachte Lucia laut auf. Mit welcher Inbrunst Len sich bemühte, Rosies guten Ruf zu retten – ohne an sich selbst zu denken! »Das ist aber wirklich eine gefährliche Gegend!« rief sie. »Sie scheint von Mördern zu wimmeln.«

»Nicht doch, Luce! Der Mann eben war nicht auf Mord aus; er wollte nur stehlen. Wäre die Werkbank nicht gewesen, so hätte er mir überhaupt nichts angetan. Wir können jetzt ruhig wieder zu Bett gehen und schlafen – allerdings sollten Sie wohl erst die alte Dame wieder beruhigen, damit sie endlich aufhört, wie eine Kuh zu stöhnen!«

Nachdem aber Annabel und Lucia fort waren und er sein Bett quer vor die Tür geschoben hatte, fand er doch keinen Schlaf. Tief in Gedanken verloren saß er auf seinem Bett. Worauf hatte es der Eindringling eigentlich abgesehen? Und warum glaubte Len ganz insgeheim zu wissen, wer es gewesen war – so unglaubhaft der Gedanke auch schien? Wieder erinnerte er sich des kurzen Augenblicks, da er nach dem Rock des Fremden griff und einen rauhen Wollärmel spürte. Kläglich seufzte Len auf, während er aufstand und zu der Kiste in der Ecke ging. Der Gedanke war richtig verrückt, aber ... Hastig blätterte er die Zeitschriften durch: Die Nummer mit dem Bild von ›Martha‹ und dem Jockei war verschwunden!

Angestrengt grübelnd rang sich Len zu einem Entschluß durch: Er würde seinen Verdacht für sich behalten. Niemandem wollte er ihn mitteilen, weder Lucia noch sonst jemandem, nicht einmal Jim. Mochten sie ruhig denken, es sei ein Dieb gewesen, der die Kasse ausrauben wollte. Irgendein Fremder, der es bestimmt nicht wagte, wiederzukommen. Übrigens täuschte er sich bestimmt: Purdy konnte es doch auf keinen Fall gewesen sein!

Reiner Unsinn war das! Nie im Leben wäre Purdy gekommen, um eine Zeitschrift zu stehlen, die er doch ohne weiteres bekommen hätte, wenn er nur darum bat. Purdy war ein feiner Kerl, und Len verdankte ihm manchen guten Renntip. Er war der Besitzer der Stallungen und der Pferde, an denen Len so sehr hing. Auf keinen Fall durfte er ihn jetzt ins Gerede bringen!

Endlich streckte sich Len auf sein Lager. Der Kopf tat ihm rasend weh, aber sein Geist war nun zur Ruhe gekommen. Natürlich hatte er sich geirrt! Auf keinen Fall würde er etwas sagen. Es wurde ja auch kein Schaden angerichtet. Mit diesem tröstlichen Gedanken schlief er ein ... und erwachte erst recht spät: Wie er feststellte, hatte Lucia die Tankstelle bereits vor einer guten Stunde eröffnet.

»Gräßlich, Luce!« rief er, während er eilends hinauslief. »Aber der Schlag auf den Kopf hat auf mich wie ein Schlafmittel gewirkt. Wie sind Sie denn mit dem Öl zurechtgekommen?«

»Glücklicherweise hat nur ein einziger Fahrer Öl verlangt, und zufällig kannte ich dessen Wagentyp. Ich war ja nur froh, daß Sie so gut schliefen. Na, Ihre Beule sieht wirklich grausig aus!«

»Sie ist aber nicht halb so schlimm. Ich habe einen dicken Kopf, der hart im Nehmen ist. Ach, da kommt ja Carmen – mit einem Spaten! Luce, ich habe das Gefühl, daß ich dringend ein gutes Frühstück brauche.«

Lucia lachte. »Das glaube ich Ihnen – aber Sie sind ein richtiger Feigling! Komisch, daß Sie vor Carmen Angst haben – wo Sie sich doch aus Dieben anscheinend gar nichts machen. Los, verschwinden Sie nur ...! Hallo, guten Morgen, Miss Mills. Sie sehen recht unternehmungslustig aus, aber Sie werden mich trotz allem nicht dazu überreden können, einen Garten anzulegen. Beim besten Willen kann ich mich für den Gedanken nicht erwärmen.«

»Unsinn, Kind, Unsinn! Warten Sie nur, wenn wir erst angefangen haben. Der Spaten hier ist ganz ausgezeichnet.«

»Es ist wirklich ungemein liebenswürdig von Ihnen«, stieß Lucia mit dem verzweifelten Aufgebot all ihrer Entschlossenheit hervor. »Aber solange ich nicht weiß, wie lange ich noch hierbleibe, vergeuden Sie mit Ihren Überredungsversuchen nur Ihre Zeit!«

»Keine Zeit ist vergeudet, die dem Ziele dient, auch nur den kleinsten Winkel unserer wundervollen Welt zu verschönern. Besäße ich nicht die schöpferischen Talente, deren ich mich rühmen darf – Malen und Gartenbau –, dann . . .«

Was Carmen unter derart kläglichen Umständen der Talentlosigkeit getan hätte, blieb uneröffnet, denn in diesem Augenblick kam Augusta aus dem Häuschen, wo sie spät, aber reichlich gefrühstückt hatte. Sofort entspann sich ein wahrer Wechselgesang über die Freuden schöpferischer Arbeit. Dankbaren Herzens zog Lucia sich zurück und schüttete Annabel ihr Herz aus: »Dieses Weibsbild . . . Da schwenkt sie begeistert ihren Spaten und droht doch wirklich, den Rasen auf der Stelle umzugraben!«

»Nun, mit Mutter scheint sie jedenfalls gut auszukommen. Sie redet vom Malen, Mutter vom Schreiben – und keine achtet auch nur im geringsten darauf, was die andere sagt.«

»Hoffentlich treiben sie es noch eine Weile so weiter. Das verschafft mir eine Galgenfrist!«

»Wie wäre es, wenn man Mutter den Vorschlag machte, Carmens Garten mitsamt den verrückten Bildern zu besichtigen? Dann wären sie beide versorgt. Aber du mußt fahren – laß nur Mutter nicht ans Steuer deines Wagens! Len bekäme bestimmt Zustände, wenn es eine neue Panne gäbe, und du hast ja gehört, was der Mechaniker heute früh sagte: daß Mutters Methode des Schaltens der Ruin jeder Kupplung sei.« Vor einer Stunde erst hatten sie dem melancholischen Schauspiel beigewohnt, wie Mrs. Whartons Auto zur Reparatur in die Stadt abgeschleppt wurde, und beide hatten sie, ohne ihr Elend jedoch laut werden zu lassen, sich klargemacht, daß Augusta noch ein paar Tage bei ihnen ausharren mußte. So kam der Gedanke, sie für ein paar Stunden abzulenken, Lucia wie eine wahre Labsal vor. – »Wenn du wirklich meinst, daß deine Mutter sich etwas daraus macht, laufe ich sofort hinunter und bringe den Vorschlag an. Dann hört endlich auch Carmen auf, an meinen Rasen zu denken, und Len kann aus seinem Versteck wieder zum Vorschein kommen.«

Augusta stimmte gnädig zu. Es solle ihr ein Genuß sein, das Werk eines verwandten Geistes zu betrachten, Manna in der Wüste geradezu, wie sie ziemlich taktlos erklärte. Einen Seufzer über den verkorksten Vormittag herunterschluckend, holte Lucia ihr kleines Auto herbei, winkte Annabel einen Abschiedsgruß zu und drohte Len, der aus dem Fenster seiner Küche herausspähte, verstohlen mit geballter Faust.

Carmen, die im Fond Platz genommen hatte, schwatzte während der ganzen kurzen Fahrt unaufhörlich, und Augusta gab gemessen Antwort. ›Wie soll ich nur die nächste Stunde überleben?‹ stöhnte Lucia in sich hinein, und sie machte sich auf eine Zeit endloser Langeweile gefaßt.

In Wirklichkeit jedoch amüsierte sie sich königlich, denn sie war die lachende Dritte als Zeugin eines Zweikampfes, in dem Mrs. Wharton klar unterlag. Von dem Augenblick an, da Carmen vor ihrem Portal den Wagen verließ, beherrschte sie das Feld. Zuerst führte sie ihre Opfer unter endlosem Schwall verzückten Schwärmens durch den Garten, hielt bei den seltenen Blumen inne, zwang die Gäste, sich ganz tief hinunterzubücken und eine winzige Pflanze zu betrachten. Immer wieder blieb sie stehen, um die widerwärtigen kleinen Gnome und Unholde zu streicheln.

Augusta, die an Leibesübungen aller Art kaum gewöhnt war, zeigte Anzeichen von Erschöpfung, noch ehe sie das kleine Haus erreicht hatte, und war fast nicht mehr imstande, die folgende Besichtigung der Bilder von Aloysius Mills zu verkraften. Lucia fand mit begrenzter Kennerschaft, daß sie tüchtiges, aber wenig inspiriertes handwerkliches Können verrieten, aber sie war klug genug, keinen andern Laut als den uneingeschränkter Bewunderung von sich zu geben.

»Mein Großvater war ein großes Genie! Niemals gab es ein größeres in unserm ganzen Vaterland. Und voll unendlicher Dankbarkeit darf ich mich rühmen, ein wenig von seiner großen Begabung ererbt zu haben!« Nach diesen Worten schickte sie sich – zu Lucias Schrecken und zu Augustas kaum verhüllter Langeweile – an, eine Auswahl aus ihren eigenen Werken vorzuführen, wobei sie in immer neuen Worten vom Glück ihrer begnadeten Erbschaft schwärmte.

Ihre Bilder waren nach Lucias Ermessen zweifellos kümmerlich: naturgetreues Bemühen in uraltem Stil, mit dem es jeder mäßig begabte Schüler einer Anfängerklasse aufnehmen konnte. Zu ihrer Überraschung blieb Augusta vor einem kleinen, geradezu gräßlichen Bild stehen. Auf grünem Gefilde, unter blauem Himmel, graste im Vordergrund eine Stute mit ihrem Fohlen.

»Das ist großartig! Wie ein Farbfoto!« strahlte die bedeutende Dame, und Lucia bekam schon Angst, die Künstlerin würde über sie herfallen und sie zerschmettern.

Glücklicherweise jedoch nahm Carmen die Worte als Kompliment, und sogleich verbreitete sie sich ausführlich über die Gefühle, die sie beim Malen beseelt hatten. Vier Stunden, verkündete sie, habe sie unter einem Stalldach gesessen, um Farben, Licht und Schatten zu erfassen, Studien der Pferde zu machen und die Harmonie der Ausleuchtung zu erreichen. – »Vier Stunden saß ich da, unbemerkt, versunken in die Freude künstlerischen Schaffens, während Spinnen mir ungestraft auf den Kopf fielen!« schloß sie dramatisch, so daß Lucia fast herausgeplatzt wäre.

Als sie sich wieder umdrehte, wurde sie zu ihrer grenzenlosen Verblüffung gewahr, wie Mrs. Wharton, offenbar in einem Anfall geistiger Umnachtung, tatsächlich das Bild mit den Pferden auf der grasgrünen Koppel käuflich erwarb!

»Jawohl, nur zwei Guineen!« erklärte Carmen mit sanfter Festigkeit, und mit hämischer Freude beobachtete Lucia, wie zögernd die große Dichterin ihr schmuckes Handtäschchen aufmachte. Schon bei andern Gelegenheiten hatte sie feststellen können, daß Augusta alles andere als großzügig mit ihrem Geld umging. Was mag sie nur dazu bewogen haben, dieses Bild zu kaufen?

Auf der Heimfahrt, nachdem es ihnen endlich gelungen war, einen ehrenvollen Rückzug anzutreten, stellte Lucia vorsichtig die Frage nach dem Anlaß des Bilderkaufs. Augusta holte tief Luft – und dann wurde sie zu Lucias Verblüffung endlich einmal ganz menschlich und natürlich.

»Ach, liebes Kind, ich begreife mich selbst nicht. Die Frau hat mich richtig hypnotisiert. Aber Sie sollten mir deshalb dankbar sein. Hätte ich dem armen Gechöpf das Geld nicht in den Rachen geworfen, dann hätten wir uns all das Gerede von Ahnen und Erbschaft noch stundenlang anhören müssen. Zwei Guineen – mögen sie für einen solchen elenden Schinken noch so viel Geld sein – sind doch ein verhältnismäßig geringer Preis für unsere Befreiung!«

»Es war sehr edel von Ihnen. Ich glaube, Carmen ist recht arm.«

»Es scheint, als verkaufe sie hin und wieder ein Bild an Touristen – was wieder ein Beweis dafür ist, daß es mehr Verrückte auf der Welt gibt, als man ohne weiteres annehmen möchte.«

Lucia konnte nur staunen. Nie im Leben hatte sie vermutet, daß Augusta fähig sei, von ihrem hohen, eingebildeten Thron herabzusteigen. Tat sie es, wie jetzt, so war sie richtig nett und amüsant. Lachend prustete sie, sie müsse Annabel alles haarklein erzählen, sobald sie einmal mit ihr allein sei. Waren es diese ungezwungenen fröhlichen Augenblicke, derentwegen Annabel trotz allem ihre Mutter herzlich liebhatte?

Fast im selben Augenblick, als sie vor Lucias Häuschen anhielten, fuhr Philipp Ross bei der Pumpe vor. Sein Benzinbedarf war wirklich enorm, fand Lucia, und ärgerlich mußte sie feststellen, daß sie bei der Begrüßung leise errötete. Um diese Schwäche auszugleichen, ließ sie ihre Stimme ungewöhnlich schroff klingen.

»Guten Morgen. Sind Sie wieder mal da? Nun, diesmal hatte ich, wie ich gestehen muß, sogar den Wunsch, mit Ihnen zu reden.«

Wie üblich traf die Spitze nicht ins Ziel, denn Ross lächelte nur ungerührt. »So zweischneidig das Kompliment ist«, meinte er leichthin, »nehme ich es dankbar an. Worüber wollten Sie denn mit mir reden?«

Sie schlenderten von der Pumpe fort, und einigermaßen wütend bemerkte Lucia, daß Len ihnen mit undurchschaubarem Lächeln nachblickte. Traute er ihr etwa zu, daß ihr das Alleinsein mit diesem gräßlichen Kerl Spaß machte?

»Sehr wichtig ist es nicht gerade, aber ich meine, Sie müßten es doch erfahren«, begann sie knurrig, und dann berichtete sie ihm von dem nächtlichen Überfall auf die Kasse.

»Bestimmt hatte es nichts mit dem Mord zu tun. Der Unbekannte wollte Len nichts antun; er gab ihm nur einen Stoß, bei dem Len stolperte. Und mitgenommen hat er überhaupt nichts.«

»Aha. Nun, auf alle Fälle muß ich darüber mit Len sprechen.«

»Aber dann merkt er bestimmt, daß Sie Kriminalist sind!«

»Das läßt sich eben nicht ändern. Ohnehin scheint mir der Augenblick gekommen, wo es für Len vielleicht günstiger ist, daß er es erfährt.« – »Bestimmt wird er es rasend spannend finden – und ich möchte wetten, daß er Sie nicht verrät!«

»Davon bin ich ebenfalls überzeugt. Übrigens hat er gerade nichts zu tun; am besten knöpfe ich ihn mir sofort vor.«

Nachdem Len die zehn Liter, die Ross augenblicklich vertragen konnte, eingefüllt hatte, nahm ihn der Kriminalbeamte beiseite.

»Was war denn heute nacht los, Len?« fragte er ganz ruhig.

Nur die angeborene Höflichkeit hielt den Tankwart davon ab, unwirsch aufzufahren: ›Was geht Sie das an?‹, aber seine Stimme klang doch abwehrend. »Ach, weiter nichts, Mr. Ross. Luce hat Ihnen davon erzählt, wie? Dazu bestand keinerlei Anlaß!«

»Ich glaube doch. Man soll der Polizei keine Informationen vorenthalten, Len!«

»Der Polizei? Sie ... Sie ...«

»Jawohl, ich bin Kriminalbeamter, und ich bemühe mich, die Wahrheit über den Mord ans Licht zu bringen. Deshalb ist mir alles, was hier vorgeht, sehr wichtig. Alles, Len! Verstehen Sie?«

Einen Augenblick lang wandte der junge Mann den Blick ab und brachte kein Wort hervor. Ein wenig freundlicher fuhr Ross fort: »Haben Sie sich denn noch nicht gefragt, warum ich immerzu hier herumlungere und fast täglich tanke? Ich bin überzeugt davon, daß ich Ihnen trauen kann und daß Sie niemandem verraten, wer ich in Wirklichkeit bin. Deshalb möchte ich Sie um Ihre Hilfe bitten. Helfen aber können Sie mir nur, wenn Sie ganz aufrichtig sind und mir restlos alles sagen, was Sie wissen.«

Noch eine ganze Weile lang schwieg Len. Endlich aber murmelte er: »Ich werde niemandem sagen, daß Sie von der Polizei sind. Schließlich bin ich Maori genug, um reichlich über Dinge zu schwatzen, die unwesentlich sind, über Wichtiges aber eisern zu schweigen.«

»Gut! Allerdings müssen Sie mir die Entscheidung überlassen, was wichtig ist, wenn Sie mit mir reden. So, und nun berichten Sie ausführlich, was heute nacht geschehen ist.«

»Es war nur ein Dieb!« erwiderte Len ausweichend. »Bestimmt suchte er Geld, aber er fand keins.«

»Also hat er gar nichts mitgenommen?«

Ganz kurz senkte der Tankwart den Blick, aber damit hatte er sich verraten. Ross stieß sofort nach. »Wirklich ganz und gar nichts, Len? Haben Sie nachher nicht das mindeste vermißt?«

Neues Schweigen. Dann aber murmelte Len, fast gegen seinen

Willen: »Hm, es ist zwar blöd – aber eine Zeitschrift ist verschwunden.« Und stockend kam die Geschichte von der Fotografie und der kurzen Unterredung mit Purdy zutage. »Aber er sagte, er sei es nicht. Er sei nie im Leben in Ceylon gewesen.«

»Aha. Trotzdem also glauben Sie, daß auf dem Bild doch Purdy abgebildet war?«

»Das glaube ich, jawohl! Sein Haarwuchs war unverkennbar. Er hat nämlich zwei kleine Wirbel – ziemlich weit vorn!«

»Die sind mir auch schon aufgefallen. Sonst noch etwas?«

»Hm, ja, noch etwas, eine ganze Kleinigkeit. Nachdem ich wachgeworden war, sprang ich sofort aus dem Bett – und da berührte ich tatsächlich jemanden ... und spürte etwas, das ich für den Pullover von Mr. Purdy hielt, den er oft anzuhaben pflegt. Und als ich später nachschaute, war die Zeitschrift verschwunden. Aber wenn es ihm gerade auf diese Nummer ankam, brauchte er mich doch nur danach zu fragen, dann hätte ich sie ihm sofort gegeben.«

»Hm, ja. Wußte er, daß Sie heute nacht hier schliefen?«

»Nein, das hatte ich ihm nicht gesagt, denn er war ziemlich wütend wegen des Bildes und brauste wohl aus diesem Grunde schnell wieder ab.«

»Und Miss Field haben Sie von Ihrem Verdacht, es könne Purdy gewesen sein, nichts gesagt?«

»Aber nein. Ich wollte Luce keine Angst machen, und außerdem ist Mr. Purdy immer sehr nett zu mir gewesen, und ich wollte ihn in nichts hineinzerren ... Aber nun habe ich es doch getan!« schloß Len zerknirscht.

»Deshalb haben Sie sich nichts vorzuwerfen; Sie haben vollkommen recht gehandelt. Wenn Purdy mit der ganzen Sache nichts zu tun hat, dann haben Sie ihm ja nichts eingebrockt. Steckt aber doch etwas dahinter, dann mußte ich es erfahren. Oder möchten Sie etwa Miss Field oder Jim irgendeiner Gefahr aussetzen?«

»Luce? Auf keinen Fall! Und Jim und seine Frau ganz bestimmt auch nicht. Trotzdem sehe ich beim besten Willen nicht ein ...«

»Das können Sie auch nicht. Ich verstehe es ja selbst nicht! Aber nun machen Sie sich keinen Kummer, Len, und denken Sie immer daran: Auf jeden Fall müssen Sie alles, was Ihnen auffällt, der Polizei mitteilen; und alles, was Sie wissen. Aber jetzt will ich zu Jim hinauffahren. Vorher werde ich Mrs. Middleton fragen, ob sie ihm vielleicht etwas auszurichten hat. Also auf Wiedersehen! Machen Sie sich keine Sorgen mehr – und sprechen Sie mit niemandem über Purdy!«

Zerstreut nickte Len ihm zu, und noch lange, nachdem Ross ins Haus gegangen war, stand er da und starrte nur bewegungslos und mit bekümmertem Gesicht vor sich hin. Es war nicht mehr richtig schön an der Tankstelle ›Zum Kreuzweg‹!

Ross klopfte an, und während er eintrat, hörte er Mrs. Whartons kraftvolle Stimme: »Liebste Annabel, ich weiß so gut wie du, daß es sich nicht um Kunst handelt. So viel eigenes Urteilsvermögen traust du mir doch wohl zu? Ich sage ja nur, daß die arme Frau sich über das Geld sehr gefreut hat, und daß ich froh war, mich von ihr loskaufen zu können.«

Voller Andacht starrte Annabel auf ein grellbuntes Bild, das eine Stute mit ihrem Fohlen auf einer schmerzhaft grünen Weide darstellte. »Aber was willst du denn nur damit anfangen?« jammerte sie. »Es ist doch ein gräßliches Machwerk!«

Lucia, die sich krampfhaft bemühte, ernst zu bleiben, wandte sich an Ross. »Mr. Ross, sind Sie etwa, abgesehen von all Ihren sonstigen Talenten, auch ein Kunstkenner? Was halten Sie denn von Carmens Schinken? In einem Anfall von Edelmut hat Mrs. Wharton ihn heute gekauft.«

Ross betrachtete das Bild eingehend. »Ein recht ansehnliches Fohlen. Die Künstlerin hat wirklich nichts der Vorstellungskraft des Beschauers überlassen.«

»Sehr richtig!« bekräftigte Mrs. Wharton. »Es ist so lebensecht, daß es Jim ganz bestimmt ausgezeichnet gefallen wird.«

»Um Gottes willen!« schrie Annabel mit halb erstickter Stimme auf. »Du wirst es doch nicht etwa Jim schenken? Das Bild taugt ganz und gar nichts!«

Aber die Schwiegermutter ließ sich nicht erschüttern. »Jim wird es auf den künstlerischen Wert nicht ankommen«, erklärte sie entschieden, »solange Pferde darauf abgebildet sind; und Mr. Ross hat ja soeben bestätigt, daß sie ganz hervorragend getroffen sind.«

In diesem Augenblick trafen sich Lucias und Philipps Blicke, und hastig erklärte Lucia, sie müsse zur Tankstelle, weil soeben zwei Wagen vorgefahren seien.

Ross traf Jim in seinem Häuschen an und hielt sich nicht lange bei der Vorrede auf.

»Hören Sie, Jim: Sie müssen mir sofort alles erzählen, was Sie von Purdy wissen!«

Verblüfft schaute Jim von dem Steak auf, das er soeben fachmännisch briet. »Habe ich recht gehört? Purdy? Wieso? Los, Philipp, heraus mit der Sprache! Ich bin keineswegs abgeneigt, Ihnen alles zu berichten – was allerdings in diesem Falle nicht viel besagt –, aber vorher möchte ich wissen, was gespielt wird. Weshalb interessieren Sie sich auf einmal so heftig für den wackeren Purdy?«

»Heute nacht ist in die Tankstelle eingebrochen worden, und Len ist niedergeschlagen worden ... Seien Sie beruhigt, Jim: Ins Wohnhaus ist der Kerl nicht gekommen, und Ihrer Frau und den Kindern wurde kein Haar gekrümmt. Außerdem glaube ich nicht einmal, daß der Mann Len etwas antun wollte; er war anscheinend auf etwas aus, was er in einer leeren Garage vermutete. Können Sie sich vorstellen, warum?«

»Keine Ahnung habe ich! Aber was hat Purdy damit zu tun? Persönlich kenne ich ihn ja erst wenige Monate, aber sein Ruf ist mir seit langem bekannt: In Rennkreisen hat er eine der weißesten Westen, die man sich denken kann. Niemand kann ihm das geringste vorwerfen: Er hat seine Gestüte als reicher Mann aufgebaut, und er führt sie absolut ehrenwert.«

»Also war er schon vorher reich? Woher hatte er wohl das Geld?«

»Das weiß ich nicht. Aber eines steht fest: Der Mann hat nie im Leben ein krummes Ding gedreht!«

»Ist er einmal in Ceylon gewesen?«

»Da müssen Sie mich nicht fragen, Philipp: Ich weiß auch das nicht.«

»Nun, das läßt sich feststellen. Aber sagen Sie, Jim: Haben Sie jemals etwas von einem Skandal um eine Stute namens ›Martha‹ drüben in Ceylon gehört?«

Jim schüttelte den Kopf. »Bestimmt nicht. Allerdings habe ich da keine großen Erfahrungen.«

»Nun, Len hat ein paar alte Turfzeitschriften gefunden, die sich bei Peter Rolfe angesammelt hatten. In einer Nummer befand sich das Foto eines Pferdes, das nach der Bildunterschrift in einen Dopingskandal verwickelt war.«

»Na und? So etwas kommt doch drüben alle nasenlang vor!«

»Gewiß. Nur ist Len felsenfest davon überzeugt, daß der mit der Stute abgebildete Jockei kein anderer als Purdy war. Natürlich in jungen Jahren . . .«

»Puh! Na, zu sicher sollte er seiner Sache aber nicht sein. Fotos in Zeitschriften sind nicht immer die besten . . .«

»Zugegeben. Aber als Len das Bild Purdy zeigte, da leugnete er mit ganz auffälligem Eifer. Und heute nacht hat der Dieb nichts anderes an sich genommen als – die Zeitschrift mit besagtem Bild!«

»Das beweist doch noch lange nicht, daß es Purdy war!«

»Nein! Aber Len kam mit dem Ärmel des Fremden in Berührung, und er ist sicher, den Pullover erkannt zu haben, den Purdy meist anhat.«

»Ein Pullover, wie es ihn zu Tausenden gibt!«

»Wiederum zugegeben. Aber trotzdem fügt sich doch alles ganz seltsam aneinander. Niemand anders wußte von der Zeitschrift; wer also hätte sie stehlen sollen?« – »Was fragen Sie mich?«

»Sagen Sie eines, Jim: Wenn es einen solchen Skandal in Ceylon gegeben hat und wenn der Jockei damals disqualifiziert wurde – würde ihm das heute hier bei uns etwas ausmachen?«

»Es würde ihm in der ganzen Welt etwas ausmachen – und zwar auf Lebenszeit!«

»Nun, der Jockei sah Purdy, wenn man den Altersunterschied einrechnet, zum Verwechseln ähnlich. Sie wissen doch, wie eigenartig sein Haar ziemlich weit vorne zwei Wirbel bildet, nicht wahr?«

»Was wollen Sie damit schon beweisen? Wirbel haben viele Leute – ich auch zum Beispiel, wenn auch weit hinten.«

»Ja doch, Jim! Aber wenn Sie alles in allem nehmen: das Haar, die Ähnlichkeit, Purdys wütendes Leugnen, und wenn Sie hinzufügen, daß der Einbrecher von heute nacht einen grobgestrickten Pullover trug und ausgerechnet die betreffende Zeitschrift – und nichts anderes! – mitnahm . . .«

Langes Schweigen folgte. Jim schien alle seine Aufmerksamkeit wieder dem Stück Braten zuzuwenden und kehrte Ross den Rücken zu. Erst nach einer ganzen Weile meinte er: »Es ist schon eine verteufelte Sache! Aber bisher ist doch alles reine Vermutung.«

»Bisher schon – aber ich habe schon Schritte eingeleitet, damit es mehr wird als das. Bevor ich zu Ihnen kam, war ich in Lakeville, um von dort aus Wright anzurufen. Er ist bereits in Aktion und wird bald einiges über Purdys Vergangenheit ausgegraben haben. Ich werde nicht überrascht sein, wenn sich herausstellen sollte, daß der Jockei auf ›Martha‹ Ihr ehrenwerter Chef ist!«

»Na und? Selbst dann wäre er noch kein Mörder!«

»Das habe ich auch nicht behauptet. Aber wenn Sie jetzt Ihr Steak nicht vom Feuer nehmen, verbrennt es zu Kohle!«

Jim legte das duftende Fleisch auf einen Teller. »Essen tue ich erst nachher – es sei denn, Sie beteiligten sich an der Mahlzeit. So, Sie haben schon gegessen? Na, dann mag es meinetwegen kalt werden! Erst muß ich den Fall klären. Purdy ist ein anständiger Kerl, zuweilen vielleicht ein wenig verschlossen und mürrisch, aber ich möchte mich für seine Ehrlichkeit verbürgen, und ein Mord ist ihm genausowenig zuzutrauen wie ... wie ...«

»Wie Kelly, oder Howard, oder Owens?« fragte Ross in aller Ruhe. Klirrend ließ Jim die Gabel fallen und fuhr zu Ross herum.

»Allerdings: wie Mick, George oder Nigel! Wen haben Sie sonst noch auf Ihrer Liste? Mir scheint, keiner meiner guten Freunde ist vor Ihnen sicher!«

»Entschuldigen Sie, Jim, aber es hat ja keinen Sinn, die Augen einfach zuzumachen! Tatsächlich stehen sie alle unter Verdacht. Sie alle haben ein Motiv. Keiner von ihnen hat ein Alibi. Sehen Sie das nicht ein?«

Neues langes Schweigen folgte. Endlich murmelte Jim bedächtig: »Sie haben ja recht. Ich darf nicht scheuen wie ein nervöser Gaul; ich muß durchhalten – abwarten. Und was wird inzwischen aus Annabel?«

Ross' Stimme wurde freundlich. »Sie ist gut aufgehoben, Jim. Und niemand hat auch nur das geringste gegen sie. Weder ihr noch ihrer Freundin würde jemand ein Haar krümmen. Meinen Sie denn, ich ließe die beiden auch nur eine einzige Stunde an der Tankstelle, wenn ich das Gefühl hätte, sie schwebten in der leisesten Gefahr?«

Trotz all seiner Sorgen lächelte Jim ein wenig. ›Die beiden ...‹ dachte er. ›Annabel hat also doch recht: Er ist wirklich in Lucia verliebt!‹

»Sie sind denkbar gut aufgehoben«, wiederholte Ross. »Sie ahnen auch nichts von alledem. Deshalb stellen sie für niemanden eine Gefahr dar – und es wäre nicht einzusehen, weshalb jemand ihnen etwas antun sollte.«

»Sie mögen recht haben«, gab Jim zögernd zu. »Aber Sie haben gut reden: Wie würden Sie die beiden im Falle tatsächlicher Gefahr wohl wegschicken wollen? Ha, ich möchte erleben, wie Sie den Versuch machen, Lucia zur Abreise zu bewegen: Sie hat ein hartes Köpfchen, und wenn sie bliebe, dann würde auch Annabel nicht von der Stelle weichen. Sie wissen doch, wie die Frauen sind. Aber ...«

»Halt mal, Jim! Gehen Sie doch einfach alle Zeugen durch, dann werden Sie bestimmt sofort einsehen, daß die beiden Frauen nicht im geringsten betroffen sind, ebensowenig wie Len, nachdem die Zeitschrift fort ist. Also beginnen wir mit Kelly. Motiv: Er beging Bigamie und hat sich vermutlich erpressen lassen.«

»Dagegen ist wohl nichts einzuwenden. Weiter.«

»Ihre beiden Freunde vom Campingplatz. Sie betreiben einen einträglichen Schmuggel – vermutlich wenigstens, obwohl wir bisher keine Beweise dafür haben. Es steht hingegen fest, daß Davis sie und ihre Existenz auf dem Lagerplatz bedrohte. Haben Sie dagegen etwas einzuwenden?«

»Nicht direkt – obwohl die Sache etwas windig erscheint.«

»Aber nur etwas! Es sind schon Menschen aus weniger gewichtigen Gründen umgebracht worden. Weiter also: Purdy. Er steht, wie Sie sagen, in bestem Ruf, und sein Beruf als Rennstallbesitzer geht ihm über alles. Wenn es herauskommt, daß er einmal disqualifiziert wurde, ist er erledigt. Ich muß schnellstens feststellen, ob die mehrfachen Zahlungen von fünfzig Pfund von Purdy stammten. Sollte sich diese Vermutung bewahrheiten, dann hätten wir ein ganz handfestes Motiv.«

»Ja, gewiß. Aber trotzdem ...«

»Es will Ihnen nicht eingehen, und das begreife ich gut. Warum aber sorgen Sie sich um Ihre Frau? Ich wüßte nicht, wie sie auch nur im geringsten in den Mord verwickelt werden könnte.«

»Das wüßte ich auch nicht. Und trotzdem: Könnte ich sie heimschicken, ohne ihr den wahren Grund sagen zu müssen, dann täte ich es lieber heute als morgen. Aber es geht nicht, das sehe ich ein.

Trotzdem: Die ganze Atmosphäre hier ist mir plötzlich zuwider, und ich finde es unangebracht, daß Annabel diese Luft atmen muß!«

»Das verstehe ich sehr gut.«

»Und alles wegen eines niederträchtigen Erpressers.«

»Trotz allem war es Mord! Ja, so sieht es aus! Jedenfalls dürfen Sie sich darauf verlassen: Die beiden Frauen sind völlig sicher – und morgen wissen wir vermutlich schon ein gutes Stück mehr!«

»Über Purdy?« – »Jawohl – unter anderem. Und ich werde Sie auf dem laufenden halten.« Er erhob sich. »Bis dann!«

Kurz vor Einbruch der Dunkelheit rief Annabel an. »Hast du ordentlich zu Abend gegessen, Liebling?«

Jim warf einen schuldbewußten Blick auf das kalte Stück Fleisch inmitten einer Lache geronnenen Fetts. »Ich esse gleich. Ist bei euch alles in Ordnung?«

»Ausgezeichnet. James ist hier viel besser zu ertragen. Den halben Tag lang weicht er Len nicht von der Seite, und während der andern Hälfte spielt er mit Rosie. Heute nachmittag haben sie zusammen in der Sonne geschlafen. Also, Liebster, vergiß nicht, morgen herunterzukommen, so früh wie möglich! Mutter hat nämlich eine Überraschung für dich. Nein, ich verrate nichts!« Jim hörte, daß sie lachte.

»Gut. Ich werde kommen. Schlafe gut – und verschließt die Tür ganz sicher!«

»Ach, hier sind wir sicher wie in Abrahams Schoß. Alle Türen sind verschlossen und verriegelt, und Rosie hält unerschrocken Wache. Heute nacht wird uns kein Dieb stören.«

Trotz der Fröhlichkeit in ihrer Stimme blieb Jim bedenklich, und bevor er selbst schlafen ging, machte er noch eine Runde durch die Stallungen. Einfach lächerlich, schalt er sich selbst, zu befürchten, daß etwas nicht in Ordnung sei! Mochte Ross so viele Leute in Verdacht haben, wie er wollte – es schien undenkbar, daß einer von ihnen darauf aus sein soll, den Pferden etwas anzutun!

Dennoch zündete er die Laterne an und ging leise aus dem Haus. Nur ein einziges Mal hatte er eine Taschenlampe mitgenommen: Damals war ›Raubritter‹ außer sich geraten und hatte sich angestellt, als wolle er die Mauer eintreten. Das gedämpftere Licht der Laterne regte ihn nicht auf.

Die Pferde hörten seinen Schritt. Es knisterte und stampfte in den Boxen, ›Goldweide‹ wieherte leise, alles deutete darauf hin, daß die Tiere zwar wach, aber nicht unruhig waren, weil sie den Schritt genau erkannten. Leise vor sich hin sprechend öffnete Jim die Tür zur Box des großen Hengstes. »Na, ›Räuber‹?« sagte er gutmütig. »Alles in Ordnung, alter Freund?«

Sanft legte er dem Tier die Hand auf den schwarzen Hals und streichelte ihn liebevoll. Das Pferd wandte den Kopf, und im dämmerigen Laternenschein erkannte Jim, daß die Augen überrascht, aber keineswegs furchtsam blickten. Warum sollte nicht alles in Ordnung sein? schienen sie zu fragen. Jim lächelte im Finstern über seine dummen Sorgen, klopfte dem Hengst noch einmal den Hals und ging mit ruhigem Schritt weiter.

Bedächtig machte er die Runde von Box zu Box. Alles war friedlich, vollkommen in Ordnung. Was hatte er sich nur für Unsinn eingeredet? Trotzdem: Wenn man nervös und unruhig war, dann gab es nichts Tröstlicheres als das Gefühl, von einem Pferd verstanden zu werden und sein Vertrauen zu haben. Jim kehrte zum Häuschen zurück, aß sein vernachlässigtes Steak und griff dann nach einem Buch.

Als Lucia am folgenden Morgen aufstand, war an der Tankstelle alles ganz wie immer, und auch Len lachte nur, als sie sich nach seinem Befinden erkundigte.

»Alles ist wieder gut, Luce!« erklärte er. »Es tut überhaupt nicht mehr weh. Und gehört habe ich auch die ganze Nacht über nichts – außer der alten Dame. Sie schnarcht wirklich mit bemerkenswerter Lautstärke. Jedenfalls passiert nun bestimmt nichts mehr, passen Sie nur auf!«

Mit keiner Silbe erwähnte er seine Unterhaltung mit Ross vom vergangenen Tage. Es stimmte schon: Er verstand sich darauf, mit entwaffnender Offenheit über Dinge zu schwatzen, die keinerlei Bedeutung hatten.

Plötzlich aber wurde die harmonische Morgenstille zerrissen. Von der Tür des Hauses her schallte eine piepsige, grelle Stimme. »Miss Field! Miss Field! Sehen Sie, da bin ich wieder!«

Lucia unterdrückte ein Stöhnen. Carmen – wenn auch glücklicherweise ohne Spaten! Strahlend schien sie die ganze Welt umarmen zu wollen, und in beredten Worten gab sie immer erneut der Freude Ausdruck, die der Besuch der berühmten Schriftstellerin ihr bereitet habe. »Wie unsagbar herrlich, eine geistesverwandte Seele, ebenfalls Künstlerin, zu treffen, Miss Field. Ist es vermessen von mir, den Vorschlag zu wagen, sie möchte noch einmal kommen – Sie alle miteinander? Ach, liebste Miss Field, mein Dasein ist so einsam, und nur selten komme ich in Berührung mit einem kongenialen Geist! Darf ich deshalb der Hoffnung Ausdruck geben, daß Sie Mrs. Wharton noch einmal zu mir bringen, zusammen natürlich mit ihrer lieben Tochter und den reizenden Enkelchen? Würden Sie heute nachmittag zum Tee kommen?«

Lucia zauderte, aber bald gab sie sich geschlagen. Die flötende Stimme hatte etwas Rührendes an sich, ebenso wie das schüchterne, verzagte, hoffende Gesicht. Langsam brachte Lucia hervor: »Es ist ungemein liebenswürdig von Ihnen, Miss Mills, aber ... Ja, wir wollen Mrs. Middleton fragen. Vielleicht hat sie schon etwas anderes vor.«

Sie hoffte, sich darauf verlassen zu dürfen, daß dies der Fall sei. Aber weit gefehlt! Erstaunlicherweise stimmte Annabel sofort zu. »Bestimmt ist Mutter sehr erfreut darüber!« erklärte sie, während Lucia vor Verblüffung die Augen weit aufriß. »Das Schlimme ist nur, Miss Mills, daß ich tatsächlich die Kinder mitbringen muß, und ich muß gestehen, daß sie nicht sehr artig sind – zumindest nicht James!«

»Reizend, reizend!« schwärmte Carmen. »Ach, die allerliebsten Kleinen! Wie froh werden sie sein, in meinem Garten spielen zu dürfen und sich Geschichten von meinen kleinen Zwergen und Gnomen auszudenken.«

›Mit noch größerer Freude werden sie sie kaputtmachen‹, dachte Lucia grimmig. Nachdem Carmen, noch immer schnurrend vor Freude über die Zusage, um halb vier zum Tee zu kommen, endlich verschwunden war, fiel Lucia buchstäblich über ihre Freundin her.

»Wie konntest du das tun? Als hätte der gestrige Besuch noch nicht genügt! Paß auf: Deine Mutter wird toben! Und vermutlich muß sie noch ein zweites Bild abkaufen!«

»Bestimmt nicht! Wie ich Mutter kenne, läßt sie diesmal ihr Portemonnaie zu Haus! Ich kann mir vorstellen, wie gräßlich es sein wird – aber wenn wir daheim blieben, wäre es nur noch schlimmer. Weißt du, was Mutter uns für heute nachmittag zugedacht hatte? Sie wollte uns die ersten sechs Kapitel ihres neuesten Buches vorlesen, weil sie meint, es sei oft nützlich, die Reaktion von Leuten zu beobachten, die sich nicht zu den Intellektuellen rechnen dürften!«

»Ach!« stieß Lucia verdutzt hervor. »Na, hm . . . vielleicht . . . Gewiß, da hast du nicht unrecht. Aber ich wette, daß du deine Mutter nicht zum Besuch überreden wirst. Gestern hat sie die Nase gestrichen voll bekommen!«

Tatsächlich jedoch erklärte sich Augusta bereit mitzufahren, wenngleich eher der Not gehorchend als dem eigenen Triebe. »Wenn ich mir vorstelle, ich sollte allein hier bleiben, ausgesetzt dem erneuten Angriff eines mordlustigen Fremden . . .«

»Du wärst doch nicht allein, Mutter! Len wäre ja bei dir.«

»Woher soll ich wissen, ob nicht auch er im Bunde mit dem Feinde steht?«

»Aber, Mrs. Wharton, wie könnte das denn sein? Trägt er nicht eine großmächtige Beule am Kopf, weil er versuchte, dem Einbrecher entgegenzutreten?« fuhr Lucia empört auf.

»Tarnung, nichts als Tarnung!« knurrte Augusta anzüglich, und die beiden jungen Frauen tauschten einen resignierten Blick. Es hatte keinen Sinn, sich mit ihr zu streiten, und außerdem war ja gerade sie es, die verwandte kunstbeflissene Seele, die Carmen zu sehen wünschte. So war es gut, daß sie sich bereit erklärte, mit von der Partie zu ein.

Lucia konnte den verrückten Verdacht, den Mrs. Wharton gegen Len geäußert hatte, nicht so schnell verwinden. »Ich muß ein bißchen zur Tankstelle hinunter, um Len abzulösen! Sicherlich macht ihm seine Beule arg zu schaffen!«

Es war zu spät, sich zu verdrücken, denn sie erkannte, daß der Wagen, der gerade an der Pumpe hielt, Ross gehörte. Er selbst stand mit Len ganz in der Nähe. Während er auf ihn einsprach, schaute der junge Mann verstockt auf seine Fußspitzen.

»Was ist denn nun schon wieder los?« fragte Lucia bissig.

»Los ist eigentlich gar nichts, Miss Field. Ich möchte von Len nur ganz genau wissen, wo er in der Nacht war, als Davis ermordet wurde.«

»Was soll das heißen: Wo er war?« fuhr Lucia auf, gleichzeitig erschrocken und wütend. »Sie wissen ganz genau, wo er war: Er lag dort in seinem Zimmer zu Bett und schlief!«

»Das trifft leider nicht zu. Er fuhr nämlich im Auto durch Lakeville – und zwar in Ihrem Auto . . . um elf Uhr nachts!«

»Das glaube ich nicht!« rief Lucia ohne Zögern aus. »Ich habe doch selbst gesehen, wie er in sein Zimmer ging – um neun Uhr, als ich mich zu Bett legte. Warum sollte er denn wieder aufgestanden sein? Und was sollte ihn nach Lakeville gezogen haben? Das ist doch reiner Blödsinn!«

»Wir haben unwiderleglich festgestellt«, beharrte Ross in aller Ruhe, »daß Len um elf Uhr nachts in Lakeville war. Wenn es ihm darauf ankam, hatte er also reichlich Zeit, ins Gebirge hinaufzufahren. Aber vielleicht wäre es günstiger, wenn er zu dieser Frage selbst Stellung nähme – falls es ihm ratsam erscheint.«

»Warum sollte er Stellung nehmen?« tobte Lucia. »Ich dulde es nicht, daß Sie meinen Angestellten einschüchtern, allerlei absurde Anklagen gegen ihn erheben, auch wenn Sie Kriminalbeamter sind!« Immer wütender wurde sie. »Los, entblöden Sie sich nicht, ihn auszufragen!« schrie sie. »Fragen Sie ihn, was Sie wollen! Ich werde schweigen!«

»Also gut, Len«, meinte Ross, nachdem Lucia sich beruhigt hatte. »Was haben Sie um elf Uhr in jener Nacht in Lakeville getan?«

Len warf Lucia einen dankbaren und Ross einen würdevollen Blick zu. – »Das ist meine eigene Angelegenheit, Mr. Ross!«

»Bravo, Len!« rief Lucia ungestüm. »Erklären Sie nur, Sie würden ohne Anwesenheit eines Anwalts keine einzige Frage beantworten!«

Len blickte ziemlich hilflos zu ihr hinüber. »Ich habe doch gar keinen Anwalt, Luce!« murmelte er, und Ross mußte sich abwenden, um sein Lächeln zu verbergen.

»Dann sagen Sie eben überhaupt nichts! Ich verbiete Ihnen, irgendwelche Fragen zu beantworten!« schrie Lucia unbeherrscht.

»Zum Donnerwetter!« fuhr Ross auf. »Sie tun aber wirklich, als hielte ich bereits die Handschellen bereit!«

Verzweifelt abwinkend kehrte er zu seinem Wagen zurück, aber Lucias Stimme verfolgte ihn, jagte ihm noch einen Schuß hinterher.

»Das ist wirklich der albernste aller albernen Einfälle! Sie sollten sich schämen!«

Ross gab keine Antwort, er blickte nicht einmal über die Schulter zurück, während er sich hinters Steuer setzte und die Tür zuknallte. So schnell brauste er davon, daß er um ein Haar mit Jim zusammengestoßen wäre, der soeben zur Tankstelle einbog. Verblüfft schaute der Trainer dem andern Wagen nach. »Der hat es aber eilig!« meinte er ruhig.

Lucias Augen schossen Blitze, und ihre Wangen brannten. »Ein schrecklicher Mensch!« schalt sie, und noch während sie sich abwandte, rief sie Len über die Schulter zu: »Bestimmt kommt er wieder! Er wird versuchen, mit Ihnen zu sprechen, während ich nicht da bin. Aber sagen Sie ihm nichts, Len, ganz und gar nichts, ehe Sie sich nicht mit mir beraten haben.« Dann schaute sie Jim an, und ihre Stimme wurde sanft: »Ja, er ist ziemlich forsch abgebraust, wie? Kommen Sie doch herein, Jim! Annabel wird sich freuen, daß Sie da sind!«

»Ihr fehlt doch nichts?« fragte Jim besorgt, während er neben Lucia zum Haus ging. »Als ich heute früh anrufen wollte, war die Verbindung gestört.«

»Es ist alles in bester Ordnung! Heute nachmittag sind wir alle zum Tee bei Carmen eingeladen. Das wird reichlich lustig werden!«

»Zu Carmen wollen Sie! Alle miteinander? Dann kann ich ja Annabel meinen Wagen hierlassen und mit Mick hinauffahren. Er will ohnehin nachher vorbeikommen. Dann brauchen Sie Ihren kleinen Bus nicht zu überladen!«

Nachdem er seine Leutchen wiedergesehen hatte, kehrte seine übliche gute Laune zurück, und sogar die Überreichung des geschenkten Gemäldes konnte ihn nicht erschüttern. Zwar zuckte er kurz zusammen, aber sogleich erholte er sich wieder und stammelte ein paar höfliche Dankesworte ins strahlende Gesicht der Schwiegermutter – wobei er allerdings den hämisch blitzenden Augen seiner Frau nach Kräften auswich.

»Sehr lieb von dir! Herzlichen Dank. Natürlich erkenne ich die Pferde, obwohl ... Nun, auf alle Fälle ist es reizend von dir, mir das Bild zu schenken. Annabel wird daheim sicherlich einen Platz finden, wo wir es aufhängen können!« Dieser Hieb war die Rache für ihre hinterlistigen Versuche, ihn während des feierlichen Aktes zum Lachen zu bringen.

»Das habe ich mir schon überlegt, Liebling«, erklärte Annabel ungerührt. »Wir hängen es in das Zimmerchen, wo du deine Akten aufbewahrst. Wenn du dann an deinem Schreibtisch sitzt, kannst du es ständig sehen!«

Augusta schien gerührt. »Ich wußte doch, daß ich eine kluge Wahl getroffen habe! Das Bild wird stets ein kleines Andenken an mein glückhaftes Verweilen hier sein – an diese gewiß erlebnisreiche und höchst interessante Zeit. Wenn du das Bild betrachtest, wirst du sicherlich stets an mich denken.«

»Darauf kannst du dich verlassen!« versicherte Jim ihr so nachdrücklich, daß seine Frau ganz plötzlich ausrief: »Aber wo steckt denn James mal wieder? Ich muß ihn sofort suchen. Ach, Liebster, welcher Jammer – da kommt ja schon Herr Kelly dich abholen, ausgerechnet in dem Augenblick, wo sich eine so fröhliche Plauderei zwischen Mutter und dir anbahnte!«

Während sie aber zusammen zum wartenden Lastwagen hinausgingen, flüsterte sie ihm reumütig zu: »Hab nur keine Angst: Ich bin sicher, daß dem Bild beizeiten etwas zustößt! Du weißt doch, daß vor James' Zerstörungswut so leicht nichts sicher ist! Auf Wiedersehen! Und laß dich von dem Anblick nur nicht zu sehr niederdrücken, Liebster!«

Noch als Jim wieder in seinem Häuschen neben den Stallungen war, lachte er in der Erinnerung an die spöttischen Worte seiner Frau. Fast betroffen entrollte er das Bild und stellte es gegen die Wand. Ja, es war wirklich gräßlich: die Koppel viel grüner, als Gras in dieser Höhe wachsen konnte, und die Pferde so alltäglich, wie man sie sich nur denken konnte. Jim schüttelte sich und ging dann hinaus, um einen Übungsritt auf ›Goldweide‹ zu machen.

Erst nach drei Uhr kam er wieder herein und trank eine Tasse Tee. Je länger sein Auge auf dem Bilde ruhte, um so schlimmer wurde es. Wie war seine Schwiegermutter nur auf die Idee gekommen, ihm das Ding zu schenken? Sie hatte behauptet, es sähe seinen Pferden so besonders ähnlich. Nun, bis zu einem gewissen Grade mußte er das zugeben: Ohne Zweifel stellte das Bild die Stute dar, die damals bei schlechtem Wetter ihr Fohlen bekommen hatte, und auch das Fohlen mit der komischen Zeichnung, das Jim im Stall gelassen hatte, bis er es dann mit seiner Mutter wegschickte.

Aber was war denn mit dem Vorderbein der Stute los? Das sah ja aus wie bandagiert! Dabei war doch ›Merrygirl‹ kerngesund. Die

Färbung des Fohlens übrigens war hervorragend getroffen, und die weißen Socken kamen prächtig zur Geltung. Jim erinnerte sich noch gut, wie er gelacht hatte, als das arme Tier im Sonnenschein hin und her gerannt war, nachdem er ihm endlich seine Freiheit gegeben hatte – an dem Tage, an dem es dann mit der Mutter auf Reisen ging.

Plötzlich setzte er sich kerzengerade auf. Der Tag, an dem er das Fohlen herausgelassen hatte, war ja der Tag des Mordes gewesen. Aber das war ja auch der Tag, an dem Carmen nach ihrer eigenen Behauptung meilenweit von den Stallungen entfernt in der Stadt gewesen war. Dennoch war es der einzige Tag, an dem sie das Fohlen überhaupt gesehen haben konnte. Das Streichholz, mit dem Jim sich eine Zigarette hatte anzünden wollen, brannte ungenutzt nieder und versengte ihm die Finger. Mit einem erschrockenen Fluch ließ er es auf die Untertasse fallen. Und dann sagte er laut: »Du bist verrückt, Mensch! Du siehst auch schon Gespenster, wie Ross, was? Dabei hat Ross wegen seines Berufes noch mildernde Umstände! Dich geht das nichts an!«

Wirklich nicht? Plötzlich fiel ihm ein, daß Annabel ihm erzählt hatte, heute nachmittag führen sie alle zu Miss Mills zum Tee. Unwiderstehlich fühlte er sich gehetzt, etwas zu tun. Ihm war, als müßte etwas Entsetzliches geschehen. Er schaute zur Uhr auf dem Wandbrett. Es war fast halb vier. Es war ihm gleichgültig, ob man ihn für verrückt hielt; aber er mußte versuchen, die andern vom Besuch in diesem Haus abzuhalten.

Er rannte zum Telefon und läutete stürmisch, bis ihm wieder einfiel, daß die Leitung gestört war. Was nun? Den Wagen hatte Annabel unten. Und im Montagelager stand im Augenblick vermutlich kein Fahrzeug zur Verfügung: Kelly hatte ihm erzählt, die Männer wollten heute sämtlich wegfahren. Meilenweit entfernt mochten sie sein, das Lager war verlassen, keine Hilfe weit und breit! Trotzdem mußte er irgendwie die Tankstelle erreichen. Sollte er reiten? Aber damit kam er zu langsam voran. Zu kurvenreich wand sich die Straße zu Tal. Bis er unten ankam, waren die andern bestimmt schon lange in Carmens Haus, bedroht von irgendeiner ungreifbaren, lauernden Gefahr, deren eigentlicher Charakter Jim noch immer unklar war, an deren Vorhandensein er jedoch keinen Augenblick lang zweifelte. Das Bild ... ja, es hing damit zusammen, das Bild von dem Fohlen – der Beweis dafür, daß Carmen kein stichfestes Alibi hat. Und Carmen, das hatte er längst erkannt, war etwas übergeschnappt.

Es blieb nichts anderes übrig, als zu reiten und zu versuchen, den Abkürzungsweg zu bewältigen, der früher für Reiter bestimmt war, obwohl man ihn in jüngster Zeit für zu gefährlich hielt. Zu Fuß war Jim schon einmal hinuntergegangen und fand es nicht gerade vergnüglich. Aber jetzt mußte er reiten, diesen Weg, den man den ›Hinterhalt‹ nannte, diesen schmalen, gewundenen, gefährlichen Pfad, der hart am Rande der Klippen entlang steil bergab führte und unten in unmittelbarer Nähe der Tankstelle endete.

Nur ein einziges Pferd konnte ihm dabei nützen: ›Raubritter‹. Gewiß war ›Signorina‹ fromm und folgsam, aber sie war im Stall, im Hof, auf weiß umzäunten Koppeln von Gestüten groß geworden. Nur ›Raubritter‹, der im Bergland geboren und aufgewachsen war, konnte den ›Hinterhalt‹ meistern.

Jim schaute sich im Zimmer um, und dann fuhr er herum, rollte Augustas Geschenk so ungestüm ein, daß die Leinwand knitterte und brach, stopfte es sich unters Hemd und rannte zum Stall hinüber. Jetzt erst fiel ihm auf, daß die Atmosphäre seltsam drückend und unbewegt war. Irgend etwas Unheilvolles lastete auf dem Land: ›Erdbebenwetter‹ pflegten es die alten Pferdeburschen zu nennen. Jims Angst wurde noch quälender, und er meinte, keine einzige Sekunde mehr verlieren zu dürfen.

So eilig er es jedoch hatte, so eisern zwang er sich, ganz ruhig zur Box des Junghengstes zu treten; er achtete gut darauf, daß seine Stimme ruhig klang. Auf keinen Fall durfte er ›Raubritter‹ seine Angst mitteilen.

»Komm schon, ›Räuber‹! Jetzt habe ich eine Aufgabe für dich! Für uns beide. Wir bekommen zu tun, ›Räuber‹, und zwar etwas sehr Wichtiges. Und ob es gelingt, hängt von dir ab!«

Er machte die Tür der Box auf, während er so ruhig wie möglich weiter auf das Pferd einsprach: »Jetzt kannst du einmal allen Leuten beweisen, was in dir steckt! Ich habe ja immer behauptet, ›Räuber‹, daß du ein tüchtiger, tapferer Kerl bist. Zeige jetzt den andern, daß ich recht hatte.«

Während dieser Worte schob er dem Hengst das Zaumzeug über die Ohren, warf ihm den leichten Übungssattel auf, schnallte die

Steigbügel länger, zog den Sattelgurt um ein Loch strammer und vergaß dabei nicht, immer wieder beruhigend den sehnigen Hals des edlen Tieres zu klopfen. Endlich führte er ›Raubritter‹ aus dem Stall und sprang mit gewandtem Satz in den Sattel.

Geradezu erstickend drückte nun die Luft, und bleiern lastete der Himmel auf dem Land. Eine seltsame Stille herrschte, wie eine Pause, wie ein Abwarten. Abwarten? Worauf wartete die Welt? Sogar das Pferd schien erregt; es warf den Kopf hoch, senkte ihn wieder, riß am Zügel. Sacht drängte Jim ›Räuber‹ in den Galopp, beugte sich weit über die Schulter des Tieres und gab ihm mehr Leine. Mit riesenhaften Sätzen jagte der große schwarze Hengst über die mit Buschgras bewachsene Hochebene dahin.

VIERZEHNTES KAPITEL

In Carmens Häuschen herrschte eitel Frieden. Die Kinder spielten im Garten, überwältigt und ein wenig eingeschüchtert von den Legionen Gnomen und Gespenstern, die zwischen den Blumen lauerten. Augusta zwang ihre Verärgerung unter Aufbietung aller Seelenkräfte nieder und hörte zerstreut dem Geschwätz der Gastgeberin zu. Lucia und Augusta wagten einander nicht in die Augen zu sehen, denn sie kannten wohl den Grund dieser Zurückhaltung.

»Die einzige Möglichkeit, ein weiteres Zusammensein mit diesem blöden kleinen Geschöpf zu überleben, besteht darin, daß ich es in mein Buch aufnehme!« hatte Augusta erklärt, nachdem es ihr über geworden war, immer weiter auf den bevorstehenden Besuch zu schimpfen. »Wenigstens ist die Zeit nicht verloren, wenn ich sie dazu benutze, ihr Getue zu studieren und mir das elende Geschwätz anzuhören. Also fahren wir meinetwegen: Ich werde Auge und Ohr offenhalten.«

Carmen sonnte sich gleichsam in der Aufmerksamkeit der großen Dichterin; sie bemerkte kaum, daß auch Lucia und Annabel noch anwesend waren. »Und das hier ist mein kostbarster Schatz!« flötete sie. »Ich habe ihn eigens herausgebracht, um ihn Ihnen zu zeigen. Gewöhnlich bleibt es, nur mir selbst zur Freude, in meinem Schlafzimmer.«

Auf einer hohen Staffelei, die kaum in den engen Raum paßte, befand sich ein gerahmtes Aquarell einer südlichen Landschaft – die beste Arbeit von Aloysius Mills, die den Besucherinnen je zu Gesicht gekommen war.

»Was soll denn die Staffelei?« flüsterte Lucia, und Annabel erwiderte mit zum Himmel gewendeten Augen: »Weil an der Wand nicht genug Platz ist. Ach, wenn doch jetzt gerade James hereinstürmte und das Ding versehentlich umstieße!«

Sogleich aber wurde sie durch diesen unfrommen Wunsch bestraft. Sie schaute aus dem Fenster – und stieß einen gequälten Ruf aus. Eve saß noch immer ganz brav auf dem winzigen Rasenplatz, den der Garten zu bieten hatte, aber James war es über geworden, tatenlos die Gnomen zu begucken. »Dieser Unband hat doch wirklich sein gräßliches Luftgewehr mitgebracht und geht nun zum Angriff auf die Zwerge über!« Damit rannte sie hinaus, und Lucia folgte ihr; sie war froh, ins Freie entwischen zu können, denn die stickige Luft drinnen im Hause raubte ihr buchstäblich den Atem.

»Ein fürchterlicher Nachmittag«, stöhnte sie. »Ob das Wetter die Ursache dieser lastenden Schwere ist? Schau dir nur den Himmel an, und horch, wie seltsam die Vögel schreien.«

»Vermutlich hängt ein Erdbeben in der Luft«, erklärte Annabel ganz ruhig. »Unheil wird es nicht anrichten, höchstens eines der steinernen Gespenster umwerfen; wenn es dann auf James fällt, geschieht es ihm nur recht. James, habe ich dir nicht ausdrücklich verboten, dein Gewehr mitzubringen? Du wirst die reizenden Zwerge von Miss Mills beschädigen! Gib es sofort her; ich bringe es ins Auto!«

Die Antwort bestand in einem Gebrüll hemmungsloser Wut, und dann schleuderte der Junge zu Lucias aufrichtiger Freude einen Erdklumpen dem dicksten Gnomen mitten aufs Auge. »Wenn ich nicht auf sie schießen darf, dann schmeiße ich mit Dreck! Die häßlichen Dinger! Die ekelhaften Kerle. Ich zermatsche ihnen die Augen!« Und leise knirschte er in sich hinein: »Ich hole mir das Gewehr schon wieder!«

Annabel zuckte die Achseln. »Ein Glück, daß keine Steine im Garten herumliegen. Geh nur wieder hinein, Lucia! Carmen Mills ruft schon, und ich möchte nicht, daß sie erst herausgelaufen kommt und sieht, womit sich mein unartiger Sohn beschäftigt.« – Im stikkigen Wohnzimmer genoß Carmen Mills ihre Rolle als Gastgeberin.

»Wie herrlich, liebe Gäste zu haben! Was für eine riesige Freude! Das Teeservice hier hat meinem Großvater gehört. Ich benutze es nur bei ganz besonderen Gelegenheiten.«

»Es ist wirklich hübsch«, erklärte Annabel freundlich. »Darf ich Ihnen behilflich sein? Soll ich Mutter die Tasse reichen?«

»O nein, meine Liebe; nicht diese! Hier, dies hier war Großvaters Lieblingstasse, und deshalb habe ich sie Mrs. Wharton zugedacht. Sehen Sie? Sie ist größer. Jawohl, sie steht der großen Dichterin zu.« Mit fast priesterlicher Feierlichkeit bot sie Augusta die Tasse dar.

Mrs. Wharton sah aus, als brauche sie dringend eine Erfrischung: Ihr Gesicht war vor Hitze und innerer Anspannung gerötet, und in ihren Augen loderte es wild. Was selten vorkam, war geschehen: Sie war mit jemandem zusammengestoßen, der ihr mindestens ebenbürtig war – und darüber war sie alles andere als froh! Dankbar nahm sie die Tasse an, aber als sie sie zum Mund führen wollte, ertönte ein lautes Grollen; hastig setzte sie die Tasse wieder ab und schaute sich erschrocken um.

»Nur ein Erdbeben, verehrte Mrs. Wharton! Deshalb brauchen Sie sich nicht zu beunruhigen!« meinte die Gastgeberin besänftigend. »Das haben wir häufig hier. Lassen Sie nur Ihren Tee nicht kalt werden.«

Augusta bemühte sich, keine Angst zu zeigen, aber sie stammte aus einem Teil des Landes, das sich keiner Erdbeben zu erfreuen brauchte, und deshalb mochte sie sie ganz und gar nicht leiden. Mit einem etwas mißratenen Lächeln streckte sie die Hand nach der Tasse aus ... und in diesem Augenblick wankte die Erde, und gleichzeitig spürte sie etwas. Mit spitzem Schrei griff sie sich mit einer Hand an die Wange.

»Der Kamin!« kreischte sie. »Die Steine lösen sich! Ein Splitter hat mich ins Gesicht getroffen!«

Zu ihrer eigenen Beschämung lachte Lucia vor Vergnügen auf. Carmen aber sprang auf, und in ihrem Gesicht arbeitete es wild. Annabel schlug die Hände zusammen. »Dieses elende Luftgewehr! Hätte ich es doch nur besser versteckt ... Liebste Mutter, es war ja nur ein Stückchen Korken!« Dabei bemühte sie sich so auszusehen, als habe sie das kleine, niederträchtige Gesicht hinter dem Fenster nicht bemerkt – und als höre sie nicht die eiligen Schritte ihres Jungen, der, ausnahmsweise über seine eigenen Heldentaten erschrokken, den Gartenweg entlang davonstürmte.

»Jawohl, nur ein Stückchen Korken!« wiederholte Carmen. »Das Erdbeben ist vorbei, und alles ist in bester Ordnung. Deshalb erfreuen Sie sich nun an einer gemütlichen Tasse Tee!«

Unter heldenhafter Anstrengung ergriff Augusta die Tasse und führte sie zum Munde. In diesem Augenblick hörten sie, wie jemand den Pfad entlanggelaufen kam.

Jim selbst konnte sich nachher nicht erklären, wie er den ›Hinterhalt‹ eigentlich bewältigt hatte; aber es war ihm unterwegs durchaus gut zumute gewesen. Auch der Hengst war, als sie den Beginn des steilen Abstiegs erreicht hatten, zur Ruhe gekommen, nachdem er zunächst mit übermütigen Sprüngen über die grasbewachsene Hochebene galoppiert war. Der Anblick des schmalen Pfades aber, der sich in der Finsternis des dichten Busches verlor, behagte ihm gar nicht, und schnaubend hatte er auszubrechen versucht. »Nimm dich doch zusammen!« hatte Jim ihn ermahnt und ihn dann mit gutem Zureden und den Hacken vorwärtsgedrängt. Dabei hatte er eisern versucht, selbst an absolut nichts zu denken, denn jeder Gedanke an Annabel versetzte ihn in panische Angst, die ohne Zweifel auf ›Raubritter‹ abfärben würde. Nur an das Pferd und an den schmalen Pfad vor ihnen hatte er denken dürfen.

Der erste Kilometer durch den Busch bot keine ernsten Schwierigkeiten. Schmal und gewunden senkte sich der Pfad hinab, und entschlossen drängte sich ›Raubritter‹ durch die hochwachsenden Baumfarne, die Jims Gesicht peitschten. Unbewegt und drückend war die Luft. Plötzlich machte das Pferd einen erschrockenen Sprung: Ganz in der Nähe war ein Vogel mit gellendem Aufschrei davongeflogen.

»Hast du jetzt schon Angst vor Vögeln?« fragte Jim tröstend. »Was bist du für ein furchtsames Schaf!«

Seine Stimme beruhigte den Hengst, und so sprach er weiter auf ihn ein, Worte, die ihm selbst dumm und albern vorkamen. Plötzlich und unvermutet kamen sie aus dem Busch und blieben am Rande der steilen Klippen stehen. Unter ihnen dehnte sich schimmernd der See. Ganz in der Nähe flatterte ein Fasan mit einem Schrei auf. Jim hörte einen andern antworten, und dann noch einen, weiter und weiter entfernt, irgendwo ganz am Ende der Hochebene. Anscheinend war unter ›Raubritters‹ Huf ein Stein den Berg hinuntergerollt, denn unten stieg ein Staubwölkchen vom unbewegten Grund auf.

»Komm weiter, ›Räuber‹!« drängte Jim sanft. Seine Hand, die den glatten Pferdehals klopfte, wurde feucht. Das Pferd hatte Angst.

»Komm schon, ›Räuber‹!« wiederholte Jim.

Im Zickzack führte der Pfad den Steilhang hinunter. Jim ließ ›Raubritter‹ am langen Zügel ganz frei laufen, und der schwarze Hengst suchte schnaubend, mit gesenktem Kopf, seinen Weg zur ersten Kehre der Serpentine. Während er dort vorsichtig wendete, sah Jim hart an seiner Stiefelspitze vorbei tief drunten den See liegen. Er hätte sich ein wohligeres Gefühl vorstellen können.

Hinter der nächsten Kehre tauchte zu ihren Füßen die Bucht auf. Die Tankstelle konnte Jim nicht sehen; sie lag zu nahe am Hang. Deutlich aber erkannte er im bleiernen Tageslicht das Wasserflugzeug, das vertäut auf dem Wasser schaukelte, und am Landungssteg das verankerte Motorboot. Ein Stein, der sich unter dem Huf des schwarzen Hengstes löste, rollte über den Grat. Jim hörte, wie er hinunterhüpfte, weiter und immer weiter. Erst am Ufer des Sees würde er zur Ruhe kommen.

Inzwischen hatten sie die Kehre erreicht, wo der Pfad die Virginaquelle durchquert. Während ›Raubritter‹ durch das seichte Wasser stapfte, betrachtete Jim verblüfft und nachdenklich die aufgestörte Oberfläche. Obwohl es lange nicht geregnet hatte, war das Wasser verfärbt. Wieder hörte er die Fasanen schreien, oben auf der Hochebene. Bedeutete das alles ein neues Erdbeben?

»Braves Tier, ›Räuber‹!« murmelte er beruhigend. »Braves Tier! Nun haben wir es nicht mehr weit.«

Der Pfad war ein wenig breiter geworden, und sie bogen um die nächste Kehre. Wie angewurzelt blieb ›Raubritter‹ stehen, und Jim stieß einen Schrei hilfloser Wut aus. »Mein Gott! Nein!«

Ein Spalt gähnte vor ihnen. Das Erdreich war abgerutscht, hatte ein Stück aus dem Pfad herausgerissen. Ein paar Meter weit war nichts als Leere.

Jim drängte den Hengst voran und betrachtete sich den breiten Spalt. Immer wieder dröhnten dieselben Worte durch sein Hirn:

›Sie war an jenem Tage hier, und sie ist wahnsinnig. Carmen ist wahnsinnig!‹

»Eine Kleinigkeit für dich, ›Räuber‹!« redete er dem Pferd munter zu. »Doppelt so weit springst du Tag für Tag, wenn du aus reinem Vergnügen über den Bach hinter deiner Koppel setzt! Im Schlaf könntest du da hinüberhopsen. Komm, wir nehmen ein bißchen Anlauf, nur ein paar Meter, und dann ... Paß auf, wir sind hinüber, ehe du es dich versiehst!«

Beruhigend fest zog er den Zügel an, und dann ließ er den Hengst antraben. Während ein Teil seines Hirns von Gedanken an Annabel und die Kinder angefüllt war, dachte ein anderer, kleiner Teil, ganz deutlich: ›Ein wahrer Jammer! Da habe ich mir so viele Mühe gegeben, und nun, wo er wieder ganz in Ordnung ist, muß ich ihn hier abstürzen und sich den Hals brechen lassen!‹

Und dann setzten sie drüben auf. Ein Scharren über lockeres Gestein, zwanzig Zentimeter vom Abgrund entfernt – dann waren sie in Sicherheit.

»›Raubritter‹!« rief Jim froh. »›Raubritter‹! Du bist ... du bist ganz groß!«

Fünf Minuten später hatten sie das Seeufer erreicht und hielten an der Tankstelle. Jim sprang aus dem Sattel und ließ die Zügel los. Zitternd blieb der Hengst stehen, mit weitaufgerissenen Nüstern, das Fell tropfend vor Schweiß. So viel Zeit nahm Jim sich doch noch, daß er ihm den Hals klopfte und beruhigend zuflüsterte: »Armer Kerl! Ich bin richtig verrückt, wie? Alles lauter Angst! Ohne allen Grund?«

Denn die Tankstelle sah aus wie immer. Neben der Pumpe stand ein protziger Wagen, dessen Fahrer zum Seeufer hinuntergegangen war, während Len einen der Reifen aufpumpte. Neben ihm hatte sich Rosie japsend vor Hitze hingelegt. Kaum erblickte Len den Reiter, der soeben aus dem Sattel gestiegen war, ließ er den Schlauch fallen. – »Jim! Sie – und mit dem Pferd? Warum nur? Ist etwas geschehen?«

Jim gab keine Antwort. Er öffnete die Pforte der Rasenfläche vor Lucias Haus und drängte den Hengst hinein. Nun wußte Len schon gar nicht mehr, was er von der Sache zu halten hatte. »Das Gras!« rief er erschrocken aus. »Luces schöner Rasen! Er wird ihn ganz zertrampeln!«

»Was schert mich das Gras?« knurrte Jim, während er den Riegel der Pforte zuschloß. »Jedenfalls ist der Hengst dort gut aufgehoben. Ich brauche einen Wagen!«

»Ich habe keinen. Beide sind bei Carmen.«

»Donnerwetter, ja. Daran hatte ich ja gar nicht mehr gedacht!« Und zu Lens grenzenloser Verblüffung riß er die Tür des großen fremden Autos auf und sprang hinters Steuer.

»Das dürfen Sie nicht tun!« jaulte Len auf, nunmehr endgültig überzeugt davon, daß Jim den Verstand verloren hatte. »Sie können doch den Wagen nicht einfach nehmen. Das ist ... Diebstahl, oder ... oder mindestens ...«

»Das ist mir verdammt egal!« brüllte Jim, während er Len zurückstieß und den Anlasser betätigte. »Für mich geht es um Mord – und Annabel ist bei ihr!«

»Mord?« wiederholte Len. »Und Luce ist auch dort!« Gewandt wie ein Affe kletterte er durchs offene Fenster des bereits anfahrenden Wagens und ließ sich in den Vordersitz fallen. Unvermutet setzte Rosie hinterher.

»Hinaus, Rosie!« keuchte Len. »Rosie, du magst doch gar nicht im Auto fahren! Los, scher dich hinaus!« Gehorsam verließ das große Tier den Schoß des Tankwarts und machte es sich im Fond des Wagens bequem. »O weh!« jammerte Len. »Fast wäre mir der Bauch geplatzt! Arme Rosie! Sie hat ja Angst ... Erdbeben sind nämlich gar nicht nach ihrem Geschmack.«

Jim ließ die Kupplung los und gab Gas; mit einem Ruck schoß der Wagen auf die Straße und jagte davon. Vom Ufer des Sees her drang ein wilder Aufschrei herauf, und Len schaute sich um. »Der scheint etwas böse zu sein«, vermutete er sanft, denn die Wutschreie steigerten sich zum Orkan. »Jetzt rennt er zum Büro, um die Polizei anzurufen. Na, das bringt uns einen schönen Schlamassel ein, Jim! Außerdem ist Geld in der Kasse, und nicht einmal Rosie ist als Wache zurückgeblieben! Jedoch, wenn es um Mord geht ...«

In diesem Augenblick gab es einen Ruck, und der große Wagen schwamm ein Stück beiseite, und das wütende Brüllen des beraubten Wagenbesitzers wurde von dumpfem Grollen abgelöst. »Das Erdbeben«, sagte Len, der einfach nicht schweigen konnte. »Da ist es! Gott sei Dank, dann haben wir es hinter uns! Nun wird sich auch Rosie wieder wohler fühlen.«

Von sich selbst konnte er das beileibe nicht behaupten. Jim brauste mit irrsinniger Geschwindigkeit dahin. Bald tauchte Carmens Häuschen vor ihnen auf. Als ihnen nun ein Auto begegnete, rief Len: »Das ist Ross! Na, der Kerl an der Tankstelle hat aber reichlich schnell die Polizei angerufen! Passen Sie auf, Jim, der macht uns allerlei Scherereien!«

Jim bremste so scharf, daß das harte Knirschen der Reifen sogar Len den Atem verschlug, und sprang im gleichen Augenblick aus dem Wagen. Atemlos, außer Fassung und ohne jedes Verständnis, dabei voller Angst, weil er die Polizei schon auf seiner Fährte wußte, lief Len hinter ihm her. Aufgeregt bellend schoß Rosie durchs Autofenster ins Freie.

Die drei hetzten ums Haus und stürmten ins Zimmer. Und dann blieb Jim wie angewurzelt in der Tür stehen, während ihm ein riesengroßer Stein vom Herzen fiel. Alles war ganz friedlich. Draußen im Garten spielten die Kinder; Annabel reichte der Mutter soeben die Kuchenplatte, und Mrs. Wharton führte eine Teetasse an die Lippen. Als Jim jedoch so ungestüm auftauchte, setzte sie die Tasse eilig wieder ab – und in diesem Augenblick drängte sich Philipp Ross an Jim vorbei ins Zimmer.

Jim schenkte ihm keinerlei Beachtung. Unverwandt schaute er Carmen an, während er aus dem Hemdausschnitt die zusammengerollte Leinwand zog und sie hastig auf dem Tisch ausbreitete. »Sehen Sie mal dieses Fohlen an! An welchem Tage haben Sie wohl dies Bild gemalt?«

Da geschah etwas Seltsames. Anstatt auf das Bild zu schauen, sprang Carmen flink auf, ergriff Augustas Tasse und wandte sich ab, um aus dem Zimmer zu fliehen.

Aber Ross war schneller als sie. Er packte sie beim Handgelenk und entwand ihr die Tasse. »Nicht doch!« knurrte er. »Was ist eigentlich darin?«

Carmen gab keine Antwort. Aber sie drehte sich um und deutete mit zitternder Hand auf Mrs. Wharton. Mit hoher, kreischender Stimme, die ihrem sonstigen sanften Flöten gar nicht ähnlich war, schrie sie: »Diese Frau! Sie hat es Ihnen verraten! Sie hat das Bild gekauft, um mich in die Falle zu locken. Sie hat mich ausspioniert!«

Jim drängte sich vor. »Nein, sie hat mir nichts verraten. Das Bild selbst hat mir alles gesagt. Das Fohlen ist nämlich nur einen einzigen Tag frei auf der Koppel herumgelaufen – am Tage, an dem der Mord geschah. Also müssen Sie das Bild an jenem Tage gemalt haben!«

»Nein, nein! Ich bin an dem Tage überhaupt nicht oben gewesen! Ich bin mit dem Bus in die Stadt gefahren!«

Dies war der Augenblick, den Rosie für ihr Eingreifen bestimmte. Laute Stimmen konnte sie nicht ausstehen, und Carmen kreischte gellend. Zweifellos war da etwas nicht in Ordnung, und noch ganz hingerissen von ihrem Erfolg als Wachhund, spürte Rosie die heilige Verpflichtung, um jeden Preis Frieden zwischen diesen Leuten, die sämtlich ihre Freunde waren, zu stiften. So sprang sie auf die streitende Gruppe zu, taumelte gegen diesen und jenen, wurde von Ross unsanft beiseite gedrängt und landete hart am Fuß der Staffelei mit Aloysius Mills' berühmtem Bild.

Sie schwankte, und krachend fiel das Gemälde zu Boden. Klirrend barsten Scheibe und Rahmen, und die Splitter umgaben den kläglichen Rest des Bildes zu Carmens Füßen. Hart entrang sie sich Ross' Griff und ließ sich neben dem zerstörten Bild zu Boden sinken, wimmernd wie ein verwundetes Tier, während sie versuchte, die einzelnen Glasscherben wieder einzusammeln.

»Mein schönes Bild. Zerbrochen. Verdorben. Großvaters herrliches Aquarell!«

Sie ließ die Scherben fallen, schlug beide Hände vors Gesicht, und ihre Schultern zuckten unter haltlosem Schluchzen. Nach einer Weile schwieg sie, qualvoll still wurde es im Zimmer, und endlich hob Carmen Mills ihr nasses, verheultes Gesicht hoch ... Unvermittelt ließ ihre gellende Stimme alle Anwesenden zusammenfahren.

»Es war mein Großvater! Wer kann wagen zu behaupten, daß er es nicht war? Wer kann wagen zu behaupten, ich hätte nicht sein Blut und sein Genie geerbt ... und ich sei ein elendes, namenloses Wesen?«

Niemand sagte etwas. Fassungslos, keines Wortes mächtig, saß Augusta in ihrem Sessel, mit halboffenem Munde. Lucia und Annabel wandten sich erschüttert ab, um dieses armselige Wesen nicht mehr ansehen zu müssen, das wirres, völlig unverständliches Zeug schwatzte. Unbehaglich trat Jim von einem Fuß auf den andern ... Nur Philipp Ross wußte, was er tat. Er stand neben der Alten, die Tasse in der Hand, aufmerksam auf Posten – wenngleich ein wenig beschämt, weil er einen Mitmenschen in solcher Erniedrigung erleben mußte. Nur Len schien zu verstehen, was sie überhaupt meinte, denn er schüttelte betrübt den Kopf und murmelte: »Aber hier wußte doch niemand etwas davon!«

Offenbar drangen die Worte an Carmens Ohr, denn plötzlich kreischte sie: »Er hat es gewußt! Er hat mir gesagt, ich sei unehelich, ich hätte keinen Tropfen von Großvaters Blut in mir. Und er drohte, es allen weiterzusagen, so daß alle mich auslachen und höhnisch den Finger auf mich richten könnten!« Mit glänzenden Augen blickte sie in die Runde.

Neues Schweigen trat ein. Jim schaute Ross an, und der Kriminalbeamte nickte. Dann stellte er die Tasse vorsichtig auf den Tisch, beugte sich zu Carmen hinunter und half ihr sanft auf die Beine. Aber ehe man sie fortführen konnte, überstürzten sich ihre Worte von neuem: »Ich habe ihm Geld gegeben. Immer mehr Geld habe ich geopfert. Ich habe gehungert, um es ihm geben zu können. Alles, was ich hatte, habe ich ihm gegeben, und er wollte immer noch mehr. Ach, ich bin froh, daß ich ihn getötet habe; ich bin froh, daß er in den Flammen umgekommen ist und nun nicht mehr lügen kann! Und diese Frau, die so überheblich tat. Auch sie wollte ich umbringen. Sie war ja eine Spionin, und Spionen gebührt der Tod. Deshalb habe ich ihr die Tasse meines Großvaters gegeben und Pflanzengift in den Tee getan!«

Ein Keuchen folgte, und dann ein dumpfer Schlag, der das ganze Zimmerchen wanken ließ. Augusta hatte das einzig Mögliche getan: Sie war ohnmächtig geworden und zu Boden gesunken.

FÜNFZEHNTES KAPITEL

Am folgenden Tage saßen sie alle in Lucias Häuschen beisammen: Jim und Annabel, Mrs. Wharton, Len, Lucia und Philipp Ross. Plötzlich verkündete Len: »Aber ich habe schon immer über Carmen Bescheid gewußt. Ich hätte Ihnen alles erzählen können, wenn Sie mich nur gefragt hätten. Tatsächlich war es nicht ihr wirklicher Großvater. Denn sie war ja ein uneheliches Kind. Der spätere Ehemann der Mutter adoptierte sie dann. Aber die Leute oben im Norden, woher auch ich stamme, wußten alles. Das war wohl auch der

Grund, weshalb Carmen hierher zog: Sie hoffte, daß hier niemand etwas davon ahnte.«

»Kam sie denn nie auf den Gedanken, Sie könnten etwas davon wissen, Len?« fragte Philipp Ross.

»Aber nein. Und ich hätte auch nie etwas verraten. Ich habe es völlig für mich behalten, denn sonst wäre Carmen sehr, sehr wütend geworden. Schließlich konnte sie ja auch nichts dafür, daß sie schon zur Welt gekommen war, bevor ihre Mutter heiratete.«

Langes Schweigen folgte. Alle dachten über das Geheimnis dieser Frau nach, über den eifersüchtigen, fanatischen Stolz auf den Mann, der letztlich überhaupt nicht mit ihr verwandt gewesen war; über ihre verzweifelten Versuche, Ebenbürtiges zu leisten. Endlich fragte Annabel leise: »Aber hat sie ihn wirklich nur getötet, weil er hinter das Geheimnis ihrer Geburt gekommen ist?«

»Sie war besessen!« warf Mrs. Wharton hastig ein. »Nichts in ihrem ganzen Leben galt ihr mehr als Malen und die fixe Idee, daß sie das Talent des Großvaters geerbt habe. In dieser Hinsicht war sie wahnsinnig. Ich habe solche Fälle bereits beschrieben.«

Lucia fand, daß Augusta erheblich menschlicher war als sonst. Es hatte sie doch schwer getroffen, daß sie mit so knapper Not davongekommen war, und sie war ihrem Schwiegersohn rührend dankbar dafür, daß er ihr das Leben gerettet hatte. »Schon streckte ich die Hand aus, um jene schicksalhafte Tasse zu ergreifen, die voller Gift war, wie Sie mir nun eröffnet haben! Ach, Jim, wo wäre ich jetzt ohne dich?«

Jim schüttelte den Kopf; offenbar wagte er nicht, eine bestimmte Vermutung zu äußern. Er sagte nur: »Ein Glück, daß das Fohlen nur an jenem Tage auf der Koppel war. Diesem Zufall hast du das Leben zu verdanken – und ›Raubritter‹! Kein anderes Pferd hätte den Abstieg durch den ›Hinterhalt‹ geschafft.

Augusta gab zu, daß dies eine wahre Heldentat gewesen sei, und man hörte sie murmeln: »Des Pferdes Rücken trug ihn dahin ...« Da wußten alle, daß sie darum rang, den schicksalsträchtigen Ritt in einem Gedicht zu verewigen.

Lucia wandte sich an Ross. »Wann aber fingen Sie denn an, sich Gedanken über Carmen zu machen? Und wie kamen Sie so bald nach Jim darauf?« – »Auch das war Glückssache... Bis gestern hatte Carmen gar nicht auf der Liste meiner Verdächtigen gestanden.«

»Ihrer Verdächtigen?« fiel Annabel ihm verdutzt ins Wort. »Sie haben doch wohl keinen von uns oder unsern hiesigen Bekannten verdächtigt? Es sind doch alles so nette Leute! Auf keinen konnte doch ernsthaft ein Verdacht fallen!«

Ross wich Jims Blick aus und erwiderte leichthin: »Ein Polizist, der niemanden verdächtigt, hat seinen Beruf verfehlt! Aber ich gebe zu, daß alle Leute auf meiner Liste ausgesprochen anständig zu sein schienen. An keinem schien irgendein Verdacht nachhaltig haften zu wollen, und keiner schien eines Mordes fähig.«

»Trotzdem haben Sie sie alle verdächtigt!« warf Lucia ihm vor. »Sogar Len! Nun sagen Sie uns schon, Len, um Gottes willen: Sind Sie damals in der Mordnacht wirklich in Lakeville gewesen, und was haben Sie dort getan?«

Plötzlich in den Mittelpunkt des Interesses aller Anwesenden gerückt, grinste Len verlegen.

»Ich wollte die Batterie Ihres Wagens abholen, Luce! Ich hatte sie zum Aufladen nach Lakeville geschickt. Dabei schämte ich mich, daß ich nicht aufgepaßt hatte und daß die Batterie leer geworden war! Aber noch mehr hätte ich mich geschämt, wenn Sie am folgenden Tage dahintergekommen wären, daß ich versagt hatte. Ich habe doch Peters Wagen stets gut versorgt. Nun, ich hatte den Leuten in der Werkstatt gesagt, sie sollten die Batterie bereitstellen, und jemand würde sie abholen kommen. Ich wußte nämlich, daß Mr. Purdy in die Stadt fuhr und ziemlich spät heimkommen würde. Ich wollte ihn bitten, mir die Batterie auf der Rückfahrt mitzubringen. Na, und dann redeten wir so viel vom Wetten, daß ich ganz darauf vergaß!«

»Das kann ich verstehen!« warf Lucia ein, um der Bemerkung zuvorzukommen, die sie bestimmt von Ross erwartete.

»Nur eine Kleinigkeit, Len!« begann Ross, und obwohl die Stimme ganz ruhig klang, glaubte Lucia doch, einen Hinterhalt herauszuhören. »Wenn der Wagen ohne Batterie war – wie konnte er dann fahren?«

Lens Blick wurde gehetzt. »Ich borgte mir die Batterie aus dem alten Wagen, den Toby Moses vom Brückenbau-Lager bei mir gelassen hatte, damit ich einen Reifen flickte. Aber später habe ich sie ihm wieder eingebaut; und wenn Sie mir noch mehr Fragen stellen, dann muß ich wohl doch einen Anwalt rufen. Nicht wahr, Luce?«

Allgemeines Gelächter folgte, das von allen Anwesenden als befreiend empfunden wurde.

»Sie sagten, jemand habe Grund für den Mord gehabt«, fuhr Len todernst fort. »Was für einen Grund denn? Gewiß war Davis kein netter Mensch – aber weshalb sollte jemand ihn deshalb ermorden?«

»Davis war Erpresser, und ein Grund, einen Erpresser zu ermorden, ist stets vorhanden. Er hatte verschiedene Geheimnisse aus der Vergangenheit mehrerer Leute entdeckt, die hier in der Gegend wohnen.«

»Geheimnisse?« fragte Annabel ungläubig. »Wer könnte denn hier Geheimnisse haben?«

Ross lächelte sie an. »Sie würden staunen, wenn Sie erführen, wer alles etwas zu verbergen hat – sogar unter lauter netten Menschen! Aber keiner der Leute schien mir, wie gesagt, wirklich hinreichend verdächtig, und so suchte ich nach einem Alibi, das sich widerlegen ließ. Dabei fing ich ausgerechnet bei Carmen an, so wenig ich mir auch vorstellen konnte, daß sie die Schuldige sei. Eine einzige Eigenschaft hatte sie, die mir gewichtig erschien: Sie war in verschiedener Hinsicht von fixen Ideen besessen – vor allem im Hinblick auf den Gartenbau und auf ihren Großvater.«

Nunmehr wurde es Augusta klar, daß die Unterhaltung gar zu lange ohne ihre Mitwirkung dahingeströmt war. Immerhin wäre sie um ein Haar das zweite Opfer des Falles geworden! Deshalb gebührte ihr wohl ein Wort in der Auseinandersetzung! So griff sie entschlossen ein.

»Ich begreife beim allerbesten Willen nicht, wieso das arme Wesen danach trachtete, mich umzubringen. Gewiß kann ich als Motiv die Eifersucht auf eine andere Künstlerin, der mehr Erfolg beschieden war, einsehen. Aber was meinte sie nur mit dem Vorwurf, ich hätte spioniert?«

Höflich wandte sich Ross ihr zu, aber Lucia bemerkte wohl das schnell beherrschte Aufflackern lebhaften Vergnügens in seinen Augen. »Eifersucht war es nicht, Mrs. Wharton, sondern das plötzliche Gefühl, sich mit dem Verkauf jenes Bildes verraten zu haben. Natürlich ahnte sie nicht, daß Sie es Jim schenken würden, aber sie fürchtete, Sie hätten ihr Geheimnis erkannt und würden es nun früher oder später enthüllen. Sie glaubte anscheinend, Sie hielten das Gemälde für wertvoll.«

»Diesen Schinken?« fuhr Augusta auf, und dann versuchte sie, den bloßen Gedanken daran beiseite zu husten. Annabel stieß ihren Mann boshaft in die Seite, aber Jim ließ kaum ein Auge von Ross und hatte nur einen spöttischen Seitenblick für sie übrig.

»Als sie es verkaufte, brauchte sie ganz dringend Geld«, fuhr Ross fort. »Davis hatte sie nämlich restlos ausgenommen. Nachher also fiel ihr ein, daß sie Ihnen gesagt hatte, sie habe das Bild in einer Feldscheune gemalt, und sie fürchtete, Sie könnten auf den Gedanken kommen, es sei der Schuppen auf dem Grundstück von Davis gewesen. Natürlich entsprang dieser Gedanke keiner kühlen Überlegung. Aber sie geriet in Panik. Vergessen Sie nicht, daß sie in mancher Hinsicht nicht zurechnungsfähig war.«

»Das arme Ding!« stieß Annabel hervor. »Und wir alle hielten sie für eine liebe harmlose Irre!«

»Ihre fixen Ideen waren ursprünglich auch harmlos, aber sie wuchsen sich aus, bis sie wirklich gefährlich wurden. Davis hatte sie ausgepreßt – gewiß entrang er ihr keine so großen Beträge wie manchem andern seiner Opfer, aber doch mehr, als sie sich auf lange Sicht leisten konnte«, erklärte Ross.

»Aber nichts von alledem ahnten Sie zunächst?« fragte Jim.

»Ganz und gar nichts«, gab Ross zu. »Ich begann nur deshalb mit Carmens Alibi, weil es mir besonders hieb- und stichfest vorkam, und jeder Leser von Kriminalromanen weiß ja, daß man unerschütterlichen Alibis zuallererst mißtrauen muß. Nun, heute früh kam ich ins Gespräch mit dem Busfahrer, mit dem Miss Mills befreundet war. Erst zierte er sich ein bißchen, aber nachdem ich ihn darauf aufmerksam machte, daß es um die Aufklärung eines Mordes ging, rückte er mit der Sprache heraus. Sie ist tatsächlich mit ihm in die Stadt gefahren und hat ausnahmsweise das Fahrgeld bezahlt und darauf bestanden, daß sie in die Passagierliste eingetragen wurde. Kaum aber hatten sie die Hochebene erreicht, da bat sie ihn zu seiner Überraschung, aussteigen zu dürfen. Sie hatte ihr Malzeug bei sich und erklärte, ganz unvermittelt habe der Schaffensdrang sie überkommen, und sie müsse ihm unbedingt auf der Stelle nachgeben. Gleichzeitig schärfte sie ihm ein, auf keinen Fall dürfe er jemandem etwas davon sagen, weil man sie dann nur auslachen würde; und nur er habe doch Verständnis für ihr Künstlertum.«

»Stieg sie direkt bei Davis' Haus aus?«

»Keineswegs. Dazu war sie zu gewitzt. Erst fast drei Kilometer weiter ließ sie halten und marschierte zu Fuß zurück.«

»Und in die Stadt fuhr sie überhaupt nicht?«

»Doch. Aber nicht an jenem Abend. Sie wußte, daß Davis am Dienstagabend stets spät heimkehrte, und so vertrieb sie sich die Zeit damit, daß sie Skizzen zeichnete. Als es dunkel wurde, versteckte sie sich und wartete. Ja, das alles hat sie inzwischen gestanden. Die Ärmste ist nun völlig übergeschnappt und rühmt sich ihrer Tat auch noch. Sie schlich sich von hinten an Davis heran, und es bedurfte keiner großen Kraftanstrengung, ihn besinnungslos zu schlagen.«

»Carmen war erstaunlich stark!« warf Len ein. »Die Gartenarbeit hat sie bei Kräften gehalten.«

Das Wort ›übergeschnappt‹ beschäftigte Annabel noch weiter. »Aber wenn sie verrückt ist, dann ... dann wird sie doch wohl nicht ...«

»Bestimmt nicht. Man wird sie unter Aufsicht stellen, und sie wird ihre Tage froh und glücklich beschließen: Sie wird malen und von ihrem Großvater schwatzen, das arme Wesen. Wie die meisten Verrückten benahm sie sich sehr listig und zielbewußt: Nachdem sie Davis mit einer Eisenstange, die sie in der Garage gefunden hatte, besinnungslos geschlagen hatte, kippte sie den Benzinkanister um und wartete, bis die Flüssigkeit Feuer fing. Dann verließ sie den Schauplatz im festen Glauben, nun würde alles in Flammen aufgehen und niemand würde ahnen, daß ein Mord geschehen war.«

»Und sie schlich heim, ohne daß jemand sie bemerkte?« fragte Lucia.

»Nein. Auch dazu war sie zu vorsichtig. Noch viele Kilometer weit wanderte sie in der Nacht zu Fuß, und erst in den frühen Morgenstunden ließ sie sich von einem Lastwagen mitnehmen. Sie scheint die Stadt ohne Unterbrechung erreicht zu haben. Genau wissen wir es noch nicht, aber wir werden es überprüfen. Am folgenden Tage kehrte sie mit dem Bus zurück, im Besitze eines einwandfreien Alibis: Nachweislich war sie vierundzwanzig Stunden fort gewesen!«

Schweigen folgte, nur gestört vom ungeduldigen Hupen eines Wagens draußen an der Tankstelle. Len sprang auf und lief hinaus, und auch Augusta erhob sich, um ihre Koffer fertigzupacken. Annabel folgte ihr, um ihr zu helfen. Nur Jim, Lucia und Ross blieben allein zurück. »Und was ist mit den andern – mit den Männern im Campinglager?« fragte das Mädchen. »Ich hatte stets das Gefühl, daß Sie sie verdächtigten – und daß Jim deshalb seine Frau ausquartierte. Haben denn auch sie etwas angestellt?«

Ross lächelte verkniffen. »Sie waren nette Leute, um mit Mrs. Middleton zu sprechen. Natürlich kenne ich Ihre Schwäche für Nigel – aber Sie brauchen keine Angst zu haben. Zwar glaube ich nach wie vor, daß die beiden fleißig geschmuggelt haben; aber nur Radios und Uhren. Howard ist ganz wie Sie: Er liebt das mäßig Abenteuerliche, eine Haltung, die vielen anständigen und netten Leuten gewiß nicht fremd ist. Insgesamt haben wir nichts herausgefunden, was Anlaß zur Verfolgung böte. Ich werde mit den beiden reden. Ich habe so eine Ahnung, daß im Ferienlager an der Halbmond-Bucht kein einziger Fall von Schmuggel mehr zu beklagen sein wird.«

»Werden Nigel und George ihr Lager weiter betreiben können?«

»Das möchte ich annehmen. Nach Davis' Tod ist der Grundeigentümer erheblich zugänglicher geworden, und er scheint ihnen das Land zu annehmbaren Bedingungen verkaufen zu wollen. Die beiden sind also versorgt. Und nun wollen Sie vermutlich wissen, was mit Kelly los ist. Sie sind wirklich ein wißbegieriges Geschöpf. Falls Sie jemals im Leben einen Polizisten heiraten sollten, müßten Sie diesen Drang ein wenig bändigen!«

Lucia wurde blutrot, aber ernst und würdevoll brachte sie hervor: »Natürlich wüßte ich gern, was mit Kelly und seiner kleinen netten Frau ist. Ich habe das Gefühl, als wäre mit ihrer Heirat nicht alles in Ordnung.«

»Gefühle sind das, was Polizeibeamte bei ihren lieben Angehörigen nach Kräften niederhalten müssen. Aber auch über Kelly brauchen Sie sich nun keinen Kummer mehr zu machen. Seine erste Frau ist tot, und Kelly hat für einen gewiß nicht unverständlichen Irrtum bitter bezahlt. Inzwischen habe ich ihm mitteilen lassen, daß Judith Kelly tatsächlich gestorben ist, so daß er das Gefühl los sein kann, in Bigamie zu leben. Nun wird es allein seine Sache sein, wie er weiter vorgeht. Jedenfalls nehme ich an, daß er die Sache in Ordnung bringt, ohne seiner Frau gar zu weh zu tun.«

»Gott sei Dank! Aber nun müssen Sie mir noch sagen, wer außerdem unter Verdacht stand.«

Ross schüttelte den Kopf. »Ich verweigere die Aussage.« Und dann fuhr er hastig fort: »Übrigens war Rosie eine der tragenden Rollen zugedacht: Hätte sie die Staffelei nicht umgestoßen, dann hätte die arme Carmen wohl nicht so schnell die Nerven verloren, und es wäre uns bedeutend schwerer gefallen, ein volles Geständnis zu erhalten.«

»Die brave Rosie. Len würde sagen: ›Sie ist sehr, sehr klug!‹«

Beim Klange ihres Namens war die Hündin aufgestanden und leckte Lucia die Hand; dann schaute sie sich zur Tür um und ließ plötzlich ein scharfes Knurren hören. »Mein Gott, sie schaltet tatsächlich auf Wachhund um!« rief Lucia, während sie zur Tür lief und sie öffnete. »Guten Tag, Mr. Purdy. Ist Len nicht draußen?«

»Ich suche nicht Len, Miss Field, sondern Jim, falls er bei Ihnen ist.«

Jim ging hinaus, und die beiden Männer wanderten den Pfad entlang, bis sie außer Hörweite waren. Unbehagliches Schweigen herrschte drinnen im Zimmer. Nach einer Weile fragte Lucia: »Nachdem Ihre Aufgabe hier erfüllt ist, werden Sie wohl abreisen und sich einem andern Fall widmen, nicht wahr?«

Ross zuckte die Achseln. »Das ist das Los des Kriminalbeamten. Und Sie? Haben Sie vor, die Tankstelle endgültig zu übernehmen, oder zieht es Sie zum Campingplatz am Ufer des Sees?«

Der alte Ärger erwachte in Lucia zu neuem Leben. »Was soll das Kreuzverhör?« fuhr sie wütend auf. »Dazu mit den albernen Fragen! Wenn Sie es ganz genau wissen wollen: Vorläufig bleibe ich hier – und ich wüßte nicht, was mich zum Lager hinziehen sollte!«

»Nur vorläufig wollen Sie hierbleiben? Warum denn?«

»Weil ich vorgestern erfahren habe, daß sich Onkel Peter ganz ausgezeichnet erholt hat. Er nimmt noch drei Monate Urlaub; so lange werde ich hier nach dem Rechten sehn. Dann möchte ich, daß er wiederkommt! Das Leben hier gehört ihm, und es macht ihm große Freude. Die Arbeit ist wirklich nicht schwer, und wenn er plötzlich Hilfe brauchen sollte, kann ich jederzeit zurückkehren. Ja, zunächst also bleibe ich noch hier!« – »Und dann?«

»Fragen über Fragen! Dann werde ich wohl zu meinen Eltern heimkehren, in die Stadt, in meine Bücherei, zu gelegentlichem Kinobesuch und mäßigen Tanzvergnügungen. Zum alten Trott, mit andern Worten!«

Schweigend schaute er sie an ... bis kurz darauf die Tür aufging und Jim zurückkehrte. Er strahlte übers ganze Gesicht, aber seine ersten Worte schienen so gar nicht zu seiner guten Laune zu passen.

»Ich habe meine Stellung verloren!«

Die beiden starrten ihn an, und dann riefen sie wie aus einem Munde: »Wieso? Braucht Purdy Sie nicht mehr?« fragte Ross. Und: »Das glaube ich nicht. Das tut Purdy nie!« erklärte Lucia.

Jim lachte breit. »Nein, fristlos entlassen bin ich allerdings nicht. Drei Monate mache ich oben noch weiter, damit sich Annabel weiter erholen kann. Dann aber will Purdy die Stallung verkaufen und sich endgültig vom Pferdetraining zurückziehen.« Er warf Ross einen verständnisvollen Blick zu. »Er hängt das Renngeschäft dann ganz und gar an den Nagel.«

»Das ist klug!« nickte Ross, und als Lucia ihn anstarrte, fuhr er gewandt fort: »Letzten Endes setzt man dabei nämlich immer zu. Deshalb ist es klug von ihm, daß er sich zurückzieht, solange es noch Zeit ist.«

»Und die Pferde?« fragte Lucia. »Mein Gott, der schwarze Hengst wird Ihnen fehlen! Nicht wahr, Jim?«

Wieder erfolgte eine Unterbrechung: Augusta rauschte herein, fertig zur Abreise.

»Die Koffer sind gepackt, der Wagen fahrbereit!« verkündete sie. »Damit endet dieser Zwischenakt. Jim, ich habe dir unendlich viel zu danken! Meine Lesergemeinde wird erfahren, wie du mir das Leben gerettet hast!«

Jim schien darüber gar nicht froh, aber Annabel, die hinter der Mutter hereingekommen war, lachte nur. »Jim, versuche nur gar nicht erst, bescheiden zu sein. So oder so wird die Welt es erfahren. Aber was ist denn eigentlich los mit dir? Du machst einen so frohen Eindruck! Natürlich weiß ich, wie tief es dich beglückt, Mutter das Leben gerettet zu haben, aber es ist doch noch mehr – ich meine, etwas anderes ... Hast du geerbt? Oder hast du mit Len beim Toto gewonnen?« Sie wandte sich zur Tür und rief hinaus: »Len! Kommen Sie doch mal! Haben Sie etwa meinen Mann verführt – und ausnahmsweise doch gewonnen?«

Lachend schüttelte Len den Kopf. »Jim wettet nicht mit mir, Mrs. Middleton; aber ich glaube, er hat tatsächlich etwas gewonnen. Ganz zufällig habe ich nämlich gehört, wie Mr. Purdy ihm zum

Abschied zurief, bestimmt würde ›Raubritter‹ ihm noch einmal ein ganz großes Rennen gewinnen.«

»Das also war dein Geheimnis, Jim?« fuhr die empörte Frau auf. »Los, nun rücke schon heraus mit der Sprache.«

Jim grinste glücklich.

»Len hat recht: Ich habe etwas gewonnen – etwas, was mir teurer ist als alles auf der Welt: Purdy hält es für ratsam, sich vom Pferdetraining zurückzuziehen.«

Diese Worte galten nur Ross, aber Augusta konnte sich nicht bremsen, die Moral zu verkünden: »Höchst weise!« trompetete sie. »Eine löbliche Absicht. Der Turf ist eine Fallgrube und nichts als heller Wahn!« All ihre abstoßende frühere pathetische Überheblichkeit schien zurückgekehrt.

»Nun, hoffentlich ist das nicht deine wahre Meinung!« bemerkte der Schwiegersohn sanft. »Ich bin nunmehr Besitzer eines Rennpferdes: Herr Purdy hat mir ›Raubritter‹ geschenkt!«

Die Wirkung dieser Nachricht war ungeheuer: Annabels Augen strahlten, und sie ließ die Hand in die ihres Mannes gleiten. Lucia rief aus: »Ich möchte nur wissen, warum er aufgibt!«, woraufhin Ross sie warnend auf die Schulter klopfte und ihr zuflüsterte: »Fragen Sie nicht weiter!« Ganz erstaunlich schien es, daß Augusta dankbar dreinschaute und murmelte: »das Pferd, das mich gerettet hat. Ein wirklich angemessenes Geschenk. Vielleicht wage ich sogar einmal ein Pfund, wenn es läuft!« Len pfiff leise vor sich hin. »Ich wette, Jim, daß Sie viele Rennen mit diesem Pferd gewinnen werden – und ich werde immer darauf setzen!«

Ruhiger fuhr Jim fort: »Ich finde es schrecklich nett von ihm. Er sagt, das Pferd sei ihm doch zu nichts nutze, aber er möchte es nicht verkaufen. Mit dem Ruf, den es bisher noch immer hat, würde es ihm allerdings auch nicht viel einbringen. Trotzdem ist es ein beachtliches Geschenk. Sara wird sich freuen, nicht wahr, Annabel?«

»Ganz bestimmt. Und ›Raubritter‹ wird sich bei uns wohl fühlen. Allerdings würde ich ihn lieber bei Sara halten. Zu dir ist er gewiß freundlich, aber sonst jagt er mir immer ein bißchen Angst ein.«

Jim lachte. »Darüber reden wir später. Jedenfalls tauschte ich augenblicklich mit keinem König! Hallo, Lucia, da unten an der Pumpe wartet Kundschaft!«

Len sprang auf, aber Ross winkte ab. »Lassen Sie nur, Len. Diesmal machen wir die Sache. Lucia kann Benzin einfüllen; das Öl allerdings möchte ich ihr nicht zumuten!«

Lucia gab sich Mühe, beleidigt auszusehen, aber erstaunlich gehorsam ging sie hinaus. Len schaute ihnen nach, wie sie nebeneinander über den Rasen schritten. Ein breites Grinsen legte sich über sein Gesicht, und ganz allgemein meinte er zu allen Anwesenden: »Beeilen tun sie sich nicht gerade. Ich glaube, der Mann da unten wird ganz schön wütend sein.« Plötzlich überfiel ihn eine Inspiration. »Nun weiß ich, worauf ich am kommenden Wochenende zu setzen habe: ›Inspektor‹ und ›Wahre Liebe‹ – das kann einfach nicht schiefgehen!«

ENDE

ROBERT TIBBER

Unter dem Pseudonym Robert Tibber verbirgt sich die temperamentvolle Engländerin Rosemary Friedman. Als Frau eines Arztes hat sie selbst all die Nöte und Freuden eines Arzthaushalts kennengelernt, die sie in ihren Romanen so lebensnah schildert.

Heirate keinen Arzt. Auf keinen Fall will das Mannequin Sylvia, das sich in einen Arzt verliebt hat, eine Arztfrau werden. Wie sie nach langem Widerstreben dann aber doch »Frau Doktor« wird, erzählt dieser amüsante Roman. Band 1912. DM 3.–

Kleiner Kummer, großer Kummer. Eine erfrischende Plauderei aus der Praxis eines vielbeschäftigten Vorstadtarztes, in der nicht nur die Patienten, sondern auch seine junge, tüchtige Frau eine Rolle spielen. Der Roman ist eine in sich abgeschlossene Fortsetzung von ›Heirate keinen Arzt‹. Band 1950. DM 3.–

Die lieben Patienten. Als der vielgeplagte Familiendoktor einen Assistenzarzt und ein Dienstmädchen zu seiner Entlastung anstellt, wird sein Leben dadurch keineswegs ruhiger. Dieser vergnügliche Roman setzt die turbulenten Ereignisse der beiden vorhergehenden Bände fort, ist aber trotzdem in sich abgeschlossen. Band 1996. DM 3.–

WILHELM GOLDMANN VERLAG MÜNCHEN

COMPTON MACKENZIE

In Deutschland ist der schottische Autor durch seine heiteren Romane bekanntgeworden, in denen er mit köstlicher Ironie seine Landsleute schildert.

Herrlich und in Freuden. In ein aufregendes Abenteuer begibt sich der Schotte Donald Macdonald, als er eine Reise nach Indien unternimmt, um seinem dort stationierten Sohn eine keineswegs »standesgemäße« Heirat auszureden. Roman. Band 1456. DM 3.–

Das Whiskyschiff. Auf den schottischen Inseln ist der Whisky ausgegangen. Ausgerechnet jetzt strandet dort ein Schiff mit 50 000 Kisten Whisky. Daraus entstehen heillose Verwirrungen. Roman. Band 1716. DM 3.–

Der Herr im Hochmoor. Ein heiterer Roman über den heroischen Kampf eines querköpfigen Hochländers mit dünnblütigen Städtern, die mit Zelten und Kofferradios in sein Revier eindringen. Eine Geschichte voll komischer Situationen. Band 1848. DM 3.–

Ein Häuschen auf dem Lande. Was einem Stadtbewohner, wenn er Besitzer eines Landhauses wird, alles passieren kann, erzählt dieser heitere Roman aus Schottland mit hintergründigem Humor. Band 1863. DM 3.–

WILHELM GOLDMANN VERLAG MÜNCHEN

Goldmann GELBE

P. G. WODEHOUSE

Die Geschichten des Autors, die meist im typisch englischen Milieu spielen, sind humorvolle Darstellungen kleiner menschlicher Schwächen und der daraus resultierenden Verwicklungen voll Komik und Witz.

Pass auf, Berry. Eine heitere Verwechslungsgeschichte, in der ein hübscher, junger Mann die Braut seines Freundes liebt und sie am Ende, nach vielen Komplikationen und verzwickten Situationen, auch bekommt. Roman. Band 1672. DM 3.–

Vertauschte Rollen. Ein englischer Landsitz und ein Frisiersalon in London sind die Schauplätze des aufregenden Geschehens um einen echten und einen falschen Lord. Liebenswürdige Ironie und Sinn für Situationskomik geben diesem typisch englischen Roman seinen fröhlichen Charme. Band 1715. DM 3.–

Die Feuerprobe und andere Geschichten aus dem Drohnenclub. Mit Witz und Ironie erzählt der englische Humorist köstliche Episoden aus dem mitunter recht turbulenten Leben seiner Landsleute – einem Leben voll herrlich unfreiwilliger Komik. Band 2339. DM 3.–

WILHELM GOLDMANN VERLAG MÜNCHEN

Goldmann GELBE

EUGEN SKASA-WEISS

Als Meister des Feuilletons erwarb sich der Autor viele begeisterte Leser, die seine überschäumende Phantasie und seine freche Fabulierkunst auch in seinen hintergründig-heiteren Büchern immer wieder bewundern.

Die skurrilen Abenteuer des Grafen Erlenbar. Heiter-amouröse Erzählungen (1486) DM 3.–

Wo versteckt man Liebesbriefe? Die Unmöglichkeit, Verstecke für Liebesbriefe zu finden, ist nur eine der vielen alltäglichen Tücken, die der Autor unter die Lupe nimmt. Erzählungen (1739) DM 3.–

Das sind Lausbuben. Die vier Buben des Autors, eine fröhliche Lausebande, halten ihn und die Leser in Atem – dabei ist der Vater oft genug selbst an den Streichen beteiligt. Erzählungen (1910) DM 3.–

Selbst in den besten Tierkreisen. In dieser heiteren astrologischen Plauderei belächelt der Autor die kleinen menschlichen Schwächen und Tugenden, für die man die Sterne verantwortlich macht, und prüft sie an Berühmtheiten nach (2355) DM 3.–

Zimmerherr mit schwarzer Katze. Heitere und nachdenkliche Skizzen und Plaudereien über Katzen (2600) DM 3.–

Amors fliegender Mantelknopf. Amor stellt mit ungewöhnlichen Hilfsmitteln sein Raffinement in Sachen Liebe unter Beweis (2856) DM 3.–

WILHELM GOLDMANN VERLAG MÜNCHEN

Goldmann GELBE

Erna Weißenborn: Flitterwochenwetter. Roman einer heiteren Ehe. Band 2771. DM 3.–

Lillibe, jung, anmutig und kapriziös, hat den ritterlichen, um viele Jahre älteren Chefredakteur Anton Gabriel Mutz geheiratet. Mit Charme und Zärtlichkeit erzieht Lillibe ihren geliebten, etwas junggesellenhaften Antonius zu einem Ehemann, wie sie ihn sich vorstellt. Ein heiterer, amüsanter Roman, lebensbejahend und unproblematisch.

Ann Head: Meine amerikanische Familie. Ein heiterer Roman. Band 1922. DM 3.– (Auch in Leinen zu DM 14.50 erhältlich)

Dieser heitere Roman gibt ein realistisches Bild amerikanischen Familienlebens auf dem Lande und zeigt, daß sich die Sorgen und Freuden einer amerikanischen Mutter von denen einer europäischen kaum unterscheiden. Die Erlebnisse dieser sechsköpfigen Farmersfamilie sind herzerfrischend und humorvoll erzählt.

Hajo Sanke: Kuren und Amouren. Heiterer Roman. Band 2702. DM 3.–

Was soll ein Mann tun, der zu einem vierwöchigen Kuraufenthalt in ein hinterwälderisches Nest verbannt wurde? Die Damenwelt ist zahlreich vertreten. Kein Wunder, wenn der harmlose, überarbeitete Ehemann sich da zum typischen »Kurschatten« entwickelt . . .

WILHELM GOLDMANN VERLAG MÜNCHEN

Goldmann GELBE

Peter Norden: Der Tag wird kommen ... Ein Roman um Leidenschaft und Liebe. Band 2824. DM 4.–

München. Faszination einer Weltstadt. Magischer Anziehungspunkt für Menschen aus allen Himmelsrichtungen. Hinundhergerissen zwischen Alltagswirklichkeit und Illusion, zwischen Liebe und Haß, Leidenschaft und Verbrechen begegnen sich sechs Menschen. Und wohin sie sich auch wenden, die Stadt bestimmt ihr Schicksal ...

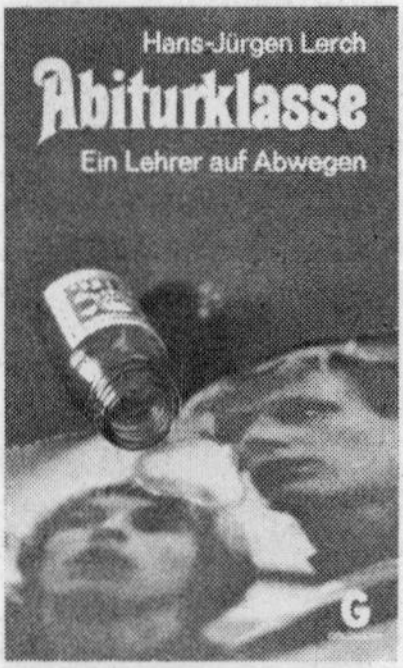

Hans-Jürgen Lerch: Abiturklasse. Ein Lehrer auf Abwegen. Spannender Jugend-Roman. Band 2789. DM 3.–

Lerch ist noch ein sehr junger Autor, der hier mit seinem Erstlingswerk hervortritt. Sein Roman greift auf Ereignisse seiner eigenen, noch nicht allzu fernen Schülervergangenheit zurück. Die Geschichte wird hier allerdings völlig frei abgewandelt und als amüsante Kriminalstory in burschikoser Anschaulichkeit geschildert.

O. Henry: New Yorker Geschichten. Eingeleitet von Wolfdietrich Schnurre. Band 1735. DM 3.–

Die Faszination der Millionenstadt New York und die kleinen, den Leser stets ergreifenden Schicksale ihrer Bewohner – liebenswerter Durchschnittsbürger, Großstadttypen, Ladenmädchen, Gauner und Sonderlinge – hat O. Henry in diesen meisterhaft geschriebenen Stories eingefangen.

WILHELM GOLDMANN VERLAG MÜNCHEN

Goldmann GELBE

Mit dem Herzen einer Wölfin. Von Ruth Freeman-Solomon. Das Schicksal der schönsten Frau Rußlands (2946) DM 7.–

Der ungekrönte ›König der Ukraine‹ und seine schöne Frau Ronja geraten in die Vorwehen der russischen Oktoberrevolution. Wie eine Wölfin kämpft Ronja, um mit ihrer Familie nach Amerika fliehen zu können. Liebe, Haß, Leidenschaft und Lebenslust durchdrängen jede Seite dieses außergewöhnlichen Romans.

Der Mann in der Mondsichel. Von Juliana von Stockhausen. Roman eines deutschen Arztes und der Geisha Sonoogi (2896) DM 5.–

Die Lebensgeschichte eines Mannes, der im Auftrag der holländischen Regierung das abenteuerliche Japan bereist. Sein unersättlicher Forscherdrang bringt den Arzt in Konflikt mit den starren Traditionen des Landes und wird ihm und seiner geliebten Frau, der Geisha Sonoogi, schließlich zum Verhängnis.

Gesang zur Regenzeit. Von David Rubin. Roman aus dem modernen Indien (2935) DM 5.–

Nach elfjährigem Englandaufenthalt kehrt die junge Anglo-Inderin Kay in das weltoffene Haus ihrer indischen Großeltern zurück. Die hier verkehrenden Europäer, Amerikaner und emanzipierten Inder spiegeln durch ihr Verhalten die vielschichtigen Probleme des Landes wider. Indien wird für den Leser sichtbar – in all seiner Widersprüchlichkeit und Größe.

WILHELM GOLDMANN VERLAG MÜNCHEN

Goldmann GELBE

Bei Sonnenuntergang. Von Margaret Summerton. Roman einer faszinierenden Frau (3313) DM 5.–

Seit drei Jahren ist Julie Mandrakes Mann Mike auf geheimnisvolle Art verschwunden. Nach drei Jahren findet sie ihn in einem Hospital – vom Tode gezeichnet. Und sie deckt zugleich eine infernalische Intrige auf. Schauplatz des mit psychologischem Einfühlungsvermögen geschriebenen Romans ist ein Landsitz in England und die brodelnde Metropole London, die gleißende Film- und Theaterwelt.

Nachtigall am Mittag. Von Margaret Summerton. Roman einer Ganovenjagd durch Europa (3308) DM 5.–

Melissa Vaughan führt im Kreis ungewöhnlicher Menschen ein zurückgezogenes Leben. Ist ihr erblindeter Vater, der ruhelos von Land zu Land getrieben wird, auf der Flucht? Wer ist der plötzlich auftauchende Mann, der ungeheure Beschuldigungen erhebt? Melissas Angst steigert sich zum Entsetzen, denn ein Mann wartet mit katzenhafter Geduld auf den Tag, da sie allein sein wird . . .

Aus Liebe sterben. Von Pierre Duchesne. Roman einer verbotenen Leidenschaft (3302) DM 4.–

Der siebzehnjährige Gérard und seine zweiunddreißigjährige Gymnasiallehrerin lieben sich. Eine verbotene Liebe: Die Eltern des Schülers stellen die Lehrerin wegen ›Verführung Minderjähriger‹ vor Gericht. Danièle zerbricht fast, kommt durch eine Amnestie frei, da erhebt die Staatsanwaltschaft Einspruch. Das ist zuviel für Danièle . . . Ein in das Mark gehender Bestseller aus Frankreich.

WILHELM GOLDMANN VERLAG MÜNCHEN

Goldmann GELBE

Mark Twain: Von Adam bis Vanderbilt. Band 958. DM 3.–

In diesen dreizehn Geschichten aus Amerika sind alle Nuancen von Mark Twains Erzählkunst und alle Schattierungen seines Humors zu erkennen. Der Leser lernt ihn sowohl als freundlichen Spötter als auch als bissigen Satiriker kennen.

Mark Twain: Die Million-Pfundnote. Humoristische Skizzen. Band 898. DM 3.–

Die 27 trocken witzigen Geschichten gehören zu den besten ihrer Art. Mit erfrischendem Humor erzählt Mark Twain von seinen Erfahrungen mit Amerikanern, Bildhauern, Malern, Uhrmachern, Barbieren, deutschen Hotelportiers, Zeitungsredakteuren, Ärzten und vielem anderen mehr.

Mark Twain: Leben auf dem Mississippi; Im Gold- und Silberland. Band 968. DM 3.–

Zwei autobiographische Skizzen, die ein anschauliches Bild vom Leben in dem noch unerschlossenen Mittelwesten der Vereinigten Staaten geben. Die erste berichtet von seiner Tätigkeit als Flußlotse, die zweite schildert den Gold- und Silberrausch, der um die Mitte des vorigen Jahrhunderts einsetzte.

WILHELM GOLDMANN VERLAG MÜNCHEN

Verehrter Leser,
senden Sie bitte diese Karte ausgefüllt an den Verlag. Sie erhalten kostenlos unsere Verlagsverzeichnisse zugestellt.

WILHELM GOLDMANN VERLAG · 8 MÜNCHEN 80

Bitte hier abschneiden

Diese Karte entnahm ich dem Buch

Kritik + Anregungen

Ich wünsche die kostenlose und unverbindliche Zusendung des Verlagskataloges und laufende Unterrichtung über die Neuerscheinungen des Wilhelm Goldmann Verlages.

Name

Beruf Ort

Straße

Ich empfehle, den Katalog auch an die nachstehende Adresse zu senden:

Name

Beruf Ort

Straße